D1688692

Die Autorin

Amelia Reyns ist das Pseudonym der Fantasy-Autorin Helen B. Kraft, unter dem sie über Romantik und Liebe in allen Situationen des Lebens schreibt. In all ihren Romanen, egal ob mit oder ohne fantastischem Bezug, ist es die Liebe, die eine tragende Rolle spielt. „Das Zwischenmenschliche darf nicht zu kurz kommen, aber Handlung muss es auch geben", sagt Amelia, wenn man sie danach fragt, was ihr beim Schreiben wichtig ist. Sie legt zudem großen Wert darauf, auch engen Kontakt zu ihren Lesern zu halten und freut sich über jede Nachricht auf Facebook, Twitter oder auf ihrer Homepage. http://lectura-magica.de/

Inzwischen sind sieben Phantastik-Romane in drei Reihen und einige Kurzgeschichten unter dem Namen Helen B. Kraft erschienen. Weitere Romanveröffentlichungen in den kommenden Jahren stehen noch an und diverse Ideen warten bereits darauf, umgesetzt und geschrieben zu werden.

AMELIA REYNS

AIN'T ALL SILVER
Herz aus Gold

Contemporary Romance

ROMANCE ♡ EDITION

AIN'T ALL SILVER

AMELIA REYNS

© 2016 Romance Edition Verlagsgesellschaft mbH
8712 Niklasdorf, Austria

1. Auflage
Covergestaltung: © Sturmmöwen
Titelabbildung: © dariyad
Korrektorat: Dietlind Koch, www.dkagentur-gt.de

Printed in Germany

ISBN-Taschenbuch: 978-3-903130-01-2
ISBN-EPUB: 978-3-903130-02-9

www.romance-edition.com

1. Kapitel

Die weiß lackierte *Cessna 172 Skyhawk* legte sich in die Kurve, und Jordan krallte sich unwillkürlich in ihren Sitz. Das Flugzeug war für ihren Geschmack viel zu klein, machte zu viel Lärm, und falls sie abstürzten ... daran wollte sie erst gar nicht denken. Wie von selbst glitt ihr Blick aus dem kleinen Seitenfenster und blieb an der Landschaft hängen. Über unzählige Hügelketten erstreckten sich gewaltige Bäume. Kaum befestigte Straßen schlängelten sich als Schotter- oder Sandpisten hindurch, um unvermittelt zu einer Art Mondlandschaft zu werden.

Reste von Baumstämmen, aufgebrochene Erde, Gruben und Wasserbecken verunstalteten die Natur, die schon zu Zeiten der ersten Goldschürfer Opfer menschlicher Profitgier geworden war. Überall fanden sich Wassergräben, ausgetrocknete und aufgewühlte Flussbetten, Auffangbecken und die unvermeidliche Ansammlung dessen, was ein Schürfer benötigte, um über die Saison zu kommen. Bagger, Waschanlagen, Fahrzeuge, Wohnwagen, Holzhütten und vieles mehr, was Jordan bei diesem kurzen Überflug nicht deutlich erkennen konnte.

Was ihr jedoch klar wurde, war, dass sie womöglich einen ziemlich heftigen Fehler begangen hatte.

Während ihre Fingernägel Furchen in das Polster rechts und links ihrer Oberschenkel gruben, klopfte ihr Herz zum Zerspringen. Nicht, weil sie sich vor einem Aufprall in dieser Kraterlandschaft am Boden fürchtete, sondern weil sie nicht wusste, ob sie der vor ihr liegenden Aufgabe gewachsen war.

»Du gehörst nicht in die Wildnis, mein Schatz, du bist ein Stadtkind!«, hatte ihr Vater vor ihrem Aufbruch noch versucht, sie ein letztes Mal zu bekehren.

Wie immer, wenn er sie wie ein Püppchen behandelte, schaltete Jordan auf stur. Ihre Entscheidung war zu diesem Zeitpunkt ohnehin längst gefallen.

Im Nachhinein jedoch fragte sie sich, ob sie nicht vielleicht doch einen Moment länger hätte darüber nachdenken sollen, ehe sie ausgerechnet ein neues Leben in dieser Einöde als

Berufswunsch ins Auge fasste.

Jetzt war es dafür zu spät.

Wie um das zu bestätigen, bockte die kleine *Cessna*, was Jordan einen erstickten Schrei entlockte. Sie spähte zu der Pilotin, die voll konzentriert geradeaus sah. Dann neigte sich die Nase des Flugzeugs nach unten, und Jordan schickte ein kurzes Stoßgebet gen Himmel. Falls sie heute starb, wollte sie wenigstens mit dem alten Mann dort oben im Reinen sein.

Die Pilotin sprach mit ruhiger Stimme in ihr Headset. »Delta Charlie Xanthippe Foxtrott neunundneunzig dreiundsechzig für Tower, Cliff, hörst du mich?«

Ob jemand antwortete, bekam Jordan nicht mit, nur, dass die Pilotin leise fluchte, den Ruf wiederholte und schließlich brummte: »Na endlich! Mann, wenn du dir schon einen von der Palme wedelst, dann nicht während deiner Schicht, Cliff! Wir kommen jetzt runter, ist die Bahn frei?«

Jordan hoffte es, denn nach einem harschen »Roger!« kam eine staubige Straße – die keinerlei Ähnlichkeit mit einer Landebahn hatte – gefährlich näher, wie sie aus dem Fenster beobachten konnte.

Mit leisem Quietschen, dem ein Rumpeln folgte, landete die *Cessna* vollkommen unversehrt auf der Bahn. Jordan stieß die angehaltene Luft aus und löste ihre verkrampften Finger. Dann wartete sie, bis die Pilotin den Motor abstellte und aufstand, bevor sie sich selbst abschnallte. Wenn sich die Pilotin keine Sorgen um ihre Sicherheit machte, galt das ja bestimmt auch für die Passagiere. Oder?

Die Pilotin drückte sich zwischen ihrem und dem Co-Pilotensitz hindurch und stand aufrecht im Gang. Die Hände hatte sie in die Hüften gestemmt, den Kopf schräg gelegt und sah Jordan hinter dunkel getönten Brillengläsern an. »Wir sind gelandet, Lady. Willkommen in Clarksville, der Stadt der Trinker und Stinker.« Sie grinste schief. Vermutlich, weil sie den Spruch Dichter und Denker so gekonnt abgewandelt hatte.

Jordan lächelte schwach. »Danke.«

Sie stand auf. Erst da bemerkte sie, dass ihre Knie zitterten.

Dabei war die meiste Zeit des Fluges sehr angenehm gewesen.

*

Fünfzehn Minuten später stand Jordan noch immer am Rande des Rollfelds vor dem einzigen Gebäude des Flughafens und wartete. Immer wieder starrte sie auf ihr Mobiltelefon, auf dem die Zeit wie im Schneckentempo dahinkroch. Ein Blick zum Himmel verriet, dass es so bald nicht zu regnen beginnen würde, weswegen sie beschloss, noch weitere fünf Minuten zu warten, ehe sie Felix Schroeder anrief, um ihn zu fragen, wann er sie abholen kam. Der Verpächter hatte ihr versprochen, ihr die restlichen Unterlagen zur Mine mitzubringen und sie anschließend dorthin zu fahren, damit sie sich einrichten konnte, ehe sie die Männer kennenlernte, die ihr beim Betreiben der Goldmine helfen sollten.

»Wo bleibt der Kerl bloß?« Jordan fuhr mit dem Daumen über das Display des Smartphones und suchte nach Schroeders Nummer, als sie hörte, wie sich von hinten Schritte näherten.

Sie wandte sich um und sah die Pilotin auf sich zukommen. Die Frau war vermutlich einige Jahre jünger als Jordan, kleidete sich lässig leger in Jeans und Hemdbluse, trug eine große Fliegersonnenbrille und ein zerschlissenes, dunkelblaues Basecap, unter dem sie ihr hellbraunes Haar verbarg, das sie zu einem Pferdeschwanz zusammengebunden hatte.

»Na, wurden Sie versetzt oder warten Sie darauf, dass es wärmer wird? Dann muss ich Sie enttäuschen. Heute ist schon einer der heißesten Tage in diesem Gebiet.« Sie grinste und blieb mit in die Hüften gestemmten Händen vor Jordan stehen, die einen Moment benötigte, um sich zu sammeln. Obwohl der Kalender behauptete, dass Frühling sei, waren die Temperaturen eher herbstlich.

Die meisten Menschen in Jordans Umfeld benahmen sich deutlich reservierter als die Pilotin. Aber daran würde sie sich wohl gewöhnen müssen.

»Man wollte mich eigentlich hier in Empfang nehmen. Es

scheint etwas dazwischengekommen zu sein. Ich werde mir einfach ein Taxi rufen.«

Das brachte die Pilotin zum Lachen. »Ein Taxi? Hier? Viel Glück. Eher regnet es Goldnuggets. Sie wissen nicht besonders viel über Clarksville, oder?«

Das stimmte nicht. Jordan hatte sich ausgiebig über das Gebiet rund um die Kleinstadt informiert. Daher wusste sie auch, dass es nur einen Supermarkt gab, dafür aber drei Tankstellen und vier Werkstätten. Es gab sogar einen Helikopterverleih und einen Barbier, der gleichzeitig als Friseur diente. Einen *Starbucks* vermisste sie hier, aber am Ende der Welt durfte man vermutlich damit rechnen, keinen Latte macchiato zu bekommen. Trotzdem zuckte Jordan nur mit den Schultern und sagte nichts dazu.

Die Pilotin schien auch keine Antwort zu erwarten. »Wer hier keinen eigenen Truck hat, muss Freunde haben, die bereit sind, Chauffeur zu spielen und Benzin zu vergeuden. Am besten, Sie besorgen sich ein eigenes Fahrzeug, falls Sie länger bleiben.«

Falls. Nicht: *wenn,* fiel Jordan auf. Offenbar erwartete die Pilotin, dass sie bald wieder verschwand. Doch sie gehörte nicht zu der Sorte Frauen, die einen einmal getroffenen Entschluss leichtfertig wieder verwarfen, nur, weil eine solche Entscheidung sich als schwieriger herausstellte, als man im Vorhinein angenommen hatte. Wäre sie so ein Typ, hätte sie niemals ihren Traumberuf als Stuntfrau ergriffen und damit den Unmut ihres Vaters beschworen.

»Man wollte mich mit meinem Truck abholen«, sagte sie daher und unterdrückte das tiefe Seufzen, das ihr die Kehle hochkroch.

»Auf wen warten Sie denn? Die Jungs hier sind manchmal so beschäftigt, da vergessen sie leicht die Zeit. Kann vorkommen, wenn der Cleanout gut läuft oder ein ertragreiches Gebiet erschlossen wird. Besonders zu Saisonbeginn.« Die Pilotin grinste, als sei sie es gewohnt, versetzt zu werden.

»Felix Schroeder.«

Das schien die Pilotin nun doch zu überraschen. Über den

Rand ihrer Sonnenbrille hinweg sah sie Jordan skeptisch an. Womöglich musterte sie ihre nagelneue Jeans und den Blazer über einem Baumwollshirt, was Jordan veranlasste, unruhig zu werden. Sie hatte dieses Outfit für ihren ersten persönlichen Kontakt mit Schroeder gewählt, weil es sich dabei um einen Geschäftstermin handelte. Jetzt kam sie sich ziemlich overdressed vor.

»Ich habe Felix gestern nach Haines geflogen. Der kommt nicht so schnell wieder, schätze ich.«

Sämtliche Farbe wich aus Jordans Wangen. Hastig warf sie einen Blick aufs Mobiltelefondisplay. Nein, der Tag stimmte. Sie war heute mit dem Verpächter verabredet gewesen. »W-wie bitte?«

»Er hatte ein Stechen in der Brust. Das Herz schätze ich. Im Augenblick liegt er im Krankenhaus.«

»Geht es ihm gut?«

Wieder das Schulterzucken. »Keine Ahnung. Ich habe ihn und den Doc nur abgesetzt. Sie wurden von einem Rettungswagen übernommen. Im *Golden Rush* weiß man bestimmt mehr als ich. Wollen Sie jemand anderen anrufen, der Sie abholt, oder soll ich Sie mitnehmen? Ich fahr ohnehin rüber.«

»Ich ... das wäre wunderbar. Danke. Gibt es denn eine Pension oder so etwas in der Stadt?« In der Annahme, direkt auf ihren Claim gebracht zu werden, hatte Jordan das nicht recherchiert.

»Nee, aber ich bin mir sicher, Billy kann Ihnen weiterhelfen. Ihm gehört die Bar.«

Schicksalsergeben ließ Jordan die Schultern sinken. Um vier Uhr nachmittags in eine Bar zu gehen, gehörte zwar nicht unbedingt zu ihrer Vorstellung eines ersten Arbeitstages, aber sie war weder prüde noch wählerisch, und falls die geringste Chance bestand, dort die restlichen Papiere mit ihrer Schürfgenehmigung und ihre Wagenschlüssel zu erhalten, würde sie es riskieren. Wenn alle Stricke rissen, musste sie sich eine Campingausrüstung besorgen und irgendwo ein Zelt aufschlagen.

»Super, dann kommen Sie mal mit, ich parke hinter dem

Hangar.« Die Pilotin deutete auf ein Gebäude, das mehr Ähnlichkeit mit einem Schuppen als einer Flugzeughalle hatte, wäre da nicht der kleine Turm, der als Tower diente.

»Äh, ich glaube, ich habe Ihren Namen vergessen, Miss ...?«, merkte Jordan an.

»Eunice Hudson, aber alle nennen mich Nicci. Sie heißen Jordan, oder?«

»Richtig. Jordan Rigby.«

Nicci stutzte. Ihre hellen Brauen schoben sich ein Stück zusammen, dann lachte sie auf. »Moment! Jetzt kapier ich das erst! Sie sind die neue Pächterin von *Ain't all Silver*! Wir dachten, Sie seien ein Mann.« Nicci rieb sich tatsächlich die Hände wie einer dieser Schurken aus alten Filmen, fehlte nur noch das diabolische Kichern. »Das wird ihn fertigmachen. Aber echt mal!«

Obwohl die Pilotin etwas verrückt klang, Jordan keine Ahnung hatte, wer *er* sein mochte, und was mit dieser Aussage gemeint sein könnte, bückte sie sich und hob ihre Segeltuchtasche auf, um sie zu schultern. Jordan hatte während der vielen Dreharbeiten im Ausland gelernt, mit leichtem Gepäck auszukommen, was ihr an diesem kargen Ort wohl zugutekommen würde.

Sie folgte Nicci zu einem schwarzen Fahrzeug, das den Namen nicht verdiente. Der Pick-up schien nur aus Rost und Dreck zu bestehen. Hier und da hatte ein findiges Kerlchen, womöglich sogar Nicci, Stellen mit Panzertape überklebt. Dort, wo es ganz offensichtlich schon Löcher in der Karosserie gab, verdeckte das Tape diese nur unzureichend. Jordan warf ihre Tasche auf die Ladefläche und kletterte dann neben Nicci ins Führerhaus. Sie hatte kaum den Gurt angelegt, da trat die Pilotin bereits das Gaspedal durch. Im Seitenspiegel sah Jordan, dass eine Staubwolke aufwirbelte und ihnen während der rasanten Fahrt folgte.

Sie mochte es ja nicht offen zugeben, aber Nicci war eine Frau ganz nach ihrem Geschmack, laut, aufgeschlossen und sympathisch.

Die Stadt lag nur wenige Meilen entfernt, und Jordan blickte sich während der Fahrt aufmerksam um. Die meisten Häuser bestanden aus Wellblech oder Holz. Letztere erinnerten an alte Westernfilme mit ihren Veranden und den obligatorischen Geländern, an denen früher Pferde festgebunden worden sein mochten. Es gab vereinzelte Steingebäude, in denen sich unter anderem das Büro des Sheriffs und der Supermarkt befanden.

Nicci hielt vor einem der Holzhäuser. An dessen Fassade hing ein Schild, das mehrere Männer mit breitkrempigen Hüten zeigte, die über Schalen in einem Fluss kauerten, in denen goldfarbene Körnchen blitzten. Staub bedeckte das Bild, wodurch es matt und alt wirkte. In bekannter Westernschrift prangten die Worte *Golden Rush* darauf. Anstelle von Pferden parkten mehrere verdreckte Quads vor der Bar.

Jordan stieg aus, sich vage bewusst, dass Nicci ihr folgte und die Segeltuchtasche von der Ladefläche hievte. Es fühlte sich irgendwie unwirklich an, tatsächlich hier zu sein, und eine leise Stimme in Jordan raunte ihr unermüdlich zu, dass sie hoffentlich wusste, was sie tat. Energisch schob sie sie beiseite und hob das Kinn. Das hier war ein Abenteuer. *Ihr* Abenteuer. Sie würde sich nicht von kindlichen Ängsten unterkriegen lassen!

Nicci, die von ihren Bedenken nichts mitbekommen hatte, drückte ihr die Tasche in die Hand, winkte ihr, mitzukommen – und betrat die Bar.

Drinnen schlug ihnen der Duft von gebratenem Fleisch, Bier und weiteren Dingen entgegen, für die Jordan keinen Namen kannte oder kennen wollte. Aus einer Musikbox ertönte die dunkle Stimme von Johnny Cash. Männer aller Altersklassen saßen auf wackeligen Stühlen an robusten Tischen oder dem Tresen, tranken, aßen und unterhielten sich gedämpft. Kein Einziger von ihnen war sauber. Wer keine schwarzen Flecken im Gesicht hatte, trug staubige Hosen und zerkratzte Stiefel, an denen Schlammkrusten bezeugten, dass sie schon lang nicht mehr geputzt worden waren. Die meisten Anwesenden trugen dichte Bärte, einige wenige jedoch schienen den Komfort eines Rasiermessers durchaus zu würdigen. Die wenigsten hatten lange Haare, der Großteil zog es offensichtlich vor, sich kahl zu scheren oder zumindest das Haar so weit zu kürzen, dass es sich leicht pflegen ließ.

Den Barkeeper des *Rush* schien es nicht zu stören, er wischte in aller Seelenruhe mit einem Lappen über den Tresen und unterhielt sich mit einem Gast. Eine ältere Kellnerin in Jeans, Tanktop und quietschenden weißen Turnschuhen huschte zwischen den Tischen hindurch und servierte Burger, Pommes und Getränke.

»Hey, Billy!«, rief Nicci durch den Raum und lenkte so die Aufmerksamkeit des Barmanns auf sich.

»He, Nicci, meine Süße. Na, wieder aus der großen weiten Welt zurück?« Er lachte sie an und entblößte dabei eine Zahnlücke. »Und immer noch ohne einen Kerl, wie ich sehe. Wen bringst du uns denn da Schönes?«

Sofort richteten sich aller Augen auf Jordan, die sich vorkam wie auf dem Präsentierteller. Keine Sekunde später standen mehrere Männer auf und kamen auf sie zu. Sie lächelten, glätteten sich die Haare oder versuchten Flecken fortzuwischen.

»Das ist eine der Damen aus dem *Haines Imperior*!«, rief einer von ihnen und meinte damit offenbar eine Zeitung. »Sie hat bestimmt meine Anzeige gesehen«, fügte er hinzu und kratzte sich am Ohr.

Jordan trat einen Schritt zurück und wurde sofort gestoppt. Hinter ihr schien sich ein Fels aufgetan zu haben. Sie sah über die Schulter und erkannte eine breite Männerbrust unter einem grauen Kapuzenpullover, der wie bei allen anderen schmutzig war.

Ehe Jordan das Missverständnis aufklären konnte, sprang Nicci in die Bresche. »Nee, Clyde, das ist Besuch für Felix.« Sie drehte sich zu Jordan. Ihre Miene bekam einen bösen Zug, als sie sah, wer hinter ihr stand. »Ah, Lock, da bist du ja!« Nicci ging auf den Mann in Jordans Rücken zu und stellte sich auf die Zehenspitzen, um ihm einen Kuss auf die Wange zu hauchen. »Darf ich dir Jordan Rigby vorstellen?« Sie legte eine kunstvolle Pause ein, für die jede Hollywood-Diva sie beneidet hätte. »Sie ist dein neuer Boss.«

Die Männer im Raum verstummten abrupt. Für einen Augenblick herrschte Totenstille, dann brachen sie nach und nach in Gelächter aus.

Jordan, die sich inzwischen vollständig nach dem Fremden umgedreht hatte, sah, wie sich eine steile Falte auf dessen Stirn eingrub. Zeitgleich fielen ihr das kurze braune Haar und die breiten Schultern sowie muskulöse lange Beine in schwarzen Jeans auf. In Augen, die an geschmolzene Schokolade erinnerten, las Jordan Wut, die sein schmales Gesicht schier zum Leuchten brachte.

»Verarsch mich nicht, Nicci!«

»Wer? Ich? Niemals, großer Bruder, niemals!«, sagte diese mit dem unschuldigsten aller Augenaufschläge, den Jordan jemals gesehen hatte. Angelina Jolie wäre vor Neid grün angelaufen.

Der Mann knurrte etwas Unverständliches, dann konzentrierte er sich auf Jordan. Verspätet streckte er eine Hand aus und wartete darauf, dass sie sie ergriff. »Lock Hudson.«

Hoffentlich gab es irgendwo ein Mauseloch, in das sich Jordan verkriechen konnte. Der Mann konnte doch unmöglich so heißen! *Lock* Hudson? Seine Mutter musste eine wahre Sadistin gewesen sein. Eine Kindheit mit diesem Namen wollte sich Jordan nicht einmal ansatzweise vorstellen. All ihre Kraft zusammennehmend, um nicht laut loszuprusten, schüttelte sie Locks Hand. Seine Finger fühlten sich angenehm warm und ein wenig schwielig an. Das Resultat harter Arbeit, nicht wie bei den Hollywood-Beaus, von denen Jordan nicht einmal wusste, ob sie das Wort *Arbeit* überhaupt schreiben konnten.

»Jordan Rigby, es freut mich, Sie kennenzulernen, Mr Hudson. Darf ich fragen, weshalb Nicci Sie mit mir aufzieht?«

Lock zog seine Hand zurück, dann räusperte er sich. »Es tut mir leid, sie hat einfach keine Manieren. Sie wusste, dass ich einen Mann für den Claim erwartet hatte.« Er warf seiner Schwester einen bösen Blick zu, die inzwischen bei Billy an der Bar stand und ihrem Bruder die Zunge rausstreckte.

So viel hatte sich Jordan inzwischen selbst zusammengereimt. Es jedoch aus seinem Mund zu hören, war irgendwie verletzend. Gehörte er zu der Gruppe Machos, die annahmen, Frauen konnten keine Männerberufe ausüben? Ha, da kannte er Jordan nicht. Sie hatte schon schwerere Kerle als ihn aufs Kreuz gelegt – im wahrsten und übertragenen Sinne!

»Nun, Mr *Hudson*«, außer einem kurzen Zusammenpressen seiner Lippen, ließ er sich nicht anmerken, dass er ihren Seitenhieb registriert hatte, »ich versichere Ihnen, ich bin durch und durch eine Frau und gedenke trotzdem einen guten Job zu erledigen. Haben Sie damit ein Problem?«

Jetzt wirkte er tatsächlich, als wolle er etwas Gegenteiliges sagen, dann ging ein Ruck durch seinen Körper, der deutlicher nicht hätte sein können. »Kein Problem. Felix hat mich aus Haines angerufen und mir gesagt, ich solle Sie zur Schürfstelle fahren. Die fehlenden Papiere hat er dort bereits deponiert. Das Fahrzeug, das zur Pacht gehört, steht auf dem Parkplatz.« Er drehte sich um und stapfte hinaus. Seine schweren Stiefel hinterließen dabei eine Spur aus Lehmkrümeln auf dem Boden.

Weil ihr nichts anderes übrig blieb, schnappte sich Jordan wieder einmal ihre Tasche und folgte dem Mann. Zeit, sich von Nicci zu verabschieden, blieb ihr eigentlich keine, doch bevor sie ganz draußen war, holte Sie noch einmal tief Luft. »Mr Hudson, ich werde fahren, Sie können mir ja den Weg weisen!«

Hinter sich hörte sie Nicci leise glucksen.

2. Kapitel

Lock hatte einige Meter Vorsprung. Jordan sah ihn gerade noch um eine Ecke verschwinden. Mit einem Seufzen beschleunigte sie ihre Schritte. Sie hasste es, wenn Männer glaubten, mit ihrer Körpergröße beweisen zu müssen, dass sie stärker oder schneller sein konnten als Frauen. Falls Lock so ein Typ Mann war, würde es spaßig werden, mit ihm zusammenzuarbeiten.

Jordan kannte diese Art Kerle aus ihrer Stuntzeit. Fast jedes Mal war sie mit ihnen zusammengestoßen, diesen Machos, die glaubten, eine Frau gehöre hinter den Herd und nicht auf den Sattel einer *Harley*. Ganz zu schweigen davon, dass Frauen bloß keine Ahnung von Technik haben durften und sich am besten von Männern wie ihnen beschützen lassen sollten. Keiner von ihnen hatte verstehen wollen, dass Jordan ein Gehirn besaß, das ausgezeichnet funktionierte, und dass sie sich lieber die Hände schmutzig machte, als nur gut auszusehen.

Als sie ihn endlich erreichte, hantierte er an einem Pick-up, der anders als Niccis einen Plastikaufbau besaß, der über die Ladefläche verlief und so einen geschlossenen Kofferraum bildete. An der Seite gab es ein Sichtfenster und Jordan fiel auf, dass dieses Hardtop nicht nur mit den dafür vorgesehenen Haken, sondern zusätzlich mit Bügelschlössern befestigt war. Alles in allem wirkte das Fahrzeug weniger schäbig als Niccis.

Sie ging zum Heck, wo Lock gerade etwas in der Fronttasche seines Pullovers verschwinden ließ. Was es war, konnte sie nicht ausmachen, nur dass es schwer sein musste – der nach unten weisenden Beule nach zu urteilen.

Wahrscheinlich ein schwerer Schraubenschlüssel. Er schlägt dich damit unterwegs nieder und lässt dich verschwinden, dachte Jordan sarkastisch. Sollte der Kerl es ruhig probieren, sie beherrschte einige Kampfsportarten. Sie würde sich zumindest nicht kampflos geschlagen geben.

»Sie können Ihre Tasche da reinstopfen. Vorausgesetzt, darin ist nichts, was kaputtgehen kann. Die Ladefläche ist schon ziemlich voll.« Er trat einen Schritt zurück und wartete, dass sie näher kam.

Er hatte nicht gelogen. Neben einer Maschine, die sie als Kompressor identifizieren konnte, weil sie an einigen Sets bereits damit gearbeitet hatte, lagen mehrere Schaufeln, Waschpfannen und Werkzeuge, die sie nicht genau erkennen konnte. Eine Werkzeugkiste und mehrere ineinander gestapelte Eimer nahmen praktisch den Rest des Platzes ein.

Im Kopf ging Jordan ihre Habe durch. Außer Kleidung, einem Paar kniehoher Gummistiefel, Waschutensilien und einem angelesenen Roman befand sich nichts darin, das Schaden nehmen konnte. Zumindest nichts, über das sie sich ärgern würde. Dem Geschenk ihres Vaters, ein schwarzes Kleid und High Heels für den Notfall, weinte sie keine Träne nach, falls sie kaputtgingen. Also warf sie die Tasche hinein. Es klapperte leise, als sie ein Stück über das Werkzeug rutschte, ehe sie liegen blieb.

Bevor Jordan irgendetwas sagen konnte, drückte Lock die Klappen zu und schloss ab. In Erwartung, jetzt auf den Beifahrersitz verfrachtet zu werden, öffnete sie den Mund, doch er warf ihr nur die Schlüssel zu und lief zur Fahrerseite.

»Was ...?«

»Die Beifahrertür lässt sich nicht öffnen. Sicherheitsmaßnahme. Wenn Sie mal Gold auf dem Beifahrersitz transportieren und an einer Ampel stehen, werden Sie froh darüber sein, dass die Tür nicht einfach aufgerissen werden kann.«

Sprachlos sah sie, wie er am Lenkrad vorbei die Bank bis zum Fenster durchrutschte. Das ging nur, weil diese aus einem Stück bestand. Dort lehnte er sich ans Fenster, ein Bein angewinkelt auf der Sitzfläche, und wartete ab, dass Jordan ihre Überraschung überwand. Sie stieg ein, schnallte sich an und steckte den Schlüssel ins Schloss. Den Motor startete sie nicht.

»Worauf warten Sie, Jordan?«

Dass er sie beim Vornamen nannte, störte sie mit einem Mal. »Darauf, dass Sie den Sicherheitsgurt anlegen. Vorher fahre ich nicht los.« Zeit schinden war immer eine gute Idee, wenn man nicht weiterwusste. Außerdem hatte sie schon zu viele Unfälle miterlebt, bei denen Stuntkollegen die simpelsten Sicherheitsmaßnahmen aus Selbstüberschätzung ignorierten. Sie würde keinen Meter fahren, wenn die Gefahr bestand, jemandes Leben zu gefährden. Sie verschränkte die Arme vor der Brust und wartete ab. Wenn es darauf ankam, konnte sie äußerst geduldig sein. Ob das auf ihn auch zutraf, blieb abzuwarten.

Lock hob lediglich eine Braue. Als sie sich jedoch weigerte, darauf einzugehen oder überhaupt zu reagieren, tat er ihr den Gefallen.

Zufrieden nickte Jordan und startete den Motor. »Wo lang?«

Er dirigierte sie auf eine mit Schlaglöchern übersäte Straße. Für jede Meile, die sie zurücklegten, bekam Jordan einen Schlag gegen den Rücken. Die Federung des Wagens war praktisch nicht mehr vorhanden. Aber auch hier hatte sie schon Schlimmeres erlebt.

Nach einer halben Stunde und einigen zurückgelegten Meilen bewegte sich Lock neben ihr unruhig. Sie hörte, wie er sich den Nacken rieb, hielt aber den Blick fest auf die Katastrophe gerichtet, die sich Fahrbahn nannte.

»Sie reden nicht viel«, stellte Lock fest.

Sie warf ihm einen kurzen Blick zu. Er saß immer noch seitlich, sodass er Jordan die ganze Zeit über ansehen konnte. Dabei entdeckte sie zum ersten Mal die Ähnlichkeit mit seiner Schwester. Beide hatten außergewöhnlich hohe Wangenknochen und die dichten Wimpern waren ihr schon zuvor in der Bar aufgefallen.

»Wäre es Ihnen lieber, ich plapperte wie ein kleines Dummchen drauflos?« Sie legte sich eine Hand an die Wange. »Oh, Mr Hudson, es ist ja so schön, hier zu sein. Dieses Grün und Braun passt ganz hervorragend zu der Farbe meiner Zehennägel!«

Er lachte leise, ein angenehmer Laut. »Auf den Mund gefallen sind Sie jedenfalls nicht.«

»Nein, ich bevorzuge es, über die Schulter abzurollen.«

Dieser kleine Schlagabtausch schien die Stimmung etwas zu entspannen. Lock lehnte sich bequem zurück und sagte nur dann etwas, wenn Jordan abbiegen sollte. Zu ihrer Überraschung fuhr sich der Wagen besser, als es von außen den Anschein hatte, nichts klemmte oder stotterte und auch der Reifenplatzer, den sie insgeheim erwartet hatte, blieb aus.

Irgendwann wurde ihr die Stille zu viel. Sie drehte am Regler des Radios, doch es schien nur einen einzigen Sender zu geben, der offensichtlich ebenfalls Johnny Cash bevorzugte, denn *Ring of Fire* ertönte aus dem Lautsprecher. Neben ihr wippte Lock mit dem Fuß, was ihr fast ein Grinsen entlockt hätte. Dabei wollte sie den Kerl gar nicht sympathisch finden nach seiner anfänglichen Reaktion auf sie.

»Wie weit ist es noch bis zum Claim?«, fragte Jordan schließlich, nachdem ein weiterer Cash-Titel angespielt wurde und sie das Radio leiser gedreht hatte.

»Von hier aus ...« Lock blies die Wangen auf und gab ein unartikuliertes Geräusch von sich. »Ich schätze siebzig, achtzig Meilen.«

Mist. Sie hätte vor der Abfahrt in der Bar etwas trinken sollen. Bei den Straßenverhältnissen würde es bestimmt drei Stunden dauern, bis sie ihr Ziel erreicht hatten.

Als ob Lock ihre Gedanken erraten hatte, schob er eine Hand in die Fronttasche seines Pullovers und zauberte eine kleine Flasche Wasser hervor. »Ein Sandwich hab ich auch. Ich dachte mir, Sie könnten während der Fahrt hungrig werden.«

»Danke, das ist sehr ... aufmerksam.«

»Haben Sie von einem Hinterwäldler wohl nicht erwartet.«

Er hatte sie eindeutig ertappt. So wenig, wie er sie in eine Schublade stecken konnte, hätte sie ihn ebenfalls beurteilen sollen.

Jordan beschloss, in Zukunft weniger voreingenommen zu sein. »Entschuldigung.«

»Schon in Ordnung.« Er öffnete die Flasche und reichte sie ihr.

Sie trank, bis der erste Durst gelöscht war, dann gab sie ihm die Flasche zurück, weil sie vermutete, dass sie deren Inhalt teilen würden. Sie lag richtig. Er vernichtete den Rest in weit kürzerer Zeit als sie und warf anschließend das leere Plastik in den Fußraum. Er nestelte zwei in einem Frischhaltebeutel verpackte Sandwiches hervor, packte sie aus und gab auch hier eine Hälfte an Jordan.

Sie aßen schweigend. Wiederum war Lock als Erster fertig. Er räusperte sich. »Wir haben noch ein bisschen Fahrt vor uns. Darf ich Fragen stellen oder werfen Sie mich dann aus dem Wagen und binden mich an die Stoßstange, damit ich hinterherlaufe?«

Sie tat so, als müsse sie ernsthaft überlegen. Dann hob sie einen Mundwinkel. Sie schüttelte den Kopf. »Fragen Sie, ich bin in Geberlaune, Sie haben mir das Fahren überlassen und etwas zu essen gegeben.«

»Warum sind Sie hier?« Weil Jordan nicht sofort antwortete, hob er einen Arm. »Da vorn müssen Sie übrigens nach links abbiegen. Wir kommen am Land der *Schroeder Mining Corporation* vorbei.«

»Das ist Felix' Firma, oder?«

Lock nickte. »Er gehört zu den größten Grundbesitzern in dieser Gegend. Er hält offiziell Tausende von Hektar. Von den inoffiziellen Zahlen will ich gar nicht reden. Eines Tages kaufe ich mir ein Stück Land von ihm und betreibe meine eigene Mine.«

»Sie wollen sich selbstständig machen?«

»Richtig. Und Sie lenken ab.«

»Stimmt, Sie haben recht. Aber ich rede nicht gern darüber.«

»Sagen Sie nicht, Sie fliehen gerade vor einer alten Liebe in die Ödnis. Das würde meine gerade gestiegene Meinung von Ihnen ins Bodenlose stürzen lassen.«

Deshalb sagte sie es auch nicht, obwohl er der Wahrheit schon verdammt nah gekommen war. Stattdessen verriet sie ihm ihr anderes großes Geheimnis. »Ich will eine Wette gewinnen.«

Sie konnte seinen ungläubigen Blick fast körperlich spüren. »Da hätte mir das mit dem Liebeskummer fast besser gefallen.«

»Tja, tut mir leid, dass ich damit nicht dienen kann. Es geht um eine simple Wette mit einem noch simpleren Kerl.«

»Sie haben mich neugierig gemacht. Verraten Sie mir, was es damit auf sich hat? Oh, und da vorn müssen Sie wieder rechts.«

Sie waren jetzt schon so oft abgebogen, dass Jordan ohne Navi vermutlich niemals wieder den Weg zur Stadt finden würde. So etwas wie Straßenschilder suchte man hier vergebens.

»Also?«

»Also«, begann Jordan, »ich war bis vor sechs Monaten eine ziemlich gefragte Stuntfrau in Hollywood.«

»Aha.« Er schien ihr nicht zu glauben, sagte aber nichts weiter.

»Ohne angeben zu wollen, es stimmt. Ich habe schon einige Kinogrößen gedoubelt. Bei einer Produktion vor einem Jahr sollte ich aus einem Heli springen und mit einem dieser kleinen Fallschirme an einem bestimmten Ort landen. Lange Rede kurzer Sinn, das Ding war nicht ordentlich verarbeitet. Eine Naht riss, ich flog ein Stück am Zielpunkt vorbei, konnte nicht korrigieren und brach mir einige Knochen. Es folgten zehn Monate Streckverband, Reha und was sonst noch dazugehört.«

»Und wo bleibt die Sache mit der Wette?«

Geduld kannte der Kerl wohl nicht, sie verdrehte die Augen. »Ruhig, Brauner, dazu komme ich gleich. Jedenfalls war die Produktionsfirma nicht sehr erbaut über meinen Unfall. Sie hatten vergessen, uns Stuntleute entsprechend zu versichern und mussten meine Behandlung aus eigener Tasche bezahlen, was das Budget des Films schmälerte. Zudem habe ich sie wegen des fehlerhaften Equipments verklagt und ein hübsches Sümmchen rausgeschlagen. Das hat ihnen allerdings noch weniger gefallen als mein Unfall und daher warfen sie mich raus. Was im Grunde nicht nötig gewesen wäre, denn mein Arzt meinte, dass ich froh sein könnte, nicht im Rollstuhl gelandet zu sein, was aber jederzeit passieren könnte, wenn ich nicht den Beruf wechsle.« Niemals würde Jordan den Tag vergessen, als Dr. Bernstein ihr diese Hiobsbotschaft überbracht hatte. Sie hatte ihren Beruf geliebt, sich mit vollem Einsatz gegen ihre männlichen Konkurrenten durchgesetzt und einen ordentlichen

Namen gemacht. Und ein einzelner besoffener Stuntkoordinator hatte alles zunichtegemacht. Der Gedanke versetzte ihr heute noch einen Stich. Vor allem machte er ihr bewusst, wie schnell alles vorbei sein konnte, wofür man jahrelang hart gearbeitet hatte. Sie holte tief Luft. »Eines Abends ging ich in meine Stammkneipe, um mich zu betrinken, da hörte ich einen Kollegen über mich lästern. Es war dumm, ich hatte schon einige Gläser zu viel, war wütend und verletzt, und er erzählte dummes Zeug. Es kam eines zum anderen und irgendwann meinte er, ich solle endlich kapieren, dass eine Frau nicht in einen Männerberuf gehört.«

»Autsch. Sie hatten doch schon das Gegenteil bewiesen.«

»Richtig, danke. Ich sagte, dass ich als Krüppel immer noch zweimal mehr Mann sei als der Kerl, der mich da niedermachte, und bot ihm eine Wette an: Er dürfe sich jeden Beruf aussuchen, der mich nicht dazu bringt, noch mal von einem Gebäude zu springen, und ich würde ihm beweisen, dass ich Erfolg habe.«

»Er sagte: ›Goldschürfen‹!« Lock schüttelte den Kopf. »Hier sind schon andere gescheitert, Jordan. Dieser Beruf ist nicht ungefährlich und am Ende könnten Sie alles verlieren – sogar Ihr Leben. Jedes Jahr kommen Hunderte hierher, von denen vielleicht fünf Prozent bis zum Saisonende durchhalten – und von diesen schafft es wiederum nur ein Prozent, genug Gold zu finden, um nicht ruiniert zu sein.«

»Ich weiß«, gab sie kleinlaut zu. »Aber ich muss es versuchen. Ich habe das Geld der Versicherung und aus der Klage in dieses Projekt gesteckt. Ich muss meine Kosten einfach wieder reinholen.« Sie war niemand, der aufgab. Ihr Leben lang hatte sie für ihre Träume gekämpft, sich gegen die Vorurteile anderer durchgesetzt und auch jetzt würde sie durchziehen, was sie angefangen hatte.

»Plus die Pacht, die Löhne der Arbeiter und garantiert anfallende Reparaturen. Haben Sie das wirklich gründlich durchdacht?«

»Ich hatte mir drei Tage Bedenkzeit erbeten. Dämlich bin ich ja nicht. Ich habe mich informiert, viel gelesen, telefoniert und bin zu dem Schluss gelangt, dass es machbar ist, wenn ich ein gutes Team und gutes Land habe. Und Felix sagte mir, Sie seien der Beste weit und breit – und sein Land sei erstklassig.«

»Stimmt beides, dennoch sind Sie reichlich naiv, wenn ich das so frei sagen darf.«

»Ich nehme es zur Kenntnis. Meinen Entschluss ändert das allerdings nicht. Felix ist kein Idiot. Als er hörte, dass ich eine Frau bin, hat er mir eine Rücktrittsklausel in den Vertrag geschrieben, die besagt, dass ich ihm den erwarteten Gewinn auf jeden Fall zahle. Ich stehe also mit dem Rücken an der Wand.«

»Und ein Erschießungskommando zielt auf Sie. Oh Mann, das setzt uns gar nicht unter Druck, was?«

Sie riskierte, einen weiteren Blick von der Straße zu nehmen, und sah Lock an. »Tut es, aber sind Sie nun der Beste oder nicht? Sehen Sie es als Herausforderung.«

»Lady, an meinen Ehrgeiz zu appellieren bringt auch kein Gold in den Boden. Das ist manchmal wie Glücksspiel.«

»Seien Sie ein bisschen optimis... Verdammt, was ist das denn?«

Sie trat auf die Bremse und brachte den Pick-up gerade noch rechtzeitig zum Stehen. Zum Glück hatte sie aus den Augenwinkeln gesehen, dass die Straße vor ihnen fast nicht mehr existierte. Ein Großteil der Fahrbahn war zur rechten Seite hin weggebrochen in einen Abgrund, der Übelkeit in Jordan aufsteigen ließ. Es ging ziemlich tief nach unten und einen solchen Aufprall überlebte keiner.

Bilder von ihrem Unfall blitzten vor ihren Augen auf, die sie energisch wegblinzelte. Als Kind war sie auch vom Pferd gefallen und wieder aufgestiegen. Also machte ihr auch diese Höhe nichts aus.

»Wo ist die Straße?«

»Vor uns«, brummte Lock. »Damit müssen Sie hier überall rechnen. Um diese Jahreszeit beginnt es gerade erst zu tauen. Ich schätze, das Gletscherwasser hat den Boden aufgeweicht, die Steine weggeschwemmt und alles mit sich gerissen.«

Jordan umklammerte das Lenkrad etwas fester, atmete tief durch und schickte ein Stoßgebet zum Himmel. »Das hätte übel ausgehen können.«

»Oh ja.«

»Wie kommen wir daran vorbei?«

»Zunächst hupen wir mal. Da vorn ist eine Biegung. Wenn jemand antwortet, hupen wir noch einmal; das ist das Signal, dass wir zuerst fahren. Dann halten wir uns ziemlich weit links. Machen Sie sich um den Lack des Wagens keine Gedanken, das ist hier draußen nicht wichtig. Hauptsache, wir können die Stelle umfahren.«

Jordan nickte, während sie gleichzeitig hupte. Es kam keine Reaktion, daher lenkte sie den Wagen auf die Gegenspur. So nah sie es sich traute, manövrierte sie den Pick-up an der felsigen Seitenwand entlang. Dabei klopfte ihr Herz wie ein Presslufthammer. Ihre Handflächen waren inzwischen so feucht, dass sie vom Lenkrad abzurutschen drohten, doch sie wagte es nicht, das Steuer loszulassen und sie an ihrer Hose abzuwischen.

»Ganz ruhig.« Lock legte ihr eine Hand auf die Schulter.

Wärme ging von ihm aus, die weniger beruhigend als ablenkend wirkte. Sie biss die Zähne zusammen und fuhr im Schritttempo an der Gefahrenstelle vorbei. Sobald sie sie passiert hatten, hielt sie, legte die Stirn aufs Lenkrad und rang um Atem. Das war verdammt knapp gewesen. Bei Stunts sah alles nur gefährlich aus, war es aber meist nicht, von der Ausnahme, bei der sich Jordan verletzt hatte, mal abgesehen.

»Das haben Sie gut gemacht.«

»Wenn Sie es sagen. Wann wird die Straße denn repariert?« Es graute ihr davor, die gleiche Stelle noch einmal passieren zu müssen, wenn sie zurück nach Clarksville fuhr.

Lock hob die Schultern. »In einem Monat, zwei? Wenn die Erde nicht mehr taut. Vielleicht auch erst nächstes Jahr, falls einer der Schürfer genug Gold übrig hat, um sie zu reparieren. Wenn Felix glaubt, ihm entgehen dadurch Gewinne, vielleicht auch früher. Wer weiß das schon?«

»Oh mein Gott.« Worauf hatte sie sich bloß eingelassen? »Das ist halb so wild.«

Sie drehte sich auf dem Sitz und funkelte ihn böse an. »Finden Sie? Was ist, wenn wir Essen brauchen, es einen Notfall gibt oder ...?«

»Die Vorräte in *Ain't all Silver* sind bereits aufgefüllt und für Notfälle gibt es Helikopter. Wir haben sowohl Sprechfunk als auch ein Satellitentelefon auf dem Claim. Sogar die Mobiltelefone funktionieren manchmal. Machen Sie sich keine Sorgen.«

»Die mache ich mir aber. Felix sagte mir, die Trucks und Arbeiter kommen erst morgen. Die müssen auch hier vorbei. Die Sattelschlepper sind riesig und schwer.«

»Und deren Fahrer sind Profis. Glauben Sie mir, das ist Ihr kleinstes Problem. Fahren wir weiter.«

Wenn das ihr kleinstes Problem war, wie sahen dann die anderen aus? Jordan wollte es gar nicht wissen. Für einen Augenblick war sie versucht, Lock das Steuer zu überlassen. Dann schämte sie sich. Sie konnte doch nicht behaupten, eine Mine leiten zu können, und beim ersten Anzeichen von Problemen in die Knie gehen.

Entschlossen fuhr sie weiter, dankbar dafür, dass durch den Ladeflächenaufbau der Rückspiegel unbrauchbar war. Den Seitenspiegel beachtete sie nicht.

3. Kapitel

Der Rest der Fahrt verlief ohne Zwischenfälle, aber in Schweigen. Jordan war aufgefallen, dass Lock nicht nach ihrem Wetteinsatz gefragt hatte – und dafür war sie dankbar. Sie wollte nicht darüber sprechen, was sie erwartete, falls sie verlor, von dem verlorenen Geld ganz zu schweigen.

Schon jetzt hatte sie ein zu großes Vermögen investiert, um einfach aussteigen zu können. Ohne das Geld aus der Klage wäre sie nicht mal so weit gekommen, überhaupt eine Mine zu pachten.

»Hinter der nächsten Kuppe können Sie schon Ihren Claim sehen«, bemerkte Lock leise.

Aufgeregt richtete sich Jordan auf. Die Straße unter ihnen flog nur so dahin und gab endlich den Blick auf das ihr gehörende Areal frei.

Schon von Weitem sah sie, dass hier bereits geschürft wurde. Die Erde war an vielen Stellen aufgebrochen, Erdhügel, die keiner Regelmäßigkeit folgten, und ein alter Bagger standen herum. Sogar ein Laie wie sie konnte das erkennen, und sofort breitete sich Enttäuschung in ihrer Brust aus.

»Bevor Sie fragen, der Claim hat Felix' Sohn gehört. Der ist vor zwei Jahren gestorben, seitdem hat hier niemand mehr gearbeitet.«

Das hatte Jordan nicht gewusst und sogleich fühlte sie ihr Gewissen aufsteigen, schlecht von Felix gedacht zu haben.

»Wie lang hat er hier geschürft?«

»Nicht ganz eine Saison. Er wurde auf seinem 45-Tonner ohnmächtig, kam ins Krankenhaus und erhielt die Diagnose Krebs. Er kam danach nie wieder her. Wir haben die Mine winterfest gemacht und ich habe Ende letzter Woche bereits die nötigen Sachen wie Lebensmittel und die Dieselanlage hergeschafft. Die Holzhütte enthält die Küche, das große Badezimmer und einen Gemeinschaftsraum. Der Wohnwagen daneben steht vollkommen zu Ihrer Verfügung. Er lässt sich abschließen und die Fenster wurden nachträglich vergittert.«

Wegen der Bären. Auch darüber hatte sich Jordan informiert. Sie besaß einen Waffenschein, weil es zu ihrem Job gehörte, aber kein Gewehr. »Haben Sie mir ein Gewehr besorgt?«

»Befindet sich in der Hütte. Sie sollten es testen. Falls Sie damit nicht klarkommen, habe ich noch zwei Kleinkaliber. Sie wissen, dass Sie die Bären nur töten dürfen, wenn Sie angegriffen werden?«

»Oder mich bedroht fühle, ja. Ich habe nicht vor, ihnen so nah zu kommen, dass es notwendig wird.«

Lock nickte. »Halten Sie sich einfach an ein paar Grundregeln, dann geschieht das auch nicht. Die Jungs und ich werden morgen zusätzlich nach dem Aufbau der Maschinen in einem Zwei-Meilen-Radius um das Camp eine Duftspur legen.«

Jordan konnte sich einen entsetzten Blick nicht verkneifen. Das meinte er doch nicht ernst! »Sie wollen ...?«

»... rund um das Lager eine Pinkelspur hinterlassen, ja. Ist das Einzige, was die Viecher abhält, falls sie schon dabei sind, Bauten zu errichten. Glauben Sie mir, Sie werden den Geruch nicht einmal bemerken, aber Mutter Grizzly wird es abschrecken.«

Sie zweifelte ja nicht an seinem Fachwissen, was dieses Thema anbelangte, aber ... Nein, allein die Vorstellung ekelte Jordan und sie war bei Weitem nicht zimperlich. »Sagen Sie mir einfach Bescheid, wenn Sie losgehen, dann bleibe ich im Wohnwagen.«

Sein Lachen glitt warm über ihre Haut, und Jordan bemühte sich, den Wagen unter Kontrolle zu halten. Sie wusste nicht, was sie von Lock halten sollte. Er hatte eine Art an sich, die sie reizte, etwas Dummes zu tun. Und wenn er dann so lachte wie eben, verflog der Wunsch, ihn zu schlagen, und weckte ganz andere Ideen in ihr. Solche, die sie in Schwierigkeiten bringen konnten und in diesem Moment absolut fehl am Platz waren.

Sie passierten eine Einfahrt und folgten einer Schotterstraße bis zu der besagten Hütte. Sie parkte den Wagen seitlich, wo Lock es ihr riet, und stieg aus.

Sie ging einige Schritte und sah sich neugierig um. Hier würde sie die nächsten Monate bis Saisonende leben. Die Nächte würden kurz sein, das Wetter würde rau sein – und die Landschaft herrlich. Trotz der eindeutigen Schürfzeichen war dieser Flecken Erde ein Traum. In der Ferne erblickte sie ein Gebirge und über ihnen kreisten einige Vögel, deren Schreien nach es sich um Adler handeln musste.

Noch war es hier friedlich, aber sobald die Waschanlage in Betrieb genommen wurde und die Bagger hin und her fuhren, um Material anzuliefern, würde es laut und hektisch werden.

»Kommen Sie, bringen wir die restlichen Lebensmittel rein!«, rief Lock.

Sie wandte sich zu ihm um und sah, dass er sich die Ärmel seines Hemdes hochgekrempelt hatte. Muskulöse Unterarme spannten sich, als er zwei Kühltaschen anhob und mit dem Fuß auf eine Kiste wies. Die Sachen mussten sich im Pick-up befunden haben, denn die Heckklappe stand offen.

Jordan schnappte sich den Behälter und folgte Lock, der voran zu der Hütte ging.

In deren Innern war es geräumiger, als es von außen den Anschein hatte. Ein massiver Tisch mit acht Stühlen nahm den Großteil des Hauptraumes ein. Weiter hinten entdeckte sie die offen stehende Tür zu einer Toilette, daneben eine weitere zu einem Badezimmer. Rechts vom Tisch gab es eine Kochnische. Genug Platz, um für sechs bis acht Personen Mahlzeiten zubereiten zu können.

»Ähm, wer kocht hier eigentlich?«

Lock stellte die Kühltaschen auf den Boden und öffnete den Deckel der ersten. »Jeder abwechselnd. Wenn wir in Schichten arbeiten, variiert das manchmal, aber hier muss jeder ran.«

»Verdammt.«

Sein Kopf lugte hinter der Kühlschranktür hervor. »Wie meinen?«

»Ich kann nicht kochen.«

Sein Blick wurde ausdruckslos, und Jordan konnte förmlich die kleinen Rädchen darin arbeiten hören. *Wie, sie kann nicht kochen? Sie ist eine Frau, sie muss das können.*

Bevor er eine diesbezügliche Bemerkung machen konnte, hob sie die Hand. »Ich schaffe es gerade einmal so, Pommes frites im Ofen warm zu machen. Aber selbst dann sind sie nicht immer genießbar. In Florida war ich Stammkundin bei mehreren Restaurants und Lieferdiensten.«

»Sie sind hier nicht in Florida«, brummte er und machte sich wieder daran, die Sachen aus den Truhen in den Kühlschrank zu räumen. Sobald er mit der ersten Kühltasche fertig war, zog er sich die zweite heran. »Jeder muss hier seinen Teil beitragen, Jordan, sogar der Boss. Wenn Sie nicht kochen können, müssen Sie es lernen. Nudeln kochen, ein Glas Tomatensoße öffnen, das ist nicht schwer, aber es muss sein, sonst haben Sie hier bald eine Horde unzufriedener Männer – und glauben Sie mir, das wollen Sie nicht.«

Da gab sie ihm recht. Aber er hatte noch nie etwas von dem gegessen, was sie *gekocht* hatte. Ihr Vater, der sie über alles liebte, hatte sich schlichtweg geweigert, ihren Herd in ihrer Wohnung überhaupt anzuschließen, weil er fand, dass Jordans Fähigkeiten auf anderen Gebieten lagen. »*Du kochst so mies, wie du singst, mein Schatz, aber du wirst immer mein süßes kleines Mädchen bleiben.*«

Wie oft hatte sie diesen Spruch gehört?

Jordan seufzte und packte die Kiste auf die Arbeitsplatte. Sie öffnete Schränke und verstaute Müsli, Reis, Nudeln, diverse Dosen und Instantkartoffelpüree zwischen den bereits vorhandenen Vorratspackungen. Sie hörte, wie Lock hinausging und weitere Dinge aus dem Wagen holte. Für den Generator würde er Hilfe benötigten, trotzdem zögerte sie, ihm zu folgen.

Wenn die übrigen Arbeiter erst morgen kamen, wo blieb Lock dann heute Nacht? Er erwartete hoffentlich nicht, dass sie ihn bei sich im Wohnwagen schlafen ließ?

Weil er nicht zurückkam, ging sie doch nachsehen. Draußen atmete sie die würzige Luft Alaskas ein und freute sich insgeheim, ihren Mut zusammengenommen zu haben und hergekommen zu sein. Diesen Flecken Erde hätte sie sonst vermutlich nie kennengelernt.

Draußen beobachtete sie, wie Lock ihre Tasche vor dem Wohnwagen abstellte und dann nach und nach den Rest des Pick-ups ausräumte. Sie lief zu ihm, um ihm die Schaufeln abzunehmen und von außen an die Blockhütte zu lehnen. Ein Werkzeugkoffer wurde zu einem etwas entfernt stehenden Container gebracht, den Lock mit einem Schlüssel öffnete.

Jordan kam hinzu, um zu sehen, was es damit auf sich hatte. Im Inneren des Containers hingen drei Sicherungskästen, auf deren Türen *High Voltage* stand. In einer Ecke befand sich eine gewaltige Pumpe auf zwei Rädern. Die dazugehörigen Schläuche waren sauber in den Ecken verstaut.

Lock öffnete den vordersten Kasten, an dessen rechter Seite ein roter Knopf mit dem Wort *Not-Aus* prangte. »Schauen Sie, das sind die einzelnen Sicherungen für die Waschanlage. Wenn einer von uns ruft, dass die Anlage oder einzelne Komponenten abgeschaltet werden müssen, erfolgt das über diese Taster.« Er zeigte auf die Beschriftungen für Trommel, Rüttler und Jig. »Falls das gesamte System lahmgelegt werden muss, hauen Sie einfach rechts auf *Not-Aus*. Zu langes Zögern kann alles kaputt machen.«

Jordan nickte. »Verstanden. Was ist mit der Wasserversorgung? Ich habe gelesen, dass es da auch Schwierigkeiten geben kann.«

»Stimmt. Aber die Pumpe wird separat angeschlossen und gesteuert. Direkt am Gerät. Auch da gibt es einen Notschalter.« Er sah sie fest an. »Hören Sie, Jordan, ich bewundere Sie wirklich für den Mumm, den Sie hier zeigen, aber gegenüber den anderen Männern werden Sie sich behaupten müssen. Wenn Sie Fragen haben, richten Sie sie ausschließlich an mich oder Caleb. Er ist mein Stellvertreter und kennt sich mit den Problemen in dieser Branche ebenso gut aus wie ich. Keiner von uns beiden wird Ihnen einen Strick aus Ihrer Unwissenheit drehen. Die anderen schon. Ich versuche, Ihnen alles vorab zu zeigen, aber es ist eine ganze Menge, das Sie hier lernen müssen, und wir haben nicht viel Zeit.«

»In Ordnung.«

Lock schickte sich an, den Container zu verlassen. Er lief dicht an Jordan vorbei, die ihm eine Hand auf den Unterarm legte. Als ihre Finger seine warme Haut berührten, glaubte sie zu sehen, wie er zusammenzuckte.

Sie blinzelte und schon meinte sie, sich geirrt zu haben. »Danke, Lock.« Sie lächelte ihn an und hoffte, ihm auf diese Weise zu zeigen, dass sie es ernst meinte. Ohne seine Hilfe war sie aufgeschmissen und sie würde alles daransetzen, hier nicht zu versagen. »Ich lerne schnell und verspreche, mich nicht allzu dumm anzustellen.«

Er hob einen Mundwinkel. »Danken Sie mir erst, wenn Sie sich hier so weit integriert haben, dass die anderen Sie akzeptieren. Manch ein Mann wird hier untergebuttert. Bleiben Sie einfach, wie Sie jetzt sind, zeigen Sie, dass Sie nicht auf den Mund gefallen sind, dann wird es schon. Und was das *Dumm-Anstellen* angeht, das werden wir ja dann wohl sehen, oder?«

Damit stapfte er davon und ließ Jordan mit ihren Gedanken allein. Wieder einmal hatte Lock ihr gezeigt, wie widersprüchlich er sein konnte. Seine anfängliche Reserviertheit war Herzlichkeit gewichen, als Jordan es am wenigsten erwartet hätte. Vielleicht, sinnierte sie, konnten sie ja wirklich ein gutes Team werden.

Sie hatte ihn immer noch nicht gefragt, wo er schlafen würde, nahm aber an, dass er entweder im Wagen oder in der Gemeinschaftshütte übernachten würde. Ein kurzer Blick aufs Mobiltelefon verriet, dass Jordan ihre Eltern anrufen sollte. Empfang gab es hier keinen, aber Lock hatte etwas von einem Satellitentelefon gesagt. Kurzerhand entschloss sie sich, ihren Wohnwagen zu besichtigen, vermutlich fand sie dort die Sachen, die sie suchte.

Sie schnappte sich ihre Tasche und öffnete die Tür zu dem Camper. Drinnen war es ziemlich kühl, vermutlich hatte der Anhänger über den Winter hier gestanden. Kein Staubkorn zeigte sich, es roch nicht muffig, also hatte Lock hier tatsächlich sauber gemacht.

Ein Bett im hinteren Teil war bereits mit einem Kissen und einer Daunendecke versehen. Jordan hatte vorgehabt, sich frische Bezüge in der Stadt zu kaufen, es aber dann vollkommen vergessen. Sie stellte die Tasche aufs Bett und inspizierte die Schränke. Es gab ein kleines Abteil, das nach außen wie ein Schrank wirkte, aber eine Toilette und ein minimalistisches Waschbecken enthielt. In den Fächern fand sie Gläser, eine Tasse, Teller und Besteck als Grundausrüstung. Eine Propangasflasche würde den Wagen rasch aufwärmen. Da sie sich damit auskannte, kümmerte sie sich als Erstes darum.

Sie überprüfte den Sicherheitsverschluss, danach die Verbindungen zur Heizung und sorgte dann für die Zündflamme. Schon nach wenigen Augenblicken wurde es angenehm warm in dem engen Wohnwagen. Unter einem Fenster gab es einen kleinen Klapptisch an einer Bank, auf dem sich ein Haufen Papiere stapelten, die von dem gesuchten Telefon an Ort und Stelle gehalten wurden. Jordan griff danach und musste enttäuscht feststellen, dass es mit einer PIN gesperrt war. Vermutlich würde sie die Nummer irgendwo zwischen den Papieren finden, aber danach zu suchen, hatte sie im Augenblick nicht wirklich Lust.

An dem Fenster zu ihrer Rechten huschte ein Schatten vorbei. Zu groß, um ein Bär zu sein, machte es sie dennoch neugierig und sie ging hinüber, um nachzusehen.

Ein weiterer Pick-up mit einem Wohnwagen als Anhänger war gerade auf dem Gelände eingetroffen. Auf der Ladefläche befand sich ein dunkelgrünes Quad, das aussah, als hätte es kürzlich bei einem Schlammrennen mitgemacht.

Jordan hörte das Schlagen einer Tür, Männerlachen und dann eine leise Unterhaltung. Sie ging hinaus und fand Lock ins Gespräch mit einem anderen Mann verwickelt. Der Neuankömmling war groß, hatte mittellanges, lockiges blondes Haar und Augen, die intensiv grün leuchteten. Mit seinen schmalen Gesichtszügen, dem kantigen Kinn und den dichten Brauen erinnerte er Jordan an Matthew McConaughey, bevor der Schauspieler so radikal abgenommen hatte. Der Fremde war eine Handbreit kleiner als Lock, dafür sportlich gebaut wie ein Läufer. Beiden sah man an, dass sie viel Zeit im Freien verbrachten. So, wie sie sich benahmen, kannten sie einander schon sehr lang, denn sie boxten sich gerade spielerisch und grinsten dabei.

Als Lock Jordan bemerkte, wurde er ernst und winkte sie heran.

»Ich wollte die Wiedersehensfreude nicht stören«, sagte sie trocken, darum bemüht, ein eigenes Lachen zu unterdrücken.

»Tun Sie nicht, das ist ...«

Der Blonde unterbrach Lock einfach und strahlte Jordan an. »Caleb. Caleb Strauss. Sie sind also die Frau, von der Nicci erzählt hat. Ich habe Sie knapp verpasst, als sie ins *Rush* kamen. Herzlich willkommen am Ende der Welt.« Er fasste ihre Hand und schüttelte sie kräftig. Wie Locks fühlten sich seine Finger schwielig von harter Arbeit an.

Die Begrüßung überrollte Jordan ein wenig. Sie hatte einen verschlosseneren Charakter ähnlich Lock erwartet und war nun überrascht über so viel Herzlichkeit. Die allerdings war so ansteckend, dass sie unwillkürlich auftaute.

»Freut mich, Sie kennenzulernen, Caleb. Scheint so, als hätten Sie weniger Probleme mit einer Frau vor Ort als Lock.«

Caleb winkte ab. »Vergessen Sie den alten Griesgram. Der hat nur Arbeit im Kopf. Er weiß gar nicht, was es heißt, ein solches Glück zu haben.«

»Caleb ...«, versuchte Lock gedehnt sich Gehör zu verschaffen, aber sein Freund ignorierte ihn und plapperte einfach weiter. »In Clarksville verhält es sich so wie mit den Zwergen aus *Herr der Ringe.*«

»Bitte, was?« Jordan verstand kein Wort.

»Na, die Frauen! Sie sind selten und nicht viele davon haben keinen Bart. So wie unsere kleine Nicci-Maus.«

»Caleb, jetzt reicht es!« Eine Ader an Locks Hals begann anzuschwellen und die auf seiner Stirn pulsierte gefährlich.

»Sehen Sie, was ich meine? Ist jedes Mal dasselbe mit ihm.« Caleb lachte und legte kameradschaftlich einen Arm um Jordans Schultern. »Man macht einen Scherz und er flippt aus.«

Caleb war auf eine aufdringliche Art charmant. Er sagte und tat nichts, um sich bewusst aufzudrängen, doch er nahm viel Raum ein, wodurch rasch klar wurde, wie er tickte. Er war ein

Frauenschwarm und wusste es, gleichzeitig versuchte er das mit Humor und einem harmlosen Lächeln zu überspielen. Jordans Herz klopfte ein wenig schneller. Trotzdem machte sie sich los. Persönliche Verwicklungen waren das Letzte, was sie gerade gebrauchen konnte.

»Mir würde es auch nicht gefallen, wenn man über meine Schwester so redet.«

»Alles Spielverderber hier! Das werden ja ein paar tolle Monate«, maulte Caleb und mit einem Mal war sich Jordan sicher, dass dieser Mann nicht viel ernst nehmen würde. Wie er es mit dieser Einstellung zu Locks Stellvertreter gebracht hatte, war ihr ein Rätsel, aber im Augenblick genügte es ihr zu wissen, dass nicht jeder auf dem Claim sie ablehnte.

»Hey, Lock, wo soll ich unseren Trailer abstellen?«

Die Männer beratschlagten kurz, dann parkte Caleb den Wohnwagen in unmittelbarer Nähe zu Jordans, sodass die Längsseiten nebeneinanderstanden. Sollten sie jemals gleichzeitig ihre Behausungen verlassen, würden sie sich unvermeidlich über den Weg laufen, denn die Einstiege lagen bei den Fahrzeugmodellen auf verschiedenen Seiten und damit nun genau einander gegenüber.

Wenigstens ist jetzt geklärt, wo Lock schläft, sagte sich Jordan und wollte schon wieder in ihren eigenen Wagen klettern, als ihr die Sache mit der Telefonverschlüsselung wieder einfiel.

»Lock?«

»Ja?«

»Wissen Sie den Code für das Satellitentelefon?«

Hinter ihnen kicherte Caleb und murmelte etwas von Frauen, die nie ohne ein Telefon sein konnten. Jordan ignorierte ihn und sah Lock unverwandt an, der sich kurz am Kopf kratzte. Er nannte ihr den vierstelligen Code und ging dann wieder zu seinem Freund.

Dieses Mal zögerte sie nicht, sondern marschierte in ihren Wohnwagen, setzte sich und griff nach dem Telefon. Jede Minute würde ein Vermögen kosten, daher ging sie im Geiste kurz die Dinge durch, die sie mit ihren Eltern besprechen wollte. Sie könnte natürlich ein R-Gespräch anmelden, aber ihr abergläubisches Ich behauptete hartnäckig, dass sie schon von vorneherein damit rechnete, pleitezugehen. Sie schob den Gedanken beiseite, gab die PIN ein und wählte.

Es klingelte nur kurz, dann meldete sich eine dunkle Stimme. »Rigby.«

»He, Dad, ich bin's.«

Eine kurze Pause folgte. »Wer ist *ich*? Ich kenne niemanden, der so heißt«, sagte Winston Rigby.

Es war ein altes Spiel zwischen ihnen beiden und unvermittelt fühlte Jordan einen Stich Heimweh. Ihr Vater zog sie gern auf, ähnlich, wie Caleb es mit Lock tat, nur dass die beiden hier zusammen waren und nicht Tausende Meilen getrennt.

»Jordan.«

»Ah, stimmt, jetzt erkenne ich die Stimme. Geht es dir gut, mein Böhnchen?«

»Ja, alles bestens, ich wollte nur sagen, dass ich heil auf meinem Claim angekommen bin.« Sie verzichtete darauf, ihm von Felix' Abwesenheit zu berichten. »Ist Mom auch da?«

»Tut mir leid, Schatz, sie ist bei Mrs Lederman.«

»Da kann man nichts machen. Gibst du ihr bitte einen Kuss von mir?«

»Von dir immer, das weißt du doch.« Er wurde ernst. »Ist wirklich alles in Ordnung da oben? Niemand wird dich verurteilen, wenn du hinwirfst und zurückkommst.«

Niemand außer ihrem Wettgegner und Exverlobten Boyd. Aber seinen Namen würde Jordan ebenso wenig zur Sprache bringen wie die Wette. Ihr Vater fand das ohnehin alles albern und hatte ihr lang genug ins Gewissen geredet.

»Ich weiß, Dad, aber es ist alles gut. Mein Vorarbeiter ist nett, ich bin gerade dabei, mich einzurichten, und morgen fängt es richtig an, wenn die Maschinen kommen und ich den Rest des Teams kennenlerne.«

»Na gut, du bist alt genug, Böhnchen. Du weißt, wir vertrauen dir.«

»Danke. Ich muss jetzt auch Schluss machen, das Gespräch

wird sonst zu teuer.«

»Na, hör mal, ich bekomme weniger als zehn Minuten mit meinem eigenen Kind? Das nächste Mal meldest du ein R-Gespräch an. Und, Jordan?«

»Ja, Dad?«, fragte sie gedehnt, weil sie den Teufel tun und ein solches Gespräch anmelden würde.

»Ich werf dich aus der Leitung, wenn du es nicht tust!«, beendete ihr Vater das Gespräch und legte auf.

Kopfschüttelnd starrte sie auf den Hörer. Er schaffte es doch immer wieder, dass sie sich wie ein kleines Mädchen fühlte. Daran würde sich vermutlich nicht einmal etwas ändern, wenn sie sechzig und er neunundachtzig war.

Ein Klopfen riss sie aus ihren Gedanken. »Ja, bitte?«

Die Tür wurde aufgezogen und Caleb steckte den Kopf herein. »Hallo, schöne Frau, haben Sie Hunger?«

Jordan würde ihm den Kopf zurechtrücken müssen, er durfte sie gegenüber den anderen Männern nicht so nennen, aber ihr knurrender Magen verriet sie.

»Ah, das heißt wohl ja. Dann kommen Sie mal rüber, Sie erhalten Ihre erste Kochlektion.«

Er verschwand, ehe sie etwas antworten konnte. Lock hatte sie glatt an seinen Freund verraten. Sie wusste nicht, ob sie böse oder amüsiert sein sollte. Für den Moment entschied sie sich, dass es nichts schaden konnte, den Männern beim Kochen zuzusehen. Solang sie nur nichts anfasste. Sie wollte ihre Crew ja nicht schon vor dem ersten richtigen Arbeitstag in Lebensgefahr bringen.

4. Kapitel

Jordan verzog sich in die hinterste Ecke der Blockhütte. Weit weg von den Männern, die sämtliche Fenster aufrissen und mit Handtüchern versuchten, den Wasserdampf aus der Küche zu entlassen.

»Ich hatte es ihnen gesagt«, murmelte Jordan vor sich hin und verschränkte die Arme vor der Brust. Was konnte sie dafür, dass Lock behauptete, Nudeln zu kochen sei keine Kunst? Während sie eifrig Fragen zu den morgigen Aufgaben gestellt hatte, hatte sie das Kochwasser völlig aus den Augen verloren. Erst als der Dampf zu eindeutig wurde und Caleb den Topf vom Herd riss, fiel es ihr wieder ein.

Keiner der Männer hatte sie gescholten, aber Locks Gesichtsausdruck sprach Bände.

»Gehen Sie besser raus«, riet Caleb und deutete mit dem Daumen über seine Schulter. »Ich werde unseren Griesgram beruhigen und rufe Sie dann zum Essen.«

Jordan beschloss, den Rat anzunehmen. Sie würde den Männern nachher anbieten, wenigstens mittags Sandwiches zu machen. Da konnte nicht viel schiefgehen und damit wäre ihre Pflicht, sich an den Mahlzeiten zu beteiligen, erfüllt. Falls die Männer immer noch darauf bestanden, dass sie kochen sollte, würde sie versuchen, für diese Arbeit jemanden anzustellen. Geldverschwendung auf der einen Seite, aber lebensrettend auf der anderen.

Jordan lief zur Waschanlage, die sich – groß und blau – auf einem Hügel befand. Noch stand die Maschine still, aber sobald sie in Betrieb genommen werden würde, liefen mehrere Tonnen Erdreich, Wasser und Gestein durch sie hindurch und am Ende, wenn das Schicksal es wollte, würde Gold im Jig sein. Jordan hatte alles darüber gelesen, technische Zeichnungen studiert und sogar eine BBC-Serie zu dem Thema verfolgt, bis es ihr aus den Ohren herauskam. Als sie mit Boyd gewettet hatte, erfolgreich eine Mine zu betreiben, hatte sie ihm von Anfang an gesagt, dass sie dafür eine angemessene Vorbereitungszeit benötigte. Drei Monate war das jetzt her. Gerade rechtzeitig zum Saisonstart hatte sie alle notwendigen Genehmigungen und Unterlagen zusammengehabt, ihre Angelegenheiten geregelt und sich von ihrer Familie verabschiedet. Trotzdem kam es ihr so vor, als habe sie erst gestern diese dämliche Wette angenommen.

Während sie über das Gelände lief, stieß sie immer wieder Steinchen mit dem Fuß an und beobachtete, wie diese über den Boden hüpften.

Bislang verlief alles gut. Caleb und Lock waren freundlich und würden irgendwann auch über den Schock, dass Jordan keine Köchin war, hinwegkommen. Morgen würde ein aufregender Tag werden, wenn die restlichen Arbeiter und Maschinen ankamen. Die Geräte mussten aufgebaut werden und im besten Fall konnten sie vielleicht schon mit dem Schürfen beginnen.

Ein Geräusch ließ Jordan innehalten. Sie hob den Kopf, drehte sich leicht, um nachzusehen, ob Lock oder Caleb nach draußen gekommen waren. Nichts. Sie war allein.

Schulterzuckend wollte sie ihren Weg fortsetzen, als der Wind eine herbe Duftnote mit sich brachte. Bevor Jordan das tiefe Röhren hörte, wusste sie, dass sich ein Bär auf dem Gelände befand.

Ihr Herz begann wie wild zu klopfen und ihr Kopf spielte alle möglichen und unmöglichen Szenarien durch. Angst vermischt mit adrenalingetränktem Fluchtinstinkt pulsierte durch ihre Venen.

Ohne eine hastige Bewegung zu machen, versuchte sie, herauszufinden, wo sich das Tier versteckte.

»He, Jordan, kommen Sie wieder rein, die Nudeln sind fast gar, und Lock sagt, wenn Sie nicht den Tisch decken, bekommen sie nichts ab!« Calebs Stimme klang viel zu laut. Er würde den Bären auf sich aufmerksam machen.

Sie hob langsam einen Arm, um Caleb zu signalisieren, still zu sein. Es fehlte gerade noch, dass der Bär sich provoziert fühlte und einen von ihnen angriff.

Sie kniff die Lider zusammen, um in den Schatten des umliegenden Waldes nach einer Bewegung zu suchen. Vielleicht befand sich das Tier auch zwischen den Materialcontainern. Endlich entdeckte sie es. Der Schwarzbär wog vermutlich an die einhundertachtzig Kilo und trabte gemächlich am Waldrand entlang. Sein Blick lag unvermindert auf Jordan, als warte er darauf, dass sie einen Fehler machte. Der gewaltige Kopf schwang hin und her. Das Knurren klang nicht aggressiv, nur warnend. Jordan schluckte an dem Kloß in ihrem Hals. Alles in ihr schrie, wegzulaufen, aber ihre Füße bewegten sich keinen Millimeter von der Stelle.

»Sieht so aus, als hätten wir einen Hausgast«, raunte es links von Jordan und sie erschauerte unwillkürlich, als Calebs Körperwärme durch ihren Blazer und das dünne Shirt drang. Er stand viel zu dicht bei ihr, seine Lippen zu nah an ihrem Ohr. Wenn er atmete, bewegte sich eine Strähne ihrer Haare, die sie dann am Kinn kitzelte.

»Wir sollten langsam zurückgehen. Ich habe keine Waffe dabei – Sie, Caleb?«

Er antwortete nicht, dafür legten sich seine Hände auf ihre Taille und zogen sie langsam nach hinten. Auch wenn es ihr nicht gefiel, ungefragt angefasst zu werden, gestattete Jordan, dass er sie so zur Hütte dirigierte. Sie ließ den Bären keine Sekunde aus den Augen, obwohl sich ihre Sinne auf Calebs Duft einschossen. Verdammt, der Mann roch gut. Zu gut für Jordans Geschmack.

Sie stoppten abrupt, als sie am Fuß der Veranda ankamen. Der Bär hatte sich inzwischen getrollt, doch Caleb hielt Jordan weiter fest. Jetzt legte er das Kinn auf ihre Schulter und murmelte leise Worte. »Meine Heldin, Sie haben mich gerettet. Ein menschlicher Schild, nur, damit mir nichts geschieht. Mein Leben gehört jetzt Ihnen.«

Jordan drehte sich um und registrierte verblüfft, dass er seine Hände weiter auf ihr liegen ließ, und es ihr nichts ausmachte.

»Sie finden das lustig?«, versuchte sie, ernst zu bleiben.

Er zuckte mit den Schultern. »Es gibt Schlimmeres als einen

Bären im Camp. Wenn Sie allerdings einen Schokoriegel in der Hand gehalten hätten, wäre ich um mein Leben gerannt und hätte Sie ihm überlassen.« Er blickte sie dabei todernst an, nur ein Augenlid zuckte leicht, woran Jordan erkannte, dass er sie auf den Arm nahm.

Sie schlug ihm gegen die Brust. »Blödmann!«

»Ah«, er fasste sich ans Herz. »Das tut mir wirklich weh.«

»Kommt ihr jetzt zum Essen oder nicht?« Lock stand im Türrahmen, die Arme vor der Brust verschränkt, und sah sie seltsam an. In seinen braunen Augen lag ein Ausdruck, den Jordan nicht deuten konnte.

Sie schob sich an Caleb vorbei und erklomm die beiden Stufen. »Ich hörte, ohne Tischdecken bekomme ich kein Abendessen? Dann werde ich mich gleich ans Werk machen!«

Der Tisch war mit wenigen Handgriffen gedeckt, und als Lock Pasta mit Fleischbällchen servierte, war die Stimmung wieder friedlich. Sie tranken Bier aus der Flasche und aßen in einträchtigem Schweigen. Noch war der Raum leer, aber künftig würden hier mehrere Männer sitzen und sich vermutlich lautstark unterhalten. Jordan freute sich darauf. Vor ihrem Unfall hatten sie und ihre Teammitglieder oft gemeinsam die Mahlzeiten eingenommen, Tagespläne diskutiert oder Ideen gesponnen, wie ein Stunt am besten zu verwirklichen war. Das fehlte ihr wohl am meisten.

»Wie viele Männer kommen morgen eigentlich noch?«, fragte sie, nachdem sie sich den Mund mit einer Papierserviette abgetupft hatte.

»Vier. Hank Blosser, Ulf Dennersson, Darren Flax und Tesla.« Weil sie ihn fragend ansah, fügte Lock hinzu: »Wir nennen ihn so, weil er jedes Gerät zum Laufen bringt, ob es will oder nicht. Sein richtiger Name ist Mike Horne.«

»Und abgesehen von Tesla, der unser Mechaniker ist, sind alle anderen Goldschürfer?«

Caleb nahm einen Schluck Bier, lehnte sich auf seinem Stuhl zurück und überließ Lock die Antworten.

»Die meisten von ihnen schürfen schon seit mehreren Jahren.

Hank ist erst seit letztem Sommer dabei, aber er hat Talent, weswegen ich gern mit ihm zusammenarbeite. Alle können Baggerfahren, Goldwaschen ... Da fällt mir ein, können Sie das auch?«

»Baggerfahren, ja. Ich musste es für einen Stunt lernen. Ich könnte sogar einen der großen Trucks lenken, die morgen kommen, aber angesichts der maroden Straßen hier lasse ich das lieber. Sie müssen mir nur sagen, was ich wo graben soll, dann mach ich das.«

»Hm-hm«, machte Caleb. »Hier werden nicht nur Löcher gebuddelt, Jordan.« Vertraulich legte er ihr eine Hand auf den Unterarm. »Wir müssen ganze Areale abtragen, Treppen graben und so weiter und so fort. Das braucht schon ein wenig Erfahrung.«

Jedem anderen wäre Jordan über den Mund gefahren, weil er sich so plumpvertraulich benahm, aber bei Caleb machte es ihr nichts aus. Sie bemerkte allerdings, wie Lock leicht die Stirn krauste, als er Calebs Geste sah.

Wieder sagte er nichts. Stattdessen leerte er seinen Teller, stand auf und ging zur Spüle, wo er ihn stehen ließ. »Ich habe gekocht, Sie waschen ab.«

Ehe Jordan protestieren und darauf verweisen konnte, dass sie hier bestimmt nicht die Haushälterin spielen würde, sprach er einfach weiter. »Ich werde mit den Männern wegen Ihrer Kochkünste sprechen.« Er kam zum Tisch zurück, setzte sich und verschränkte wieder abwehrend die Arme vor der Brust. »Wenn alle Stricke reißen, werden Sie jemanden anheuern müssen, der für uns kocht. Würde im Grunde auch den Ertrag der Mine erhöhen, wenn keiner von uns ausfällt. Aber das klären wir morgen. Für heute haben wir genug geredet. Wir sollten schlafen gehen. Die Nacht ist um sechs Uhr früh zu Ende. Ich will einen Testlauf an der *Little Maiden* machen, um zu sehen, was über den Winter kaputtgegangen ist.«

»*Little Maiden?*«

»Die Waschanlage«, erklärte Caleb. »Ist Tradition hier. Wir geben den Waschanlagen und den Schürfarealen Namen.«

Ein seltsamer Brauch, aber Jordan beschloss, nicht noch einmal nachzufragen. Sie bemerkte, wie Lock sie ansah, und kam sich plötzlich wie ein Insekt unter einem Mikroskop vor. Caleb schien es nicht zu bemerken, er aß noch eine weitere Portion, bevor er auch seinen Teller abräumte.

Für einen Augenblick waren Jordan und Lock allein. Sie wollte etwas sagen, sich vielleicht noch einmal für ihre miserablen Kochkünste entschuldigen, dann beschloss sie, es nicht zu tun.

Sie war hier der Boss, und es wurde langsam Zeit, dass sie sich auch wie ein solcher verhielt. »Bevor wir schlafen gehen, würde ich noch gern die Bohrpläne mit Ihnen durchsehen, wenn Sie einverstanden sind, Lock?«

»Natürlich. Haben Sie sie mitgebracht?«

Jordan schüttelte den Kopf. »Sie liegen noch im Wohnwagen. Ich hole sie schnell.«

»Aber passen Sie auf, nicht wieder den Bären anzulocken!«, rief Caleb ihr aus der Kochecke zu.

Lock versteifte sich. Plötzlich wirkte er nicht mehr verbindlich, sondern äußerst gefährlich. »Welcher Bär?«

»Ein Schwarzbär streift am Camp vorbei. Er hat nicht angegriffen.« Jordan sprach ruhig und versuchte die Gefühle, die sie beim Anblick des wilden Tieres überkommen hatten, nicht in ihre Stimme einfließen zu lassen.

Es schien zu funktionieren. Lock wechselte nur einen kurzen Blick mit Caleb. »Nach der Besprechung machen wir ein paar Schießübungen«, sagte er schließlich.

Obwohl es bestimmt richtig war, dass er um ihre Sicherheit besorgt war, schmeckte sein Befehl bitter. Deshalb stand Jordan auf und ging hinaus. Auf dem Weg zum Wohnwagen und zurück überlegte sie, wie sie Lock klarmachen konnte, dass sie das Sagen hatte und nicht er.

Auf dem Rückweg kam ihr Caleb entgegen. Er pfiff leise vor sich hin. Er trug ein Gewehr geschultert und eine Taschenlampe, obwohl es noch sehr hell war. »Ich drehe eine Runde.«

Jordan nickte ihm zu und ging weiter zur Hütte. Drinnen stand Lock an der Spüle und machte den Abwasch.

Verblüfft blieb Jordan stehen. »Ich dachte, das wäre mein Job?«

Er zuckte nur mit den Schultern, beendete seine Aufgabe, indem er den letzten Teller in ein Abtropfgitter stellte und das Wasser abließ. Mit gemächlichen Bewegungen trocknete er seine Finger und kam anschließend zu ihr. »Darf ich?« Er nickte zu der Rolle in ihrer Hand, die sie ihm widerstandslos überließ.

Sie hatte absolut keine Ahnung, was in diesem Mann vor sich ging, und irgendwie wollte sie das auch nicht wissen. Wenn sie ehrlich war, bevorzugte sie Calebs lockere Art, den nichts zu erschüttern schien und der das Leben offenbar nahm, wie es kam. Lock dagegen war viel zu ernst, auch wenn es auf der Herfahrt nicht diesen Eindruck gemacht hatte. Die Verbundenheit, die sie kurz zu fühlen geglaubt hatte, war mit Calebs Ankunft ebenso verschwunden wie der Bär zuvor.

Jordan räusperte sich und setzte sich neben Lock, der die Bohrpläne bereits aufgerollt und mit einem Serviettenhalter und Salz- und Pfefferstreuer befestigt hatte.

Er studierte die Angaben ruhig und fuhr mit seinem schlanken Finger über die Linien. An einer Stelle hielt er inne und tippte aufs Papier. »Das scheint eine gute Stelle zu sein.«

Jordan beugte sich vor, obwohl das bedeutete, ihm nah zu kommen. Auch Lock roch gut, aber es irritierte sie nicht so sehr wie bei Caleb.

Langsam entspannte sie sich und folgte seinen Bewegungen. »An dieser Stelle sollten wir als Nächstes graben. Die Probebohrungen haben hohe Werte ergeben, was darauf schließen lässt, dass sich in diesem Areal Gold von bis zu fünf Unzen pro Tonne befindet.«

Wenn sie tatsächlich dermaßen viel Gold fanden, würde die Mine schon bald rentabel arbeiten. »Klingt gut. Aber was meinen Sie mit als Nächstes?«

»Ich schlage vor, dass zwei Leute das neue Areal vorbereiten und wir in der Zwischenzeit das bereits vorhandene Material verarbeiten. Felix' Sohn hat gute Vorarbeit geleistet, der Boden dürfte vermutlich schon frostfrei und leicht auszuheben sein.«

Er wandte sich ihr zu. »Aber es ist Ihre Entscheidung, Sie sind der Boss.«

Also hatte er bemerkt, was in ihr vorging. Dabei hatte sie geglaubt, ihre Mimik ausreichend unter Kontrolle gehalten zu haben. »Hören Sie, Lock ...«

Er winkte ab. »Ich habe Sie vorhin überfahren. Das tut mir leid. Falls ich Ihnen damit zu nahe getreten bin, verstehe ich, wenn Sie das Kommando jemand anderem überlassen wollen.«

Deshalb also sein Einlenken beim Spülen. Er sorgte sich um seinen Job. Gut, damit konnte sie arbeiten. Es war nicht das erste Mal, dass ein Mann dachte, sie sei leicht zu manipulieren.

Sie verschränkte die Finger ineinander und legte sie vor sich auf die Platte. »Karten auf den Tisch, Lock. Ich habe bislang nur über das Goldschürfen in dieser Gegend gelesen. Ich bin ein absoluter Laie auf dem Gebiet, während Sie ein Profi sind. Ich respektiere das und genau deshalb wollte ich einen erfahrenen Vorarbeiter.« Sie atmete ruhig ein und wählte ihre nächsten Worte mit Bedacht. »Aber ich kann es nicht dulden, wenn Sie meine Autorität untergraben.«

»Ich verstehe.« Sein Adamsapfel bewegte sich, als er hart schluckte. »Ich werde morgen beim Abladen helfen und dann mit den Trucks zurück in die Stadt fahren. Caleb kann ...«

»Sie haben mich falsch verstanden, Mr Hudson«, unterbrach Jordan ihn grob. »Sie bleiben weiterhin mein Vorarbeiter. Wenn Sie mir etwas zu sagen haben, dann so, dass nur ich Sie hören kann. Ich will lernen, wie man eine Mine führt. Aber nicht auf Kosten des Respekts. Haben wir uns verstanden?«

Blitzte da etwa Anerkennung in seinen Augen auf? Jordan konnte es nicht mit Gewissheit sagen, freute sich aber, als Lock die Lippen zusammenpresste und nickte. »Verstanden.«

»Gut. Ich schlage daher vor, dass wir regelmäßig vor oder nach den Mahlzeiten eine kurze Lagebesprechung abhalten, in der Sie mir meine Fehler aufzeigen. Aber Sie werden niemals vor anderen meine Kompetenz infrage stellen. Habe ich mich klar ausgedrückt?«

»Glasklar.«

Jordan klatschte mit den Händen auf ihre Oberschenkel und stand auf. »Sehr schön. Meinen Sie, wir können morgen nach der Ankunft der anderen mit dem ersten Schürfen beginnen?«

»Wir können es zumindest versuchen.« Er erhob sich ebenfalls. »Aber, Jordan?«

Da sie bereits auf dem Weg zur Tür war, blieb sie noch einmal stehen und sah ihn kurz an. »Ja?«

»Erwarten Sie am ersten Tag nicht zu viel. Die meisten Teams, auch ein eingespieltes wie das hier, brauchen ein oder zwei Tage, um warmzulaufen.«

»Nun«, sie schenkte ihm ihr strahlendstes Lächeln, »dann versuchen wir einfach, dass ein Tag genügt.«

Sie fühlte seine Blicke noch im Rücken, als sie zurück zum Wohnwagen ging. Die Bohrpläne hatte sie in der Hütte bei Lock zurückgelassen, aber das war nicht weiter schlimm. Dumm war nur, dass sie auch die Schießübungen vergessen hatten.

Sie schob ihre Tasche beiseite, die noch immer unausgepackt auf dem Bett stand, und ließ sich auf die Matratze fallen, die etwas zu weich war für ihren Geschmack. Aber es würde schon gehen. Es musste, immerhin befand sich Jordan am Ende der Welt, und Komfort gab es hier keinen.

Sie legte sich einen Arm über die Augen und dachte über die vergangenen Stunden nach. Lock und Caleb bedeuteten eine große Hilfe für ihr Unterfangen. Ohne die beiden würden ihr die Goldschürfer mit ziemlicher Sicherheit auf der Nase herumtanzen. Sie hörte, wie Caleb draußen entlanglief und dabei leise ein Liedchen pfiff. Was Lock tat, wusste sie nicht und im Augenblick waren ihr beide Männer egal.

Mit einem Seufzen richtete sie sich auf. Sie sollte ihre Sachen auspacken und dann duschen gehen. Es war ein langer Tag gewesen.

Nachdem sie ihre Habe verstaut hatte, schnappte sie sich ihren Kulturbeutel und einen Jogginganzug und trat wieder einmal ihren Weg zur Hütte an. Es brannte kein Licht, dafür schwankte der andere Wohnwagen ein wenig; einer der Männer musste sich also darin befinden.

Sie beeilte sich, ihre Abendtoilette hinter sich zu bringen, weil sie keinem der beiden heute noch einmal über den Weg laufen wollte.

Inzwischen war die Sonne fast untergegangen und das wenige Licht genügte, um den Weg von der Hütte zum Wohnwagen zu finden. Als sie Stimmen hörte, blieb Jordan instinktiv stehen.

»... findest du sie?«

»Ich kann sie nicht einschätzen.«

»Komm schon Lock, du hast dir bestimmt schon eine Meinung gebildet.« Calebs lockende Stimme veranlasste Jordan, sich unter das geöffnete Wohnwagenfenster zu ducken. Sie lauschte nicht gern, weil bei solchen Vorhaben meist Dinge über einen gesagt wurden, die man nicht so leicht vergaß oder vergab, trotzdem siegte die Neugier.

Sie hörte, wie sich drinnen jemand bewegte, dann antwortete Lock: »Sie scheint es ernst zu meinen.«

»Aber? Ich höre da doch ein Aber?«

Das ging Jordan genauso.

»Ich glaube nicht, dass sie bis zum Ende der Saison durchhält. Sie ... rennt einem Traum nach, der sich rasch als Albtraum entpuppen kann.«

Wütend krallte Jordan die Finger in ihren Kulturbeutel. Was dachte sich Lock dabei, so über sie zu reden? Er kannte sie doch gar nicht. Weder wusste er, woran sie glaubte, noch hatte er eine Ahnung von ihrem Durchhaltevermögen. Sie hatte sich schon einmal einen Platz in einer Männerdomäne erkämpft. Es war nicht leicht gewesen, von einer der bekanntesten Stuntfirmen angeheuert zu werden. Nur wirklich gute Stuntfrauen bekamen dort eine Chance, und sie hatte alles gegeben, um diesem *Gut* zu entsprechen.

»Das tun wir doch alle. Weshalb sollte sie aufgeben? Weil sie eine Frau ist?« Caleb gluckste. »Wenn wir Nicci als Beispiel nehmen, wissen du und ich doch genau, dass Frauen mehr können, als bloß Wäsche waschen und kochen.«

»Und Letzteres geht unserem neuen Boss komplett ab.«

Jetzt lachten beide Männer, und sie fühlte, wie sie rot wurde. *Du bist das beste Beispiel für einen Lauscher an der Wand, Jordan*, dachte sie sarkastisch und wollte schon weitergehen, als Caleb noch einmal das Wort ergriff.
»Sie ist niedlich.«
Verdattert blieb sie stehen.
»Sie ist der Boss, Caleb, lass die Finger von ihr.«
»Warum? Hast du selbst Interesse?«
Jordans Herz begann plötzlich, unregelmäßig zu klopfen. Sie wusste selbst nicht, was sie erwartete, doch Locks entschiedene Antwort dämpfte ihre Aufregung.
»Bestimmt nicht. Ich habe für Frauengeschichten keine Zeit. Ich will nur Gold finden.«
»Ja ja, deine eigene Mine. Ich weiß. Also habe ich freie Bahn?«
Die Antwort bekam sie nicht mehr mit, weil sie zu ihrem Wohnwagen hastete.
Lock war also Gold wichtiger als alles andere? Sehr gut. Das passte ihr, sie hatte schließlich auch kein Interesse an Männergeschichten. Sie brauchte definitiv keinen Kerl, dessen braune Augen ihr Herz höherschlagen ließen und dessen schroffe Art Neandertalerinstinkte in ihr weckten. Da war ihr Caleb schon lieber. Der trug sein Herz wenigstens auf der Zunge und sprach direkt aus, was er dachte. Mit seiner offenen Art hatte er es jedenfalls geschafft, Jordan direkt für sich einzunehmen. Wenn er sich jetzt noch für sie interessierte ...
Sie war versucht, sich selbst eine Ohrfeige zu verpassen, als sie bemerkte, wohin ihre Gedanken drifteten.
»Keine Männergeschichten, keine Männergeschichten, keine ...« Obwohl sie sich die Worte wie ein Mantra vorsagte, wusste sie bereits, dass der Grat, auf dem sie entlanglief, äußerst schmal war. Andernfalls müsste sie sich darüber überhaupt keine Gedanken machen, ob Lock Interesse an ihr hatte. Sie würde sich nicht darüber ärgern, dass er sie förmlich an seinen Freund abgetreten hatte. Dass sie es dennoch tat, ließ sämtliche Alarmglocken in ihr schrillen. Dabei war ihre letzte Beziehung

noch gar nicht so lang her. Sie sollte sich an dem Schmerz festhalten, den sie mitgebracht hatte. Stattdessen benahm sie sich, als bräuchte sie dringender einen Mann als einen Job. Und das konnte sie sich hier am Ende der Welt absolut nicht leisten.

Sie schloss bedächtig die Tür von innen und lehnte sich dagegen. Mit einem Rumpeln fiel der Kulturbeutel auf den Boden, als sie sich die Hände vors Gesicht schlug.

»Keine Männergeschichten!«

5. Kapitel

Als der Wecker um halb sechs klingelte, schoss Jordan nach oben und sah sich orientierungslos um. Sie hatte nur wenig geschlafen, weil ihr die Worte der Männer nicht aus dem Sinn gegangen waren. Irgendwann hatte dann die Erschöpfung ihren Tribut gefordert, daher fühlte sie sich jetzt wie gerädert.

Mit Wehmut strampelte sie die warme Decke zur Seite und krabbelte aus dem Bett. Sie würde sich nicht die Mühe machen und noch einmal duschen, daher spritzte sie sich etwas Wasser ins Gesicht, putzte die Zähne und schlüpfte anschließend in bequeme Jeans und ein Sweatshirt. Darüber zog sie eine gefütterte Arbeitsjacke, weil es um diese Zeit noch unangenehm kalt sein musste. Ihre Haare kämmte sie nur mit den Fingern und setzte sich eine Kappe auf. Erst danach fühlte sie sich bereit, in den Tag zu starten.

Normalerweise joggte sie um diese Zeit eine Runde, aber hier würde sie wohl auf dieses Vergnügen verzichten müssen. Der Bär war nur einer der Gründe dafür, ein anderer lag darin, dass sie ihre Kräfte für die langen und harten Arbeitstage brauchte.

Sie öffnete die Tür und atmete tief ein. Es roch noch ein wenig nach Schnee, aufgeworfener Erde, Wald und würziger Frühlingsluft. Im Wohnwagen gegenüber war alles still, weswegen sie sich bemühte, keinen Lärm zu machen, während sie zur Hütte ging.

Wenigstens Kaffee konnte sie kochen und insgeheim hoffte sie, die Männer mochten ihn genauso stark wie sie, sonst stand ihr das nächste Problem bevor.

Sie ging zur Küchenzeile und holte die Kaffeekanne, um sie mit Wasser zu befüllen, als sie hinter sich ein Geräusch hörte. Über die Schulter sah sie, wie Lock aus dem Bad kam. Er trug seine Jeans ziemlich weit unten auf der Hüfte, sein Oberkörper war nackt. Wie es für einen Mann seines Berufes zu erwarten war, gab es kein Gramm Fett an seinem Leib, was deutlich jeden seiner Muskelstränge offenbarte. Locks Haut war trotz der Tatsache, dass hier bis vor kurzem eisige Temperaturen geherrscht hatten, leicht gebräunt. Seine Bauchmuskeln zuckten, wenn er sich bewegte, und ein feines Rinnsal Wasser, das ihm aus den Haaren über die Schultern nach vorn lief, fand seinen Weg Richtung Hosenbund.

Sie starrte ihn an.

Als ein Teil Hollywoods war Jordan es eigentlich gewohnt, gut gebaute Kerle zu sehen, doch deren Aussehen rührte von Schönheitsoperationen und etlichen Work-outs in Fitnessstudios. Diese Muskeln hier waren echt, durch harte körperliche Arbeit entstanden, was den Anblick umso faszinierender machte.

Sie erinnerte sich seiner Worte vom Vorabend und sah rasch weg. Gegen das Brennen auf ihren Wangen konnte sie nichts tun. Sie leuchtete bestimmt wie ein Feuermelder, daher konzentrierte sie sich wieder darauf, Kaffee zu kochen.

Sie hörte, wie Lock sich ein Shirt oder einen Pullover überzog, was unwillkürlich ihre Fantasie anregte.

»Guten Morgen!«, sagte sie daher lauter als nötig und klapperte mit dem Geschirr.

»Morgen«, kam die brummige Antwort. »Sagen Sie mir bitte, dass Sie Kaffee kochen können, oder muss ich den Feuerlöscher holen?«

Jordan schnaubte nur undamenhaft und gab reichlich Pulver in den Filter. Dann startete sie die Maschine und drehte sich um. Die Handflächen auf die Arbeitsplatte hinter sich gestützt, sah sie Lock an. Sein Haar war noch feucht, der Bartschatten dichter als gestern und ein müder Ausdruck lag in seinen Augen.

Während die Kaffeemaschine gluckernd und zischend arbeitete, kam Lock auf sie zu, um das Müsli aus dem Schrank zu holen. Er hob die Schachtel und wackelte damit. Sie fasste es als Frage auf und nickte. Er holte zwei Schüsseln, Löffel und Kaffeebecher und jonglierte alles zum Tisch. Amüsiert sah sie zu, wie er sich abmühte, die Packung zu öffnen, und schließlich einen entnervten Fluch ausstieß. Bevor er selbst aufstehen konnte, reichte sie ihm bereits die Schere. »Morgenmuffel, wie?«

»Plappermaul, wie?«

Sie grinste, was er nicht ganz so komisch zu finden schien, denn er ignorierte sie, füllte seine Schale, bloß um festzustellen, dass er die Milch vergessen hatte.

»Blöder Mist, verdammter!«

Lachend legte sie ihm eine Hand auf die Schulter, als er aufstehen wollte. »Lassen Sie es gut sein, ich hole Ihnen die Milch. Der Kaffee müsste auch gleich so weit sein.«

Er murmelte etwas, das sie nicht verstand, blieb aber sitzen.

Jordan brachte Kaffee und Milch zum Tisch und füllte ihre Becher. Danach begannen sie mit dem Frühstück. Lock war schweigsam, doch der Kaffee schien seine Lebensgeister zu wecken, denn als Caleb endlich zu ihnen stieß, fast noch verdrießlicher dreinblickend, sagte er trocken: »Der Schläfer ist erwacht!«

Überrascht sah Jordan, wie Lock ihr zuzwinkerte, nachdem er eines ihrer Lieblingszitate aus dem Film *Dune – Der Wüstenplanet* gebracht hatte. Der Mann besaß Humor und ließ es so scheinen, als wäre Caleb der Morgenmuffel und nicht er.

»Halt's Maul«, grunzte der und schlurfte zum Schrank, um sich eine Tasse zu holen.

Zu Jordans Enttäuschung war Caleb vollständig bekleidet. Als er sich nach den Kaffeebechern reckte, rutschte jedoch sein Pullover nach oben und entblößte ein Stück nackter Haut. Nicht so gebräunt wie Locks, aber durchaus ansehnlich.

Jordan fühlte wieder das Glühen ihrer Wangen und beeilte sich, in ihr Müsli zu starren, das plötzlich nach Pappe schmeckte. Sie benahm sich wie jemand, der alles besprang, was nicht bei drei auf den Bäumen war. So kannte sie sich selbst gar nicht und es war ihr peinlich. Vermutlich hatte Lock ihre Reaktion auch noch bemerkt, aber nach ihrem Gestarre vorhin kam es darauf auch nicht mehr an.

Caleb ging an den Tisch, setzte sich und goss den immer noch heißen Kaffee in seinen Becher. Gierig stürzte er den Inhalt hinunter, womit er sich die Kehle verbrennen musste. Da er keine Reaktion zeigte, besaß er wohl eine Speiseröhre aus

Asbest.

Unterdessen beendete Lock sein Frühstück. Er sah Jordan fragend an, die ihm ihre leere Schüssel zuschob. Wieder stellte er das Geschirr in die Spüle. »Kommen Sie, Jordan, sehen wir uns die Waschanlage an. Caleb macht hier sauber«, sagte er.

Das ließ sie sich nicht zweimal sagen und sprang auf. Eine Entschuldigung murmelnd hastete sie hinter Lock her, der bereits nach draußen gegangen war.

»Wir haben gestern Ihre Schießübungen vergessen, das sollten wir heute nachholen«, bemerkte er und marschierte zur Waschanlage.

»Gern. Und was tun wir jetzt?«

»Wir starten einen Probelauf. Es können immer mal Düsen verstopft, Gitter verrostet oder Gummiringe undicht sein, das muss getestet werden, ehe wir in Vollbetrieb gehen. Fangen wir mit dem Rüttler an. Gehen Sie zur Sicherung und betätigen Sie den Starter.«

Obwohl es fast wie ein Befehl klang, tat sie, was er sagte. Es wäre auch unsinnig gewesen, die Maschine anzustarren, während er sie einschaltete. Sie kannte sich nicht damit aus und würde mögliche Probleme vermutlich nur übersehen.

Im Container öffnete sie den Sicherungskasten und drückte den grünen Startknopf unter dem Wort *Rüttler*. Rumpelnd und knarrend setzte sich die Maschine in Bewegung. Sie hörte trotz der Entfernung das Schleifen eines Förderbandes und roch verbrannten Gummi. Noch ehe Lock *Stopp!* rufen konnte, hatte sie den Rüttler wieder ausgeschaltet.

Jordan lief zu Lock, der sich den Schaden gerade ansah. Als er bemerkte, dass sie neben ihm stand, zwinkerte er ihr zu. »Schnell reagiert.«

»Ich habe den verbrannten Gummi gerochen.«

»Sehr gut, Sie haben ein Gespür für Notfälle.«

Ein weiteres Überbleibsel ihres alten Lebens. »Können wir das reparieren?«

»Vermutlich. Der Keilriemen ist beschädigt. Tesla kann ihn wechseln, sobald er da ist.« Er stemmte die Hände in die Hüf-

ten. »Schade, ich hätte gern auch Trommel und Jig getestet.«
»Ich könnte den Riemen wechseln«, bot sie an, wohl wissend, dass sie ein zweifelnder Blick erwarten würde, wenn sie Lock jetzt ansah. Deshalb fügte sie schulterzuckend hinzu: »Ich bin es gewohnt, an alten Autos herumzuschrauben. Ist ein Hobby von mir. Einen Keilriemen zu wechseln ist leicht, wenn man die passenden Ersatzteile hat.«

Hinter ihr pfiff es. »Hast du das gehört, Lock? Tesla bekommt Konkurrenz.« Caleb kam zu ihnen und grinste.

Offenbar hatte Kaffee eine ähnlich belebende Wirkung auf ihn wie auf Lock. Er hatte sich die Kapuze seines Pullovers über den Kopf gezogen und die Hände in die Tasche am Bauch gesteckt. Fransen seines blonden Haars fielen ihm in die Stirn und weckten in Jordan den Wunsch, es ihm zur Seite zu streichen.

Sie ballte die Fäuste und versuchte sich von diesen Gefühlen abzulenken. »Der Riemen sitzt außen, wenn wir ihn runterbekommen, kann ich mir ansehen, ob man ihn flicken kann oder wir einen neuen brauchen. Ein Mann als Hilfe sollte genügen.« Sie deutete auf die Stelle, an der der Antriebsriemen befestigt war.

Lock wirkte zwar immer noch skeptisch, aber er gab sich geschlagen. »Also gut. Caleb, du hilfst ihr, ich versuche, ob ich mit dem alten Bagger die Pumpe zur Wasserstelle schaffen und anschließen kann, ehe die Jungs kommen.«

»Ich brauche Caleb nur kurz, dann kann er Ihnen helfen, Lock«, versicherte Jordan und stemmte die Hände in die Hüften. »Das Werkzeug finde ich wo?«

Nachdem sie die Arbeiten aufgeteilt hatten, holte Caleb den Werkzeugkoffer, der gestern auf dem Pick-up gestanden hatte, und stellte ihn zu Jordans Füßen auf den Boden.

»Hier bitte. Und jetzt, Boss?«

Der defekte Riemen saß etwa einen Meter über dem Boden. Sie konnte auf den Rahmen der Waschanlage klettern, um ihn genauer in Augenschein zu nehmen. Was sie jedoch von hier aus schon sah, war, dass sie einen Hebel benötigen würden, um ihn überhaupt abmontieren zu können.

Kurz erläuterte sie Caleb ihren Plan, dann machte sie sich daran, sich an der Waschanlage hochzuziehen. Unvermittelt fühlte sie, wie jemand sie am Hintern abstützte. Es konnte nur Caleb sein, und obwohl sein Verhalten alles andere als angebracht war, protestierte sie nicht. Er meinte es sicher nur gut.

Irgendwo hörte sie Lock fluchen, doch Jordan versuchte, sich auf ihre Arbeit zu konzentrieren. Die Männer durften ihre Aufmerksamkeit nicht zu sehr in Anspruch nehmen, sonst würde dieser Sommer einen katastrophalen Ausgang nehmen. Nicht auszudenken, was geschehen würde, sollten sich Hank, Ulf, Darren und Tesla auch als *Men's-Health*-Models entpuppen.

Denk einfach an Boyd. Auch Mistkerle können aussehen wie Engel. Und ein schöner Körper macht noch lang keinen perfekten Mann. Reiß dich zusammen, Jordan Rigby, du bist kein Teenager mehr!

Sie kramte alle Argumente zusammen, die sie davon abhalten würden, einen Fehler mit einem dieser Prachtkerle zu begehen, während sie die Muttern löste. An einigen Stellen benötigte sie Calebs Hilfe.

Anfangs schien er wirklich noch belustigt, dass sie glaubte, Mechanikerin spielen zu können, aber als sie nach einer guten Stunde den Riemen gewechselt und noch einen weiteren Defekt an der Maschine behoben hatte, war er beeindruckt.

»Tesla braucht auch nicht länger«, gestand er leise und half ihr, auf den Boden zu klettern, indem er ihr eine Hand reichte.

»Falls das ein Kompliment sein sollte, danke. Falls nicht, jede Maschine braucht so viel Zeit für ihre Reparatur, wie sie braucht. Es bringt nichts, etwas zu überstürzen, weil man im schlimmsten Fall Dinge übersieht, die einem hinterher auf die Füße fallen.«

Wie die Tatsache, dass der eigene Verlobte viel zu viel Zeit mit einem Mannweib namens Ursula verbringt, das sich unverhohlen an ihn ranwirft.

Sie unterdrückte das Schaudern, das ihre Wirbelsäule entlanglief.

Caleb grinste. Hinter ihm tauchte Lock auf. Seine Hosenbeine waren nass, und er wirkte alles andere als zufrieden.

»Ich wette«, sagte Caleb, »Tesla übernimmt freiwillig Ihren Kochdienst, wenn Sie ihm die Reparaturen abnehmen, bei denen er in die Maschinen reinkriechen muss. Er ist nicht mehr der Jüngste.«

»Das mit dem Wetten solltest du lieber lassen«, bemerkte Lock trocken. Er nahm seine Kappe ab und fuhr sich mit einer Hand durchs Haar, wodurch er die Strähnen durcheinanderbrachte. »Jordan, die Pumpe hat auch einen Defekt. Es liegt nicht daran, dass sie Luft zieht, das habe ich schon überprüft. Wollen Sie sich das Ding ansehen?«

Sie zuckte mit den Schultern. »Klar, warum nicht?«

»Sehr gut, ich ...«

Lautes Hupen unterbrach Lock. Er beschattete die Augen mit einer Hand. Als er sah, wer sich da bemerkbar machte, richtete er sich zu seiner vollen Größe auf. »Die Jungs sind da. Ich hatte gehofft, alles bereitzuhaben, ehe sie eintreffen, aber gut, dann ist das eben so.«

Er ging den Sattelschleppern entgegen und winkte. Caleb und Jordan blieben zurück.

»Soll ich Ihnen bei der Pumpe wieder zur Hand gehen?«, fragte Caleb und bückte sich nach dem Werkzeugkoffer, doch sie kam ihm zuvor.

Sie stießen mit den Köpfen aneinander. Sie rieb sich die schmerzende Stelle und wich zurück. »Schon gut, ich schaffe das allein. Helfen Sie Lock.«

Caleb wirkte nicht begeistert, aber er fügte sich. Und zum ersten Mal an diesem Tag konnte sie frei aufatmen. Caleb machte sie nervös. Er hatte nichts gesagt oder getan, von dem kleinen Ausrutscher beim Hochhelfen mal abgesehen, das rechtfertigte, dass sie sich in seiner Gegenwart unwohl fühlte, und dennoch. Da war ein Kribbeln, das ihre Wirbelsäule entlanglief und an der Narbe endete, die das Ende ihrer Karriere bezeugte.

Sie seufzte, fasste den Werkzeugkoffer, der mindestens eine Tonne wog, und wuchtete ihn in die Richtung, aus der Lock vorhin gekommen war und in der sie die Pumpe vermutete.

Sie irrte sich nicht. Das grüne Ungetüm stand am Rand einer

Grube, deren Wasser nicht sonderlich einladend wirkte. Äste schwammen auf der Oberfläche und der Tümpel roch abgestanden. Wie gut, dass es noch nicht wärmer war, sonst wäre der Gestank deutlich unangenehmer.

Jordan ging auf ein Knie, um sich den Schaden genauer anzusehen, als plötzlich ein Schatten über ihr aufragte. In der Annahme, es sei ein Bär, schrie sie erschrocken auf und wich nach hinten zurück, wodurch sie den Halt verlor und ins Wasser fiel. Zum Glück nur am Rand. Solche Gruben konnten sehr tief sein, und das Letzte, das sie wollte, war, unterzugehen.

Sie hörte, wie mehrere Männer schallend auflachten.

Über und über mit dem schmutzigen, stinkenden Wasser bedeckt, sah sie, dass ein Mann neben der Pumpe stand. Er kaute und spuckte schließlich auf den Boden. Weil er gegen das Licht stand, konnte sie ihn nicht richtig erkennen.

»Was zum Teufel, glauben Sie, tun Sie da?«, herrschte er sie an, und da war sie sich sicher, Tesla kennengelernt zu haben.

Mühsam stand sie aus dem Schlickwasser auf und krabbelte ans Ufer. Tesla machte nicht die geringsten Anstalten, ihr zu helfen.

Sobald sie vor ihm stand, wrang sie ihre Kappe aus, setzte sie sich wieder auf den Kopf und hob das Kinn. Auch wenn sie nass wie eine Straßenkatze sein mochte, besaß sie immer noch Würde. »Mr Horne, nehme ich an? Ich bin Jordan Rigby, Ihr Boss!« Sie streckte eine Hand aus, die der Mann nach anfänglichem Zögern ergriff.

Dabei trat er ein Stück zur Seite, wodurch sich die Lichtverhältnisse änderten und Jordan ihn besser sehen konnte.

Der Techniker war klein, ohne untersetzt zu sein. Die fünfzig musste er schon weit hinter sich gelassen haben. Er trug eine Sonnenbrille, die einen Großteil seines Gesichts verbarg, aber nicht verhinderte, dass Jordan die Narben an seiner linken Schläfe bemerkte. Er hatte einen roten Vollbart, der am Kinn buschiger war als am Rest seines Gesichts. Unwillkürlich fragte sie sich, wie man mit so einem Gestrüpp um den Mund essen konnte.

»Sie sind ein Mädchen!«

»Sie ist eine Frau, Tesla. Sei höflich!«, bellte Caleb, wie wenn er einen alten Kettenhund zurückrufen würde, und kam angelaufen. »Sie sind ja vollkommen durchnässt, Jordan. Gehen Sie rein und ziehen Sie sich um. Eine Erkältung können Sie sich hier draußen nicht leisten.« Das wusste sie auch ohne ihn, dennoch störte sie die aufmerksame Reaktion Calebs weniger als bei Lock. Womöglich, weil sie wusste, dass er innerhalb des Teams nicht so viel Einfluss besaß wie der Vorarbeiter.

»Ist vielleicht besser so.« Sie sah Tesla wieder an, der ihre Hand noch immer festhielt. »Falls Sie mich gehen lassen, versteht sich.«

Tesla ließ so schnell los, dass sie schon glaubte, Feuer gefangen zu haben. Ohne ein weiteres Wort wandte sich der sonderbare Kauz ab und ging zu den anderen Männern, die neben den Sattelschleppern standen und nicht einmal so taten, als hätten sie nichts mitbekommen.

»Ich glaube, er sorgt sich um seinen Machtbereich«, raunte Caleb ihr zu. Wieder zu nah, als gut sein konnte. Diesmal nahm sie eine herbere Note an ihm wahr. Nicht unangenehm, suggerierte es doch zerwühlte Laken nach einer heißen Liebesnacht.

»Einmal meinen Kochdienst übernehmen ist ihm jedenfalls für diese Aktion sicher«, schnaubte Jordan.

Sie ließ Caleb stehen und stapfte zu ihrem Wohnwagen, um sich umzuziehen. Dass alle Augen auf ihre nasse Gestalt gerichtet waren, spürte sie fast körperlich, versuchte aber, sich nichts anmerken zu lassen. Schlimm genug, dass sie aussah wie eine ersäufte Katze, jetzt roch sie auch noch so, als habe sie alten stinkigen Fisch gefressen.

*

Als Jordan aus dem Wohnwagen kam, trug sie ihren zweiten und damit letzten Kapuzenpulli. Ihre Arbeitsjacke war nass geworden und hing zum Trocknen neben der Tür. Deshalb hatte sie sich zwei T-Shirts zusätzlich angezogen, um nicht zu frieren.

In der Zwischenzeit hatten die Männer einen der Sattelschlepper entladen. Zwei kleinere Bagger standen bereits etwas abseits und ein gewaltiger Kettenbagger rollte gerade vom zweiten Schlepper herunter. Die Ketten rasselten und quietschten, womit sie jedem Spukgespenst Ehre gemacht hätten.

Eilig fischte sie nach den Ohrstöpseln in ihrer Jeans, um das hässliche Geräusch auszublenden. Während Caleb den Bagger zu seiner endgültigen Parkposition brachte, dirigierte Lock zwei weitere Wohnwagen zu ihren Stellplätzen.

Damit war das Team komplett, und es war ihre Aufgabe, die Männer zu begrüßen und den Fahrern der Sattelschlepper zu danken.

Sie schüttelte den Männern die Hände, wartete, bis sie das Gelände verlassen hatte, dann gab sie Lock ein Zeichen. Er kam umgehend zu ihr.

»Ja?«

»Ich weiß, Sie wollen heute schon loslegen, aber ich würde gern eine kurze Besprechung mit allen abhalten.«

Lock wirkte unschlüssig, nickte aber. »Vielleicht keine schlechte Idee nach dem miesen Start mit Tesla.«

Was genau der Grund für diese Entscheidung war, aber sie würde sich Lock nicht erklären. Ebenso wenig den Männern, die von nun an für sie arbeiteten. Sie war hier der Boss und durfte nicht zulassen, dass ihre Autorität infrage gestellt wurde.

»Fein, dann rufen Sie die Herren bitte zusammen, sobald sie sich eingerichtet haben. Ich kümmere mich derweil um das Pumpenproblem. Und Lock?«

»Ja?«

»Richten Sie Tesla von mir aus, dass er für seine kleine Einlage meinen Küchendienst von einer Woche übernehmen wird.«

Der kleine Racheakt stimmte sie gleich sehr viel zufriedener.

Und nicht nur sie. Die feinen Fältchen in Locks Augenwinkeln vertieften sich, was das einzige Zeichen dafür war, dass er sich ein Lachen verkniff. Er hob spielerisch zwei Finger an die Schläfe und salutierte. »Yes, Ma'am!«

6. Kapitel

Jordan rieb ihre feuchten Hände an ihrer Hose trocken. Sie war viel zu aufgeregt. Eigentlich müsste sie souverän die Chefin des Claims darstellen, um den Männern klarzumachen, dass sie das Sagen hatte. Ihr donnerndes Herz und der Knoten, in den sich ihr Magen verwandelt hatte, besagten jedoch eher, dass sie eine Maus unter Katern war.

Sie hatte keine Rede vorbereitet, würde also improvisieren müssen. Es gab nur eines, dessen sie sich sicher war: Die Männer würden sich von ihr keine Befehle geben lassen, wenn sie keinen Anreiz dafür bekamen. Einer der Gründe, weswegen sie letzte Nacht lang wach gelegen hatte.

Sie betrat als Letzte die Hütte. Caleb lehnte an einer Wand und unterhielt sich leise mit Tesla. Ein schlaksiger junger Mann mit fast kahl geschorenem Schädel und blitzenden grünen Augen verteilte gerade an alle Becher mit dampfendem Kaffee. Er lächelte Jordan freundlich an, als sie dazukam, stellte die Kanne ab und reichte ihr die Hand.

»Hank Blosser, Ma'am.« Er wies mit dem Kinn auf einen weiteren Schürfer, der am Tisch saß und keinerlei Anstalten machte, aufzustehen. »Das ist Darren Flax.«

»Freut mich, Hank. Darren.« Sie nickte dem Mann zu, der nur eine Braue hob, aber kein Wort sagte, und erwiderte Hanks Händedruck.

Wasserrauschen kündigte an, dass sich der letzte Neuankömmling im Bad befand. Kurz darauf öffnete sich die Tür und Ulf Dennersson kam heraus. Aus den Personalakten wusste sie, dass Ulfs Vater Schwede war, seine Mutter jedoch stammte aus einer afroamerikanisch-chinesischen Verbindung, wodurch der Mann ein sehr spezielles Aussehen besaß. Seine Haut war mehrere Nuancen dunkler als Locks. Die Wangenknochen saßen sehr hoch und mit den leicht schräg stehenden Augen bildete sich ein sehr femininer Kontrast zu der energischen Kinnlinie und dem breiten Kreuz. Der Mann konnte genauso gut ein Boxer sein und achtete offenbar penibel auf sein Äußeres.

Denn selbst am Ende der Welt trug er seine Koteletten und den dünnen Streifen Kinnbart, der spitz zulief, sauber gestutzt. Sein Haar bestand aus langen Dreadlocks und wurde mit einem Lederband gebändigt, was Jordan nur deshalb sehen konnte, weil er sich an ihr vorbeidrängte. Selbst für Florida nahm sich Ulf als Exot aus, hier musste er auffallen wie ein Fahrrad fahrender bunter Hund, der gleichzeitig jonglieren konnte.

Auf Calebs Wink hin setzte sich Ulf neben Darren, dann sahen sie Jordan allesamt gespannt an.

Sie räusperte sich kurz, ging im Geiste noch einmal die Punkte durch, die sie ansprechen wollte, ehe sie sich straffte und den Männern ein unverbindliches Lächeln schenkte.

»Meine Herren, es freut mich, Sie kennenzulernen. Ich weiß, Sie haben erwartet, dass jemand mit dem Namen Jordan ein Mann sein muss. Vor allem, wenn er hierherkommt, um Gold zu schürfen. Es tut mir leid, sie dahingehend enttäuschen zu müssen. Wie ich Mr Hudson schon sagte, erwarte ich nicht, dass einer von Ihnen mich mit Samthandschuhen anfasst. Ich bin es seit jeher gewohnt, hart zu arbeiten, ich kann zupacken und bin ... wie Mr Horne«, sie warf einen vielsagenden Blick zu Tesla, »feststellen konnte, auch technisch begabt. Während Sie sich eingerichtet haben, habe ich die Pumpe repariert. Lediglich die Trommel und der Jig müssen noch überprüft werden. Mein Plan sieht vor, dass Mr Horne und ich diese Aufgabe übernehmen, während Sie sich darum kümmern, dass wir heute bereits die Waschanlage beschicken können.«

Sie endete und wartete darauf, dass jemand Fragen stellte oder sich beschwerte. Nichts dergleichen geschah. Tesla sprach weiter mit Caleb, der sich wenigstens bemühte, so auszusehen, als habe er Jordan zugehört.

Also gut, die Herren wollten harte Bandagen, die konnte Jordan durchaus liefern. »Mir scheint, Lock, Ihr Team ist nicht so sehr erpicht darauf, Gold zu finden, wie Sie es behaupteten.« Sie drehte sich zu dem Angesprochenen, der keinerlei Anzeichen machte, ihr zu Hilfe zu kommen. Jetzt wusste sie wenigstens, wer wo stand.

»Jordan ...«

Sie hob eine Hand und wandte sich wieder den Männern zu.

»Na schön. Meinen Informationen zufolge benötigt eine Mine dieser Größe nur ein Team von drei Mann. Alles darüber ist Luxus. Sie sind alle gefeuert bis auf Caleb und Lock. Der Gewinn wird dann zwar kleiner ausfallen, dafür sinken auch die Personalkosten. Ich danke Ihnen für Ihr Kommen, meine Herren, Sie können jetzt gehen.«

»Das können Sie nicht machen!«, rief Tesla, während Hank ganz blass um die Nase wurde und Darren derb fluchte. Nur Ulf lehnte immer noch in seinem Stuhl, als wäre ihm alles gleichgültig. In seinen dunklen Augen funkelte es amüsiert.

Jordan ließ die Männer einen Moment zappeln. »Oder: Sie bewegen Ihre Ärsche, sorgen dafür, dass die Mine genug Gewinn abwirft, um uns alle zu ernähren, und werden anschließend mit einem Bonus von siebeneinhalb Prozent beteiligt.«

Sofort kehrte absolute Ruhe ein.

Lock trat zu Jordan und stellte sich so, dass er mit dem Rücken zum Team stand. »Sie sollten sich das noch einmal überlegen, Jordan«, raunte er nur für ihre Ohren bestimmt.

Sie schüttelte den Kopf. Ihre Antwort fiel nicht so leise aus, wie Lock es vermutlich erhofft hatte. »Ich werde mir rein gar nichts überlegen, Lock. Wenn diese Männer so gut sind, wie Sie behauptet haben, wird dieser kleine Anreiz dazu beitragen, möglichst viel aus der Mine herauszuholen. Wenn nicht, sind sie selbst schuld, falls wir versagen und sie nur ihre Gehälter bekommen.«

Er wirkte, als wolle er noch etwas sagen, aber wieder einmal presste er nur die Lippen aufeinander. Er trat zur Seite und nahm seinen ursprünglichen Platz ein.

Jordan dagegen verschränkte die Arme vor der Brust und hob eine Braue. Nacheinander sah sie jeden der Männer an.

»Nun? Ich warte noch auf eine Antwort.«

»Scheiße, Mann, die Kleine hat echt Eier«, kam es von Ulf. Er hieb mit einer riesigen Pranke auf den Tisch, sodass dieser heftig wackelte, dann stand er auf. »Ich weiß nicht, wie ihr das seht, Jungs, aber ich bleibe und hol mir diesen Bonus.« Als ob diese Aussage das entscheidende Signal gewesen war, standen alle auf und liefen nach draußen. Caleb grinste Jordan an und formte mit den Lippen lautlos *Respekt*. Nur Tesla und Lock blieben noch. Letzterer fasste Jordan am Arm. Wieder ein Untergraben ihrer Autorität, aber da er so stand, dass der andere Mann es nicht sehen konnte, ließ sie es ihm diesmal durchgehen.

»Das war ganz schön gefährlich«, raunte er. »Zu dritt hätten wir die Mine nur schwer betreiben können.«

»Falsch. Ein gutes Stück Boden ist bereits freigelegt und muss nur noch geschürft werden, was uns einen Vorteil gebracht hätte. Wir hätten vielleicht Doppelschichten fahren müssen, aber es hätte genügt.«

Er runzelte die Stirn, dann ließ er Jordan los. »Kein Wunder, dass Sie Caleb mögen«, brummte er und ging nach draußen.

Was er mit dieser seltsamen Bemerkung gemeint haben könnte, blieb offen. Jordan hatte auch keine Zeit, lang darüber nachzudenken, denn Tesla forderte ihre Aufmerksamkeit.

Er räusperte sich.

»Ja, Mr Horne?«

»Tesla«, knarzte er mit einer Stimme, die entfernt an das Knirschen von Steinen erinnerte. »Nennen Sie mich, Tesla. Sie wollen mir also helfen, die alte Lady fit zu machen?«

Jordan grinste. »Ich dachte, sie heißt *Little Maiden*?«

»Schätzchen, diese Maid hat ihren Rock ziemlich oft für den alten Tesla gelüftet, deshalb wird sie mein altes Mädchen bleiben.«

»Also schön, Tesla, dann schauen wir mal nach, ob der Rest der ›Old‹ *Maiden* genauso schnurrt wie der Rüttler.« Sie ließ ihm den Vortritt. Und als sie die Tür hinter sich zuzog, hatte Jordan endlich ein sehr gutes Gefühl. Vielleicht konnte dieses Abenteuer doch noch gut ausgehen. Sie hatte sich den Respekt der Männer erarbeitet, ohne dafür Dümmeres zu tun, als ihnen einen größeren Anteil am Gewinn zu versprechen. Wenn die Kerle genauso hart arbeiteten, wie sie aussahen, bestand keinerlei Gefahr, dieses Versprechen nicht halten zu können.

»Was ist jetzt, Kleine, kommst du?« Tesla winkte. Er schien dieses Mal jedoch nicht halb so böse wie zuvor bei der Pumpe.

Jordan lächelte in sich hinein. Er wusste offenbar noch nichts von seinem zusätzlichen Küchendienst.

*

Während der nächsten Stunden arbeiteten Jordan und Tesla mehr oder weniger schweigend. Als sie feststellten, dass es bei der Trommel ein Problem gab, machte Jordan einen Vorschlag, wie es leichter zu beheben sei. Für einen Augenblick sah Tesla sie nur an, das Gesicht eine ausdruckslose Maske.

Schließlich rieb er sich das Kinn. »Verdammt, wenn ich zwanzig Jahre jünger wäre, Mädchen, ich würde dich vom Fleck weg heiraten!«

Sie lachte und gab ihm einen freundschaftlichen Klaps auf die Schulter. »Und ich hätte vermutlich sofort Ja gesagt, Tesla, so charmant, wie Sie immer sind. Ihnen gefällt also die Idee?«

»Sie ist großartig. Ich mag ja ein alter Griesgram sein, aber manchmal schadet es nicht, wenn jemand einen anderen Blickwinkel mitbringt.« Er wies auf die Trommel. »Ich komme da aber heute nicht mehr rein.«

»Ihre Knie? Caleb erwähnte so etwas.«

»Der Bengel sollte lieber sein vorlautes Mundwerk halten«, schnaubte Tesla. »Aber er hat recht. Morgen könnte ich das vermutlich selbst machen, aber wenn wir heute noch das erste Material durchlaufen lassen wollen ...«

Er musste den Satz nicht beenden. Sie verstand auch so.

»Kein Problem.« Sie schnappte sich die Schutzbrille und das Schweißgerät und kletterte in die Trommel.

Das Metall war eiskalt, die noch darin befindlichen Steinchen stachen sie und sofort wusste sie, warum der alte Mechaniker diesen Job nicht hatte machen wollen. Sie biss die Zähne zusammen. Wenn sie ein Teil des Teams sein wollte, musste sie das durchstehen.

»Geben Sie mir das Eisen, Tesla!«

Er schob die Stange in die Röhre, und Jordan setzte die ersten Schweißpunkte, um sie zu fixieren. Sobald das erledigt war, ging sie an die Feinarbeit.

Stück für Stück arbeiteten sie sich voran, bis sie nicht mehr weiterkam. Das Gefälle war so gerichtet, dass es Erdreich und Wasser transportierte, um möglichst große Anteile von Gold abzufangen. Für einen Menschen, der aufwärts kroch, galt das jedoch nicht.

»Tesla? Ich muss nur noch eine Stange befestigen, aber ich komme nicht weiter hoch. Sie müssten mich schieben!« Jordan wartete, ob er sie gehört hatte. Gerade wollte sie erneut rufen, als sie fühlte, wie jemand ihre Waden umfasste. Mit Kraft wurde sie nach vorn geschoben. Dabei riss sie sich fast die Handflächen auf, weil sie die Schutzhandschuhe ausgezogen hatte, um die Metallstrebe besser greifen zu können.

»Mist, verdammter!«, fluchte sie und versuchte, Teslas stürmisches Anschieben auszugleichen, indem sie das Schweißgerät vor sich herschob und sich gleichzeitig an den Trommelwänden entlanghangelte.

»Das genügt!«, rief sie, als sie ihre endgültige Position erreicht hatte. So würde der Mann sie zwar ein Weilchen festhalten müssen, aber es ging nicht anders.

Um es dem Älteren nicht noch schwerer zu machen, beeilte sie sich, die Strebe zu verschweißen. Sobald das erledigt war, wackelte sie mit den Füßen. Anstatt sie jedoch loszulassen, damit sie nach unten rutschen konnte, wurde sie schwungvoll gezogen.

Sie hörte das Reißen von Stoff und verabschiedete sich gedanklich von ihrem letzten Pullover, als sie sich unvermittelt außerhalb der Trommel wiederfand. Sie spähte über die Schulter und sah in Hanks grinsendes Gesicht. Von Tesla fehlte jede Spur.

»D-danke«, presste sie hervor und wollte sich umdrehen. In der Annahme, Hank würde sie loslassen und zurücktreten, achtete sie nicht darauf, wie sie sich bewegte. Erst, als ihr Unterleib gefährlich nah an seinen kam und sein Blick sich verdunkelte, wurde ihr klar, dass sie einen taktischen Fehler begangen hatte.

»Hank ...«, begann sie, doch er schüttelte den Kopf.

»Nicht reden.« Seine Stimme klang wie Samt, in seinen grünen Augen jedoch stand eine Hitze, die sie Lügen strafte. Sein Oberkörper neigte sich nach vorn. Weil die Trommel in ihrem Rücken jedwede Flucht verhinderte, gelang es ihr nicht einmal, sich nach hinten wegzudrücken. Und weit und breit gab es niemanden, der ihr helfen konnte. Gebannt starrte sie auf die sichelförmige Narbe unter Hanks rechtem Nasenflügel, die ihr zuvor gar nicht aufgefallen war. Blass hob sie sich nur unmerklich von seiner auch sonst sehr bleichen Haut ab.

Jordan riss sich davon los und überlegte, ob sie Hank treten sollte. Noch immer waren die Kronjuwelen eines Mannes neben den Augen das Empfindlichste, aber wollte sie wirklich riskieren, den Jungen zu verletzen, nur weil er eine Situation missverstand?

Sie versuchte es mit Vernunft und gab ihrem Tonfall einen harten Beiklang. »Lassen Sie mich los, Hank.«

Er legte den Kopf schräg. Sie kannte das von Hunden, die nicht glauben wollten, dass das, was ihr Herrchen befahl, richtig sein sollte.

»Sofort, Hank!«

Für einen Moment schien es, als wolle er sie weiter ignorieren, dann hob er beide Hände und trat zurück. Er lächelte entschuldigend. Ehe sie noch etwas dazu sagen konnte, tauchte Tesla auf. Er hielt einen Schraubenschlüssel in der Hand.

Verwirrt sah er von ihr zu Hank. »Alles klar?«

»Sicher.« Jordan warf Hank einen warnenden Blick zu, den er mit einem Zwinkern wie in der Hütte erwiderte. Dieser Jungspund hatte tatsächlich keine Ahnung, dass er gerade dabei gewesen war, eine Grenze zu übertreten.

»Dann komm mal mit, Schätzchen, wir schließen jetzt die Pumpe an die *Little Maiden* an und dann können wir loslegen.«

Da der Jig in Ordnung war, sprach nichts dagegen, und Jordan war dankbar für die Ablenkung. Sie wusste, Hank könnte noch ein Problem werden. Aber damit befasste sie sich, wenn es so weit war. Es genügte, dass sie sich bereits zu Caleb und Lock hingezogen fühlte, was ebenso unangemessen war wie Hanks Verhalten. Anders als der junge Mann konnte sie sich wenigstens beherrschen.

Dankbar dafür, sich mit dem Anschluss der Pumpe ablenken zu können, folgte sie Tesla zur Wasserstelle. Nur, um abrupt innezuhalten. Lock und Caleb hantierten an dem zwölf Zoll dicken Verbindungsschlauch. Offenbar hatte Caleb wie Jordan zuvor ein Bad im Tümpel genommen, denn sein Pullover lag nass auf dem Boden. Jetzt trug er nur noch ein Hemd, das an seiner Haut klebte und nichts der Fantasie übrig ließ.

Wenn sie bei Lock versucht hatte, nicht zu starren, gelang es ihr bei Caleb noch weniger.

Keiner Männergeschichten!

Sie schüttelte den Kopf und blinzelte, um sich von dem Anblick loszureißen. Der Kerl war eine Augenweide mit festen Bauchmuskeln, die sich deutlich unter dem Stoff abzeichneten, dem breiten Rücken und den schmalen Hüften. Selbst der Schmutzfleck auf seiner Wange ließ ihn attraktiv wirken. Wo waren die Männer, die Jordan aus diversen Fernsehsendungen kannte? Die, die mit dickem Bauch und Vollbart jede Art romantischer Fantasie bereits im Keim erstickten? Hier jedenfalls nicht.

Wenigstens hatte außer ihr niemand ihr teenagerhaftes Verhalten bemerkt. Mit einem Blick erkannte sie, weswegen Tesla den Schraubenschlüssel geholt hatte. Wie es schien, war die Verbindung zwischen Pumpe und Schlauch undicht. Eine große Lücke klaffte an den Verbindungsteilen und Wasser quoll daraus hervor.

Um nicht wie ein Idiot in der Gegend herumzustehen, half sie Lock dabei, den Schlauch festzuhalten und somit das Gewicht zu reduzieren, während Tesla und Caleb die Manschette neu befestigten.

Der Schlauch wog mindestens eine Tonne und schon bald

bemerkte Jordan einen stechenden Schmerz im Rücken. Die gebückte Haltung überanstrengte sie zunehmend. Sie biss die Zähne zusammen und zählte in Gedanken die Komponenten eines Vergasers auf, um durchzuhalten.

Als es endlich vorbei war, fühlte sich ihr ohnehin zerrissener Pullover auch noch feucht an, aber wenigstens war ihr durch die Arbeit warm geworden. Ihre Muskeln protestierten, als sie sich aufrichtete, doch weil die Männer zu nah standen, gab sie sich nicht die Blöße, über ihren Rücken zu reiben und nach der Narbe zu tasten.

»So, wie wäre es? Möchte die Lady die Maschinen starten?« Die Frage kam von Caleb, der ihr sein typisch schiefes Lächeln schenkte.

Lock sah sie nicht einmal an. Davon unbeeindruckt zog Jordan ihre Kappe zurecht. »Mit Vergnügen!«

Sie stiefelte zur Sicherungsanlage, öffnete die Tür zum Verteilerkasten und begann, wie Lock es ihr am Vortag erklärt hatte. Zuerst nahm sie den Rüttler in Betrieb. Sobald das gleichmäßige Brummen zu ihr herüberwehte, setzte sie nacheinander Trommel und Jig in Gang. Dann trat sie in die Tür und gab den Männern ein *Daumen-hoch*-Zeichen.

Tesla, der sich so aufgestellt hatte, dass er sie sehen konnte, gab es an die anderen weiter und zu den Geräuschen der Waschanlage gesellte sich das Rattern der Wasserpumpe.

Als das Wasser die Düsen verließ, eilten Caleb und Tesla zur Waschanlage. Jordan beobachtete, wie sie einzelne Durchlässe mittels eines Schraubenziehers reinigten, dann strömte das Wasser ungehindert auf die Rüttelbank.

Jordan ging zu den Männern, zu denen sich nach und nach auch die übrigen Teammitglieder gesellten. Die Männer unterhielten sich leise, schlugen sich zufrieden auf die Schultern oder gaben sich die Hände. Für sie schien es ein echter Sieg zu sein, die Anlage zum Laufen gebracht zu haben.

Es versetzte Jordan einen leisen Stich. Niemand schien es zu interessieren, dass sie ihren Teil dazu beigetragen hatte. Wenn die Jungs sie wenigstens wie einen Teil ihrer Gemeinschaft behandelt hätten, könnte sie darüber hinweggehen. So aber fühlte sie sich wie ein Eindringling. Um sich nichts anmerken zu lassen, rammte sie die Hände in die Fronttasche ihres Pullovers und sah zu, wie Ulf zu einem der Kipplaster rannte.

In dem Moment trat Lock neben sie. »Gut gemacht. Tesla sagte, Sie haben die Maschine verbessert. Testen wir mal, wie es funktioniert.«

Das unerwartete Lob erwärmte Jordans Inneres. Und als Ulf dann die Ladung Erde in den Trichter füllte, sodass die Waschanlage zum ersten Mal in dieser Saison ihre Arbeit verrichtete, fühlte sich Jordan stolz.

Noch war sie kein Teil dieser Mannschaft, aber je mehr sie sich anstrengte, desto schneller würde sie dazugehören. Die Verbesserungen an der Anlage waren ein erster Schritt. Jetzt hieß es abwarten und sehen, ob sie keinen Fehler gemacht hatte.

7. Kapitel

Am Ende der Woche, vier Tage nach Jordans Ankunft, tat ihr jeder Knochen im Leib weh. Als der Wecker an diesem Morgen klingelte, war sie versucht, sich wieder umzudrehen und die Decke über den Kopf zu ziehen. Nur die Tatsache, dass sie der Boss war und damit die Verantwortung trug, brachte sie dazu, sich aus dem Bett zu quälen.

Die letzten Tage waren ein Auf und Ab gewesen. Die Männer verhielten sich relativ neutral ihr gegenüber. Wenn sie Fehler machte, wiesen sie Jordan darauf hin, aber niemand machte ihr Vorwürfe. Anders dagegen, wenn es darum ging, Entscheidungen zum Schürfgrund zu fällen. Obwohl sie es mit Lock bereits besprochen hatte, welches Areal als Nächstes vorbereitet werden sollte, hatte es Diskussionen gegeben, als sie es Darren mitteilte.

»Sorry, Boss, aber wieso ausgerechnet dort drüben? Für mich sieht das Gebiet aus, als wäre da schon mal geschürft worden.« Abwehrend hatte er die Arme vor der Brust verschränkt, was die für Schürfleute ultimative Verneinung eines Befehls zu sein schien.

»Die Bohrpläne ...«

»Haben Sie denn geprüft, wie alt die Pläne sind? Ich will ja nichts sagen, aber Felix ist ein ausgekochter Hund, er zieht die Leute gern über den Tisch. Seinen Anteil bekommt er ja trotzdem.«

»Ich glaube nicht, dass ...«

Darren spuckte den Kautabak aus, auf dem er während des Gesprächs die ganze Zeit herumgelutscht hatte. »Glauben können Sie in der Kirche, Lady. Ich werde Lock fragen.«

Damit war er davongestapft, nur um von seinem Vorarbeiter zu erfahren, dass er Jordans Meinung teilte. Überhaupt tat Lock nichts, um ihr Steine in den Weg zu legen. Aber er war da und erteilte ihr Ratschläge, und wenn es wichtige Punkte zu besprechen gab, wies er sie entsprechend ein, damit sie souverän auftreten konnte.

Trotzdem kam es häufiger zu Situationen wie der mit Darren, und jedes Mal versuchte Jordan, sie zu entschärfen. Sie konnte die Männer nicht zu sehr maßregeln, durfte sich aber auch die Kontrolle nicht entreißen lassen. Das machte jeden Tag zu einem Kampf.

Von heute erhoffte sie sich eine positivere Resonanz. Der erste Cleanout stand an. Das, was sie jetzt vier Tage lang durch die Waschanlage gejagt hatten, würde ihnen zeigen, ob die Saison tatsächlich gut anlief.

Jordan unterzog sich einer Katzenwäsche in ihrem Miniaturbad, schlüpfte in ihre inzwischen vor Dreck starrenden Klamotten und stülpte sich die Kapuze auf den Kopf.

Als sie zur Hütte ging, um zu frühstücken, sah sie, dass Darren und Ulf bereits damit begannen, die Gitterroste aus der Anlage zu nehmen, um zu prüfen, ob es Gold darin gab.

Der Gedanke ans Frühstücken oder längeres Schlafen verflog. Sie kannte diese Männer noch nicht und wollte nicht, dass sie allein an dem möglichen Goldfund hantierten. Jedes kleine Flöckchen, das in fremde Taschen wanderte, könnte den Gewinn schmälern. Also änderte sie die Richtung und stapfte zur Anlage.

»Jordan, warten Sie mal!«, rief Lock von der Hütte.

Sie hörte, wie er zu ihr rannte, und blieb stehen, den Blick fest auf die Arbeiter gerichtet. »Was ist?«, fragte sie, ohne den Vorarbeiter anzusehen.

»Sie sollten den Jungs vertrauen.«

Irritiert wandte sie den Kopf. »Was?«

»Ich habe Ihren Blick gesehen. Sie wollen sicherstellen, dass die Jungs nichts stehlen. Aber alles, was Sie damit erreichen, ist, dass sie wissen, dass Sie ihnen nicht vertrauen.«

»Hören Sie, Lock, hier geht es um mein Geld.«

Er schüttelte den Kopf, bevor er sie eindringlich musterte. »Es geht um unser *aller* Geld. Aber wichtiger ist hier, dass die Männer verstehen, dass Sie nicht der Feind sind. Wenn Sie jetzt dort hinüberrennen, sich aufführen, als begingen die beiden Hochverrat, verlieren Sie das Team. Glauben Sie mir.«

Seine Worte klangen logisch. Unschlüssig sah sie von ihm zur Anlage. Weder Darren noch Ulf schienen sie bemerkt zu haben. Sie arbeiteten konzentriert, lösten die Keile, die die Gitter an ihren Positionen hielten, und scherzten. Ulfs dröhnendes Lachen war etwas, an das sich Jordan bereits gewöhnt hatte. Es war laut und einnehmend. Sie mochte es. Sie mochte Ulf. Und Darren war auch ganz in Ordnung. Weshalb also misstraute sie ihnen?

Unwillkürlich seufzte sie auf. »Ist es jedes Mal so schwer?«

Lock legte ihr eine Hand auf die Schulter. Kameradschaftlich, nicht aufdringlich wie bei Hank oder neckend wie bei Caleb. »Es wird leichter. Sie sind eine Frau aus einer Glitzerwelt. Was ich so hörte, misstraut dort jeder jedem. Hier schließen wir unsere Häuser nicht einmal ab. Ich lege meine Hand für die beiden ins Feuer, Jordan. Sie bestehlen Sie nicht. Und falls ich doch etwas mitbekommen sollte, prügle ich sie eigenhändig windelweich.«

Seine Worte trösteten sie und entlockten ihr ein schwaches Lächeln. »Man merkt Ihnen die Schwester an, Lock. Wie oft mussten Sie Nicci schon beruhigen?«

Er rollte theatralisch mit den Augen. »Fragen Sie nicht. Ich habe irgendwo graue Haare und wette, die stammen von ihr!«

Das brachte Jordan endgültig zum Lachen. Es gab nichts an Lock, das darauf hinwies, dass er vorzeitig alterte. Er war jung und agil und anders als die Männer in Hollywood kannte er seine Grenzen eindeutig. Einzig sein manchmal beunruhigend finsteres Auftreten irritierte sie ein wenig. Davon war im Moment jedoch nichts zu spüren. Sie gingen gut gelaunt nebeneinander zur Hütte, wo Caleb plötzlich im Türrahmen auftauchte. Er grinste zwar, aber trotzdem wurde sie das Gefühl nicht los, dass es ihn störte, sie zusammen mit Lock zu sehen.

»Alles in Ordnung?«, fragte sie ihn daher.

»Klar. Ich wollte nur wissen, ob ich dir auch ein paar Eier mit Speck braten soll.« Sie hatten schon am zweiten Tag beschlossen, einander zu duzen.

»Äh, ja gern. Heute wird anstrengend, oder?«

»Wenn Darren und Ulf so weit sind, werden wir die Matten aus der Anlage holen, mit Schabern alles zusammenkratzen, was sich noch in der Maschine befindet, und dann beginnt das Goldwaschen«, stimmte Lock zu und steuerte zur Kaffeemaschine. Ohne zu fragen, füllte er zwei Becher, gab in einen davon Milch und Zucker und reichte diesen dann Jordan.

Sie nahm ihn dankbar entgegen und freute sich darüber, dass sich Lock nach so kurzer Zeit gemerkt hatte, wie sie ihren Kaffee trank. Sie setzte sich an den Tisch und wartete darauf, dass Caleb die Eier brachte. Tesla, der sein Frühstück bereits vertilgt hatte, versuchte Hank, der lustlos auf seinem Müsli herumkaute, die Funktionsweise irgendeines Gerätes zu erklären. Jordan hörte nur mit halbem Ohr zu, während sie den jungen Arbeiter beobachtete. Er zeigte keinerlei Anzeichen, einen neuen Annäherungsversuch zu starten, sondern wirkte sichtlich gelangweilt, den Kopf in eine Hand gestützt, wodurch er fast die gesamte untere Hälfte seines Gesichts verbarg.

Das Frühstück verlief schweigend. Ulf und Darren kamen herein, häuften sich Essen auf ihre Teller und schaufelten es in einer Geschwindigkeit in ihre Münder, dass kein Zweifel daran bestand, dass die beiden weiterarbeiten wollten. Alle beeilten sich und nach nicht einmal fünfzehn Minuten standen sie nervös um die Waschanlage herum.

Da Jordan die jetzt notwendigen Schritte nicht kannte, überließ sie Lock das Kommando. Der teilte die Männer ein und schon bald wuselte das gesamte Team um die Waschrinnen herum.

»He, Jordan, komm mal her!«, rief Caleb. »Sieh doch!« Er deutete aufgeregt auf das letzte Gitter in der Rinne.

Sie ging zu ihm und beugte sich darüber. Zunächst konnte sie nur farbige Steine und Sand erkennen. Dann folgte sie Calebs ausgestrecktem Zeigefinger und erstarrte.

Da lag es: ihr erstes Nugget.

Gänsehaut überzog ihre Haut und ihre Handflächen wurden feucht. Sie traute sich nicht, danach zu greifen, aus Sorge, aufzuwachen und festzustellen, dass es nur ein dummer Traum war.

Caleb nahm ihr die Entscheidung ab. Er pickte den gelben Klumpen von der Größe eines dickeren Stecknadelkopfes heraus und hielt ihn ihr auf der Handfläche hin.

Die Geräusche ringsum traten in den Hintergrund. In diesem Augenblick gab es nur Jordan, Caleb und das Nugget. Sie nahm es vorsichtig entgegen, fühlte, wie ihre Finger zitterten, und konnte nicht anders, als laut aufzulachen.

»Wow! Das ist ... das ist ...« Ihr fehlten die Worte.

»Das ist es, warum wir diesen ganzen Dreck durchwühlen. Für jeden noch so winzigen Rest, den wir hier herausholen, lohnt sich die Mühe«, sagte Lock beinah andächtig.

Die Männer brummten zustimmend. Jordan sah sie der Reihe nach an. Sie strahlten und niemand schien peinlich berührt angesichts ihrer emotionalen Reaktion.

Es war dieser Moment, in dem sie endlich jenes Zugehörigkeitsgefühl empfand, nach dem sie seit ihrer Ankunft gesucht hatte. Lock wirkte sogar fast, als sei er stolz auf sie.

Schließlich machte sie einen Satz über die Waschrinne hinweg und warf sich in Calebs Arme. Er fing sie auf und wirbelte herum. Sie hörte Männer lachen und Beifall klatschen. Die Geräusche traten in den Hintergrund, als Caleb ihr einen frechen Kuss auf den Mund drückte, ehe er sie fester an sich zog.

Jordans Herz donnerte vor Aufregung. Sie genoss es, von Caleb gehalten zu werden. Die Berührung seiner Lippen war viel zu kurz gewesen, als dass sie dem Bedeutung hätte beimessen sollen. Trotzdem fühlte sie ein Kribbeln bis hinunter zu den Zehen.

Jemand räusperte sich, sodass sie sich widerstrebend aus seinen Armen löste. Darren gab Caleb mit *Daumen hoch* zu verstehen, dass er offenbar guthieß, die Chefin geküsst zu haben. Hank wirkte, als habe er auf eine Zitrone gebissen, und Ulf pfiff durch die Finger. Nur Tesla und Lock gaben nicht zu erkennen, was sie von Calebs Verhalten hielten.

Unsicher hob Jordan den Kopf, um in Calebs Augen zu lesen. Auch, um zu erfahren, wo sie jetzt standen, doch er fuhr sich nur durchs Haar und grinste seinen Freunden zu. Er schien kein bisschen peinlich berührt.

Aus einem seltsamen Grund enttäuscht drehte sie sich um. Sie wusste zwar nicht, was sie erwartet hatte, aber diese Reaktion ganz gewiss nicht. Für den Bruchteil einer Sekunde erhaschte sie einen Blick auf Locks Züge. Wieder einmal bildeten seine Lippen einen geraden Strich und sein Kiefer mahlte. Er trug inzwischen eine Sonnenbrille, weswegen sie nicht sehen konnte, was in ihm vorging.

Er wandte sich an Tesla. »Du fährst den *Gator*.«

Er meinte damit den zerschrammten Buggy mit der kleinen Ladefläche, der bereits in unmittelbarer Nähe stand und mit dem die Eimer mit dem schwarzen Sand zum Feinwaschen gebracht werden sollten. »Jordan, wären Sie so nett und helfen ihm dann beim Ausladen?«

»Natürlich, Lock. Kann ich sonst etwas tun?«

»Am besten, du passt auf, wie die Jungs das machen, dann kannst du beim nächsten Mal selbst anpacken, Mädchen«, brummelte Tesla gutmütig, als Lock schwieg, und setzte sich ans Steuer. Es schien ihm nichts auszumachen, für den Moment zur Untätigkeit verdammt zu sein.

*

Ächzend trug Jordan den letzten Eimer vom Buggy zum Rütteltisch, der unter einem an drei Seiten geschlossenen Zeltdach aufgestellt war. Gold und Sand, die zudem mit Wasser vermischt waren, wogen einiges, wenn man sie eimerweise herumtrug.

Während die anderen Männer die Gitter und Goldmatten wieder in der Waschanlage montierten, half sie Lock dabei, das Feingold vom Sand zu trennen. In den Waschrinnen hatten sich noch vier weitere Nuggets befunden, deren Gewicht allein schon ausgereicht hatte, die Männer glücklich zu machen. Jetzt erhofften sie sich aus den zwanzig Eimern eine weitere gute Ausbeute.

»Das sieht nicht schlecht aus«, sagte Lock gerade.

Was auch immer ihn an Calebs Umarmung gestört hatte, es schien vergessen. Jetzt benahm er sich wieder wie vorher. Nett, zuvorkommend und wie ein Ausbilder gegenüber seinem Lehrling.

Jordan trat zu ihm und beobachtete, wie er in einer dunkelgrünen Waschpfanne eine Probe des Erdreiches mit Lauge auswusch. Dabei bewegte er die Pfanne in gleichmäßigen Bewegungen, um das Wasser darin in Bewegung zu setzen. Immer wieder tauchte er die Pfanne unter Wasser, um feine Steinchen und Sand wegzuspülen.

»Warum waschen Sie per Hand? Ich dachte, dafür sei der Rütteltisch da?«, fragte sie und stützte sich auf den Oberschenkeln ab, um ihm besser zusehen zu können.

Es tat ihrem Rücken zudem gut, sich so zu entlasten. Eine Massage wäre nicht schlecht, aber hier am Ende der Welt könnte sie nur einen der Männer darum bitten und nach der Sache mit Hank *und* Caleb verspürte sie nun wirklich keinen Drang dazu.

»Ich will sehen, wie hoch die Ausbeute sein muss. Falls in der ersten Pfanne viel Gold ist, auf dem Tisch jedoch nicht, müssen wir alles per Hand waschen, weil er dann nicht richtig eingestellt ist.«

Jordan verstand. Wie die große Waschanlage musste auch der Rütteltisch ein bestimmtes Gefälle aufweisen, damit das Wasser das Gold nicht einfach wegschwemmte.

»Verstehe. Darf ich es versuchen?«

Lock zögerte lang. Als sie schon glaubte, er würde verneinen, machte er ihr Platz und drückte ihr die Pfanne in die Hand. »Sie müssen vorsichtig sein. Das Gold ist zwar schwerer als der Sand und das Wasser, aber eine falsche Bewegung und wir müssen von vorn beginnen.«

Sie nickte und hielt die Pfanne, wie er es ihr zeigte. Er umfasste dabei von hinten ihre Arme und bewegte sie so, dass sie einen gleichmäßigen Rhythmus fand. Sobald er mit ihren Anstrengungen zufrieden war, zog er sich zurück. Was sie sehr schade fand, seine Wärme hatte sich wie ein Mantel um sie gelegt. Sie schalt sich selbst für diesen dummen Gedanken, es änderte jedoch nichts daran, dass Locks Nähe ihr plötzlich fehlte. Trotzdem konzentrierte sie sich wieder auf ihre Aufgabe. Dass Lock sie dabei keine Sekunde aus den Augen ließ, spürte sie fast körperlich.

Über den größeren Bottich gebeugt, aus dem er das Wasser geschöpft hatte, ließ sie die Pfanne kreisen, schob mit den Fingern gelösten Sand über den Rand und nahm neues Wasser auf.

Locks Gegenwart machte Jordan nervös. Sie ahnte, wenn sie das hier verbockte, würde er nie wieder versuchen, ihr etwas beizubringen.

Schließlich räusperte er sich. »Das genügt.«

»Oh, das ist wirklich alles?«

Jetzt lächelte er und wies mit dem Kinn auf die Pfanne. »Sehen Sie doch selbst.«

Obwohl sie die ganze Zeit seine Anweisungen befolgt und darauf geachtet hatte, kein Gold wegzuschwemmen, traf sie der Anblick der winzigen gelben Körnchen wie ein Schlag. Als dünner Schleier lag er auf dem grünen Plastik und schien zu sagen: *Jetzt bist du eine echte Goldschürferin.*

»Ist ...« Sie leckte über ihre plötzlich trockenen Lippen. »Ist das viel?«

Lock nahm ihr die Pfanne ab, schwenkte sie ein bisschen, dann veränderte ein breites Lächeln seine Züge. »Das ist eine gute Pfanne. Wenn wir diese Ausbeute auch mit dem Rütteltisch bekommen, schätze ich, unser erster Cleanout beträgt gute vierzig Unzen.«

Jordan hielt den Atem an. Sie hatten gerade mal vier Tage geschürft. Falls Lock recht behielt, bedeuteten vierzig Unzen beim derzeitigen Goldpreis ...

»Das sind mehr als neununddreißigtausend Dollar!«

»Mehr oder weniger, ja. Der Goldpreis schwankt je nach Marktlage. Wollen wir herausfinden, wie viel wir tatsächlich gefunden haben?«

Sie konnte nur noch nicken. Die Vorstellung eine so hohe

Unzenzahl geschürft zu haben, war fast zu viel für Jordan. Damit hatte sie die laufenden Kosten für die nächste Zeit mehr als gedeckt. Sich vorzustellen, was eine solche Ausbeute für den Rest der Saison bedeutete ...

»Atmen, Jordan, vergessen Sie das Atmen nicht!« Lock legte ihr eine Hand zwischen die Schulterblätter, als er bemerkte, dass sie hyperventilierte. Wo er sie berührte, fühlte es sich viel zu warm an. »Das ist nur ein Cleanout. Wenn wir Pech haben, fällt der nächste deutlich schlechter aus. Goldschürfen ist wie Roulettespielen. Man gibt alles, was man hat, und hofft darauf, dass die Kugel dorthin fällt, wohin man gesetzt hat.«

»Ich weiß das ja im Grunde, aber ...«

Sein Blick wurde fast zärtlich. »Es ist überwältigend, nicht wahr?«

Da sie ohnehin nur nicken konnte, bemühte sich Jordan nicht einmal, Worte zu finden.

Eine Weile blieben sie so in einträchtigem Schweigen. Dann ging Lock zum Rütteltisch. Er startete den Motor, ließ das Wasser laufen und kontrollierte ein letztes Mal die Neigung der Platte. Mit einer Handschaufel gab er kleine Mengen goldhaltigen Sands in den Trichter. Das Wasser spritzte aus feinen Düsen und trennte so das Material vom Dreck, um dann in den mit Riffeln versehenen Tisch gespült zu werden. Durch das Wackeln der Platte trennten sich nun Gold und Sand.

»Wenn wir alles richtig eingestellt haben, taucht gleich ein Goldfaden auf.« Lock verengte die Brauen. Es schien fast, als hielte jetzt *er* den Atem an.

Die Spannung in dem kleinen Unterstand wurde fast unerträglich. Nur das Brummen des Motors, der den Tisch antrieb, das Plätschern des Wassers und das leichte Schaben, wenn der Sand über das Plastik lief, waren zu hören.

Dann endlich sah Jordan es. Mehrere hauchfeine Körnchen wurden durch die Bewegungen des Tisches zu einer Linie, die sich zu einem Loch am Ende der Platte hinarbeitete. Darunter war ein Becher befestigt, der das Feingold auffangen würde.

»Jetzt hat es dich ebenfalls erwischt«, sagte Lock und verwendete die vertraulichere Anrede, nachdem er eine weitere Schaufel in den Trichter gegeben hatte.

»Hm?«

»Akutes Goldfieber.« Er lächelte schief. »Einmal angesteckt kommt man nur schwer wieder los.«

Sie wechselten einen Blick. Es stimmte. Sie spürte das Adrenalin durch ihren Körper rauschen, als sei sie gerade mit einem Gleitschirm von einem Gebäude in mehrere Meter Tiefe gesprungen. Es fühlte sich fast genauso an, nur, dass sie hierbei nicht ihre körperliche Gesundheit riskierte.

»Ich hatte keine Ahnung«, murmelte Jordan und merkte, wie ihr Tränen in die Augen schossen. Sie blinzelte, um klar zu sehen. Gleichzeitig drehte sie sich ein Stück zur Seite. Lock sollte das nicht sehen.

Die Sorge darüber war unbegründet. Ganz der Schürfer füllte er eine Ladung nach der anderen in die Maschine und nach rund zwei Stunden war auch der letzte Sand gewaschen.

»Was kommt jetzt?« Sie stemmte die Hände in den Rücken und dehnte sich. Zu langes Stehen bekam ihr nach wie vor nicht. Vielleicht würde sie heute ein paar der Übungen aus dem Reha-Zentrum machen müssen, damit sie sich morgen überhaupt bewegen konnte.

»Jetzt kochen wir.« Sie schluckte hörbar, was Lock auflachen ließ. »Keine Sorge, diesmal darf das Wasser verkochen.«

Er führte sie zu einem kleinen Gaskocher außerhalb des Unterstandes. In einen Kupfertopf gab er die Ausbeute des Cleanouts. Nachdem er alles vorbereitet hatte, zog er sich eine leere Kiste heran und setzte sich. Er rückte sogar ein Stück, damit Jordan neben ihm Platz nehmen konnte.

So dicht an seiner Seite spürte sie seine Körperwärme wieder durch den Anorak. Der Mann roch nach Erde, Wasser und Schweiß sowie ein wenig metallisch, was vermutlich von dem Magnetit kam, den er gerade langsam mittels Magneten aus dem Gold zog. Die ganze Zeit über saßen sie in einträchtigem Schweigen nebeneinander. Über ihnen kreiste ein Weißkopfadler und schrie hin und wieder auf.

Es wurde kälter, doch Jordan fror nicht. Zu aufregend waren all die Dinge, die sie heute erlebt hatte, nicht zuletzt das Aufblitzen von Anerkennung in Locks Augen, das ihr mehr bedeutete, als sie zuzugeben bereit war. Wenn er sie so ansah wie jetzt, bekam sie unter ihrer Kleidung eine Gänsehaut. Und dann fragte sie sich, ob sie sich das Knistern zwischen ihnen nur einbildete oder ob da tatsächlich etwas vorging, für das sie noch keinen Namen hatte. Es war schwer, in Lock zu lesen, weil er, jedes Mal wenn sie das Gefühl hatte, zu wissen, was in ihm vorging, etwas Unvorhergesehenes tat.

Er rührte schweigend mit einem Löffel in dem Goldgemisch, um das Trocknen zu beschleunigen. Sobald das Wasser vollständig verdampft war, legte er ihn weg und klopfte sich auf die Schenkel. »Wiegezeit!«

Er schnappte sich einen Lappen, umwickelte den Griff des Topfes und stand auf. Gemeinsam mit Jordan ging er zur Blockhütte.

Drinnen öffnete sie den Reißverschluss ihrer Jacke und beobachtete stumm, wie Lock nach der Feinwaage griff, die auf einer kleinen Anrichte zwischen Tisch und Badezimmer stand, und sie auf der Arbeitsplatte absetzte.

Bevor er Tara einstellte und das Gold wog, sah er sie an. »Versprechen Sie mir etwas, Jordan?« Zu ihrer Enttäuschung war er wieder zum Sie zurückgekehrt.

Überrascht blickte sie auf. »Was denn?«

»Egal, wie viel hierbei herauskommt ... seien Sie nicht enttäuscht.«

Wie sollte sie das versprechen? Enttäuschung war kein Gefühl, das man an- oder abstellte. Sie tauchte einfach auf, wenn zu hohe Erwartungen nicht erfüllt wurden.

»Okay.« Jordan straffte sich. »Ich verspreche, Ihnen nicht zu zeigen, wenn mich die Enttäuschung überkommt.«

Er schüttelte den Kopf, als könne er nicht glauben, was er da hörte. »Sie können es einfach nicht, oder? Bei Ihnen muss alles ein Kampf sein.« Dabei beließ er es und betätigte die Tara-Taste. Die Digitalanzeige der Waage blinkte kurz auf, dann zeigte sie null.

Vorsichtig goss Lock das Feingold in den Waagenbehälter. Es knisterte leise, als der gelbe Miniwasserfall in die Schale floss.

»Eins. Zwei ...« Lock begann, die Unzenanzahl zu zählen, während Jordans Handflächen immer feuchter wurden vor Nervosität. »Fünfzehn. Sechzehn.«

Sie wollte gar nicht hinsehen. Doch ihre Augen klebten an dem stetigen Strom. Das war es, worauf sie gehofft hatte. Dieses Gold bedeutete ihre Zukunft.

»Siebenunddreißig. Achtunddreißig ... Neununddreißig Komma neun zwei Unzen. Nicht schlecht!«

Keine vierzig, aber nah dran.

»Scheint so, als müsse ich meine Enttäuschung nicht herunterschlucken, oder Mr Hudson? Sie haben ziemlich gut geschätzt.«

Er zuckte mit den Schultern. »Die Erfahrung macht's. Und, *Ms Rigby*, da Sie jetzt eine waschechte Goldschürferin sind, lassen wir das mit dem Siezen endgültig.« Er reichte ihr seine Hand über ihren ersten Goldfund hinweg.

Während sich seine Finger um ihre schlossen, konnte Jordan nichts mehr gegen das Grinsen tun, das sich auf ihrer Miene eingrub. »Ich habe also bewiesen, dass ich dazugehöre?«

»Definitiv! Aber eine Sache wäre da noch.«

Sie hob eine Braue, weil sie nicht wusste, worauf er hinauswollte. Unwillkürlich fiel ihr Blick auf seine festen Lippen und sie fragte sich, ob Goldschürfer ihre Erfolge nicht vielleicht mit einem Kuss besiegelten. Wenn sie ganz ehrlich mit sich war, würde ihr ein solcher Brauch gefallen, aber seltsamerweise dachte sie dabei keine Sekunde an Caleb ...

Locks Antwort unterbrach ihre Gedanken und sorgte für eine geistige Bauchlandung. »Gib mir die Nuggets, die du heute aus der Waschrinne gepult hast, die müssen wir auch noch wiegen!«

8. Kapitel

Die Jungs errichteten ein Lagerfeuer, stellten Campingstühle neben einen umgefallenen Baumstamm und grillten Steaks und Würstchen, als Lock und Jordan nach draußen kamen. Die Stimmung war ausgelassen. Es wurde Bier getrunken und sich leise unterhalten. Es roch nach Erde, Feuer und gebratenem Fleisch.

Der Tag hatte einiges verändert, und wenn Jordan den Männern erst einmal verriet, wie hoch die Ausbeute war, würde sich noch einmal alles ändern, wie Locks Verhalten bewies.

Tesla hatte das Kinn auf die Brust gelegt, die Hände über dem Bauch gefaltet und die Beine ausgestreckt. Er schien zu schlafen. Trotzdem war sich Jordan sicher, dass er alles mitbekam. Darren stocherte mit einem Stock in den Flammen, und Ulf griff gerade nach einer weiteren Flasche Bier, die er Lock reichte.

Die Fäuste in den Taschen ihres Parkas vergraben, umklammerte Jordan die beiden Einmachgläser, in die Lock das Gold gefüllt hatte. In eines die Nuggets, in das andere das Feingold. Nachdem sich er gesetzt hatte, sahen die Männer Jordan erwartungsvoll an. Nur Tesla nicht, der ein Schnauben ausstieß, das zu verdächtig nach Schnarchen klang. Hank stieß ihn an, sodass er aufschreckte, was sie leicht lächeln ließ.

Mit einem Räuspern richtete sich Jordan auf. Über die Flammen hinweg spürte sie den Blick von Caleb. Er nickte ihr aufmunternd zu.

»Nun, Jungs, ich hoffe, ihr sitzt gut«, begann sie.

Sofort kam Unruhe auf. Die Männer sahen sich nervös an. Lock runzelte die Stirn angesichts dieser Eröffnung. Sein Mund öffnete sich, doch Jordan bedeutete ihm mit einem winzigen Kopfschütteln, dass er schweigen sollte.

Es bereitete ihr eine diebische Freude, die Männer schwitzen zu sehen, die vermutlich gehofft hatten, heute ein tolles Ergebnis einzufahren.

»Leider ist die Ausbeute nicht ganz so ausgefallen wie

erhofft.« Bedauern färbte ihre Worte, die sie wieder kurz sacken ließ.

Inzwischen hatte sich Darren vorgebeugt, die Arme locker zwischen den Knien hängend, nur seine Fäuste waren geballt. Calebs lässige Haltung wich gespannter Erwartung, und Hank kratzte sich verwirrt am Kopf.

»Lock prophezeite mir vierzig Unzen.« Sie zog das Glas mit den Nuggets hervor.

»Sag mir nicht, dass das alles war! Willst du behaupten, das Material taugt nichts?«, zischte Ulf und umklammerte seine Bierflasche so fest, dass sie schon fürchtete, sie würde jeden Moment zerbrechen, und setzte sie an seine Lippen, um einen Schluck zu nehmen. »Verdammter Mist. Vier Tage Arbeit für nichts!«

»Nun, das würde ich nicht gerade behaupten«, grinste sie und holte das volle Glas mit dem Rest heraus. »Einundvierzig Komma acht drei Unzen. Keine vierzig wie angekündigt.«

Als Ulf realisierte, was sie da sagte, verschluckte er sich am Bier, das ihm daraufhin aus Nase und Mund schoss und ihn husten ließ. Er lief rot an und begann zu röcheln. Darren schlug ihm auf den Rücken, damit er wieder Luft bekam, und Caleb lachte schallend. Einzig Tesla schüttelte den Kopf, als könne er nicht verstehen, was in den jungen Leuten von heute vor sich ging.

Die Männer nahmen Jordan ihren kleinen Scherz jedoch nicht übel. Nacheinander kamen sie zu ihr und umarmten sie.

Zuletzt Caleb, der sie bedeutend länger als nötig festhielt. »Ich wusste, du schaffst es«, flüsterte er an ihrer Schläfe und hauchte von den anderen unbesehen einen Kuss darauf.

Sobald sich die Aufregung etwas gelegt hatte, gab jemand Jordan etwas zu trinken. Sie reichte die Einmachgläser im Kreis umher, weil jeder sie bestaunen wollte.

Inzwischen war die Sonne untergegangen. Funken des Feuers flogen durch die Luft, das Holz knisterte, und Ulf kümmerte sich wieder um das Essen.

Plötzlich stand Darren auf. Er hob seine Flasche. »Da du

dich als echter Glücksbringer entpuppt hast, Boss, trinke ich auf dich. Und auf die nächsten vierzig Unzen!«

»Auf Jordan, auf die nächsten vierzig Unzen!«, brüllten die Männer und stießen ihre Flaschen aneinander.

Jordan bekam eine Gänsehaut und hob lachend ihr Bier. Tesla, der sich neben sie gesetzt hatte, stieß sie mit der Schulter an. »Für ein kleines Mädchen bist du echt nicht übel.«

»Danke, Tesla, wie immer bist du ein *Charmeur par excellence*.« Er sah sie an, als verstünde er nicht, was sie meinte. Sie wollte es ihm erklären, da tippte er sich gegen die Nase und deutete dann auf sie. Jetzt hatte er sie reingelegt.

»Touché, Tesla.«

»Ach, wir alten Männer haben auch so unsere Tricks, weißt du?«

Das ließ Jordan unkommentiert. Sie begnügte sich damit, die strahlenden Gesichter der Männer zu beobachten. Jeder Einzelne von ihnen schien glücklich zu sein. Die Gläser machten weiter die Runde, und die Männer lachten und scherzten. Dabei vergaßen sie auch nicht, Jordan miteinzubeziehen, die den liebevollen Spott gutmütig über sich ergehen ließ.

So hatte es sich damals auch angefühlt. Im Team. Mit Boyd und den anderen Stuntleuten. Sobald sie bewiesen hatte, dass sie genug Motivation, Talent und Ausdauer besaß, hatten die anderen sie akzeptiert. Hier lagen die Maßstäbe nur etwas anders, aber im Grunde wollten alle das Gleiche: Jordan sollte sich anpassen.

Sie lächelte in sich hinein und zupfte mit den Fingernägeln am Etikett ihrer Flasche, weil sie plötzliche Wehmut überkam. Sie vermisste Florida, ihre Freunde und Kollegen, auch wenn diese sich mehr oder weniger geschlossen von ihr abgewandt hatten, sobald klar war, dass sie ihren alten Job nicht länger würde ausüben können. Sie verstanden einfach nicht, dass dieser Teil von Jordans Leben ein jähes Ende gefunden hatte. Und dann noch die Sache mit Boyd. Ob sie ihn und seinen Verrat jemals vergessen würde? Vermutlich nicht. Dass er sich aber immer ausgerechnet dann in ihre Gedanken schlich, wenn sie es nicht gebrauchen konnte, war unerträglich.

»Du siehst traurig aus.« Lock reichte ihr Besteck und einen Teller mit Fleisch, den sie ihm wortlos abnahm.

Sie würde ihm nicht erzählen, dass sie innerlich noch wund von den Erinnerungen und Gefühlen war, die sie mit ihrer Vergangenheit in Verbindung brachte. Sie hatte nicht vor, dauerhaft zurückzublicken und etwas nachzuweinen, das sie ohnehin nicht wiederbekommen würde. Wie ihren Job. Oder Boyd. Trübsal zu blasen lag nicht in ihrer Natur. Die wenigen Momente, wenn sie zuließ, dass ihr Herz sich zusammenzog, sollten ihr allein vorbehalten bleiben.

»Nein, alles gut. Danke für das Essen.« Sie starrte auf den Teller. Lock hatte für sie ein saftiges Stück Rindersteak und Kartoffelsalat aufgetan. Wieder war er aufmerksam genug gewesen, um zu sehen, dass sie ihr Fleisch halb durch bevorzugte.

»Wenn du meinst. Ich dachte nur, nach dem Goldfund müsstest du strahlen wie eine Hundert-Watt-Glühbirne.«

Sie verdrehte den Hals und legte ihr Kinn auf ihre Schulter. Es mochte kokett wirken, war aber die einzige Möglichkeit Lock anzusehen, der zu ihrer Linken saß und sich eine Gabel Kartoffelsalat in den Mund schaufelte.

Im Schein des Feuers wirkte er nicht mehr ganz so hart, gleichzeitig traten die scharfen Kanten seines Gesichts deutlicher hervor.

»Denkst du, ich freue mich nicht?«

Weil sein Mund voll war, gab er nur ein Grunzen von sich.

»Oh, das tue ich. Ich bin auch nicht enttäuscht oder so. Ich ... musste nur an etwas denken.«

»Die Wette?«

Caleb gegenüber wurde hellhörig. »Welche Wette?«

»War ja klar, dass er ausgerechnet das hört«, murmelte Lock.

»Warum kümmerst du dich nicht um deinen eigenen Kram, Lock? Ich habe Jordan nur eine Frage gestellt.«

Lock schnaubte bloß, woraufhin Caleb ihm den Mittelfinger zeigte.

Um die Situation zu entspannen, räusperte sich Jordan. »Vielleicht ist es an der Zeit, euch zu erzählen, warum ich wirklich hier bin.«

»Ach nee, willst du gar kein Gold? Dann gib es mir, ich kann das immer gebrauchen!«, rief Darren, was die Männer wieder lachen ließ.

Auch Jordan grinste, obwohl sie inzwischen wusste, dass eine harte Scheidung hinter ihm lag. »Nein. Ich ... habe mit jemandem gewettet, dass ich eine Mine erfolgreich betreiben und Gold finden kann.« Sie wies mit dem Kinn auf die Goldgläser, die zwischen Calebs Füßen standen. »Und da steht jetzt der Beweis für einen Teil davon.«

»Den Rest schaffst du auch noch. Wir wissen jetzt, dass das Gold im Boden ist, du hast ein gutes Team, das sich sogar darauf eingelassen hat, auf eine Frau zu hören. Was also sollte schiefgehen?« Ulf klang sehr zuversichtlich, während er gleichzeitig auf seinem Fleisch herumkaute.

Noch teilte Jordan seinen Optimismus nicht. Es gab vieles, was passieren konnte. Trotzdem nickte sie. »Stimmt. Du hast recht. Heute Abend ist kein Platz für dumme Gedanken. Heute feiern wir unseren ersten Fund!«

Morgen konnte sie in Ruhe darüber nachdenken, welche Aufgaben noch vor ihr lagen. Da sie sonntags nicht schürfen würden, blieb Jordan genug Zeit zum Grübeln.

*

Es war schon spät, als sich die Männer nacheinander zurückzogen. Zum Schluss saßen Lock, Jordan und Caleb allein um das fast gänzlich heruntergebrannte Feuer. Im Wald hinter ihnen waren die Geräusche der nachtaktiven Tiere im Unterholz zu hören. Hin und wieder vernahmen sie auch das Brüllen eines Bären.

Die Essensreste und das Geschirr befanden sich längst wieder in der Hütte, um die wilden Tiere nicht noch mehr zu reizen, als es der Geruch des bratenden Fleisches schon getan hatte. Trotzdem lag über Locks Beinen ein Gewehr.

»Wieso essen wir überhaupt hier draußen, wenn es so gefährlich ist?«, fragte Jordan schließlich. Sie wusste, dass sie ihre Bedenken früher hätte äußern sollen, und es jetzt zu spät dafür war. Allerdings siegte ihre Neugier.

»Eine weitere der vielen Traditionen unter Goldschürfern. Nach dem Cleanout sitzen wir am Feuer zusammen und reden über die vergangene Woche. Warum dabei also nicht auch etwas essen?« Caleb zuckte unbekümmert mit den Schultern, während er mit einem Stock in der Glut herumstocherte.

»Außerdem halten die Flammen die Tiere fern«, ergänzte Lock.

Zum ersten Mal, seit sie ihn kannte, wirkte er tatsächlich entspannt. Als habe der Goldfund ihn milder gestimmt. Nicht dass es etwas an dem strengen Ausdruck auf seinem Gesicht geändert hätte. Er wirkte immer irgendwie hart, egal wie zufrieden er sich gab.

»Na ja, vielleicht würde es helfen, wenn ihr Jungs langsam mal eure Duftspur legt«, bemerkte Jordan, die bereits fühlte, wie sich das Bier auf ihre Sprache auswirkte. Die Zunge klebte ihr förmlich am Gaumen.

Caleb stutzte und Lock zog den Kopf zwischen die Schultern ein.

»Nicht dein Ernst, Alter, das hast du ihr erzählt?« Caleb schnalzte mit der Zunge, konnte sein Grinsen aber nicht verbergen. »Jordan, Süße, das war ein Scherz. Klar, es hilft, wilde Tiere abzuhalten, aber das ist verdammt unhygienisch, und die Forstaufsicht würde uns sofort eine Strafe aufbrummen.«

Sie sollte wütend sein, dass Lock sie derart auf den Arm genommen hatte, aber Jordan konnte das Gefühl nicht abrufen. Ihr voller Bauch, das Bier und die Gesellschaft waren in Verbindung mit dem Feuer viel zu angenehm.

Auch als Lock sich auf einen Schenkel schlug, aufstand und das Gewehr schulterte, fühlte sie sich zu träge, um zu reagieren.

»Es ist spät, Leute. Morgen wird ein langer Tag, ich hau mich aufs Ohr.«

Überrascht sah sie ihn an. »Morgen ist Sonntag. Ich dachte, da haben alle frei?«

»Stimmt, aber Lock und ich wollen in die Stadt fahren. Ich möchte Goldy abholen«, erklärte Caleb.

Sie runzelte die Stirn und durchforstete ihr Gehirn nach dem Namen. Er sagte ihr nichts.

»Seine Hündin. Caleb glaubt, dass sie Gold erschnüffeln kann. Unter Beweis stellen konnte sie das bislang nicht, aber sie hält ungebetene Gäste aus dem Camp fern.«

Aus Locks Worten ging hervor, dass Caleb das Tier sehr zu mögen schien. »Warum ist sie in der Stadt?«

»Er musste sie sterilisieren lassen.«

Als sie daraufhin nur nickte, wünschte Lock ihnen eine gute Nacht und ging. Nicht jedoch, ohne einen Blick zurückzuwerfen, den Jordan einfing. Es schien, als wolle er ihr abermals etwas Wichtiges sagen, doch stattdessen stapfte er zum Trailer. Das Gefährt wackelte, als er eintrat und die Tür geräuschvoll hinter sich zuzog.

Während Jordan ihm verwirrt nachstarrte, rückte Caleb zu ihr auf. Er hockte auf dem Holzstamm zu ihrer Rechten und spielte mit einem Nugget, das er aus den Gläsern entnommen hatte.

»Du hast also einen Hund?«, fragte sie, als die Stille zu schwer zwischen ihnen zu werden drohte. Sie musste etwas sagen, ehe der Alkohol ihre Zunge vollkommen lähmte. Sie vertrug einfach nichts mehr seit dem Unfall.

»Hm?« Er sah auf. »Äh, ja. Nicci hat ihn gestern aus der Tierklinik geholt.«

»Das war nett von ihr. Und von dir, dass du ihr das kranke Tier anvertraut hast.«

Caleb winkte ab. »Ach was, Nicci gehört zur Familie. Ich hab Lock geholfen, sie großzuziehen.« Er verzog einen Mundwinkel und Jordan konnte sich des Gefühls nicht erwehren, dass mehr dahintersteckte.

»Du hast sie verwöhnt, wenn er versucht hat, sie zu erziehen, oder?« Sie riet ins Blaue hinein, aber Calebs schuldbewusste

Miene sagte alles.

Jordan warf den Kopf in den Nacken und lachte aus vollem Hals. Nach vier Tagen mit diesen Männern wusste sie, dass Caleb alles tat, um Lock zu reizen, aber im Grunde ihrer Herzen waren die Männer beste Freunde, die alles für den jeweils anderen tun würden.

Sobald sie sich beruhigt hatte, bemerkte sie, dass Caleb sie anstarrte. In seinen grünen Augen funkelten der Widerschein des Feuers und etwas, an das sie gar nicht erst denken wollte. Um sich abzulenken, sah sie zum Himmel hinauf, wo die Sterne um die Wette funkelten. In der Stadt gab es keine solche Aussicht. Die vielen Lichter verhinderten, dass sie mehr als undurchdringliches Schwarz erkennen konnte.

»Es ist so ruhig und friedlich hier.« Sie seufzte und wickelte ihre Jacke fester um sich. Trotz des Feuers war es deutlich kühler geworden und sie fröstelte.

Caleb rutschte näher und legte einen Arm um ihre Schulter. Seine Wärme sickerte zu ihr durch und hinterließ ein angenehmes Gefühl der Geborgenheit. Unwillkürlich rieb Jordan ihre Wange an Calebs Brust, dabei sah sie, dass er das Nugget zwischen den Fingern seiner freien Hand entlangrollte. Er stellte sich ziemlich geschickt an, wie sie neidlos feststellte. Das Nugget tanzte förmlich.

»Wusstest du, dass Gold von explodierten Sternen stammt?«, fragte er leise. »Was wir aus dem Erdreich geholt haben, ist Tausende von Meilen durchs All geflogen, nur um uns ein bisschen glücklicher zu machen.« Er warf das Nugget in die Luft und fing es wieder auf. »Ich halte ein Stück Himmel in meiner Hand.«

Jordans Kehle wurde eng. Diese romantischen Worte unterm Sternenhimmel passten zu Caleb. Bei Lock hätten sie lächerlich oder vielleicht gekünstelt gewirkt. Caleb dagegen sprach mit klarer, sanfter Stimme, die sie einlullte, wie es schon seine Körperwärme tat. In diesem Augenblick fühlte sie, dass es zu spät war. Sie konnte sich nicht mehr zwingen, kein Interesse an Caleb zu zeigen. Innerhalb von vier Tagen hatte er sämtliche ihrer Schutzwälle mithilfe seines Charmes untergraben.

Sanft strich er ihre eine Strähne aus dem Gesicht. »Wir sollten jetzt auch schlafen gehen. Lock hat recht, morgen wird anstrengend genug.«

»Hm, kann ich euch in die Stadt begleiten?«

»Klar, aber warum?«

»Ich würde gern eine Anzeige für eine Köchin aufgeben.«

Calebs Bewegungen stockten, und er richtete sich auf. »Wozu?«

»Na ja, in der Regel benötigt man Köche, damit sie Essen zubereiten ...«

»Das meinte ich nicht, Jordan. Weshalb willst du jemanden einstellen? Wir alle können uns abwechseln.«

»Eben nicht«, sie löste sich und sah Caleb fest an. »Ich kann nicht kochen und werde es auch nie lernen. Und jede Minute, die jemand von uns in der Küche verbringt, muss ein anderer doppelt so hart arbeiten.« Sie holte tief Luft. »Ich habe mir das genau überlegt. Wenn wir wirklich die angestrebten Mengen Gold aus der Erde holen wollen, wäre es sinnvoll, wenn uns jemand diese Arbeit abnimmt. Außerdem kann ich gebackene Bohnen, Nudeln mit Tomaten- oder Käsesoße und gebratenes Fleisch in diesen Mengen nur bedingt ertragen. Es wäre gut, wenn jemand dafür sorgt, dass wir gesund ...«

»Halt, halt, halt!« Er fasste sich theatralisch an die Brust. »Gesund ernähren? Willst du uns umbringen?«

Sie schmunzelte. »Natürlich nicht. Aber selbst du wirst zugeben müssen, dass bei dem, was ihr hier serviert, das Skorbut-Risiko innerhalb weniger Wochen in den roten Bereich steigen wird.«

Er schüttelte sich theatralisch. »Bohnen und Tomatensoße liefern genug Nährstoffe.«

»Caleb ...«

»Mal im Ernst, Jordan: Eine Köchin kostet Geld.« Er versuchte, sie zu überreden, woran sein Tonfall keinen Zweifel ließ. »Die Mine ist noch nicht profitabel genug. Wenn du erst einmal Gewinn einfährst, sieht das anders aus. Im Augenblick verlassen wir uns aufs Glück.«

Jemand räusperte sich, und Jordan drehte sich um. Lock stand unweit von ihnen, die Hände in den Hüften. »Caleb, ich will morgen nicht erst mittags los.« Gleich darauf drehte er sich um und stapfte zum Wohnwagen zurück.

Jordan war verwirrt. »Was hat er denn?«

»Keine Ahnung, vielleicht hat er Ameisen im Bett. Es ist wohl besser, wir gehen wirklich schlafen. Abfahrt ist um acht, falls du dir die Idee mit der Köchin nicht noch mal überlegen willst. Hier.« Er stand auf und reichte ihr das Goldstück, damit sie es zurück in das Glas geben konnte.

Sie stand auf und dehnte ihren Rücken, der nach dem langen Tag immer noch grässlich wehtat.

»Alles okay?«

»Ja, nur mein Rücken bringt mich um.« Sie verschwieg die Gründe, die abgesehen von der harten Arbeit dahinterstanden. Es genügte, wenn Lock Bescheid wusste.

»Brauchst du eine Massage?« Caleb wackelte vielsagend mit den Brauen und kam noch näher.

Und dann passierte es. Er küsste Jordan. Ohne zu fragen. Ohne zu zögern. Er legte einfach seine großen Hände an ihre Wangen und eroberte ihre Lippen. Caleb schmeckte würzig, nach Bier und mehr. Seinem Geruch haftete eine leichte Note von frischem Schweiß an. Nicht unangenehm, sondern anziehend männlich, irgendwie faszinierend und aufregend.

Sie seufzte. Wie von selbst glitt ihre Hand in sein Haar, hielt sich an den blonden Strähnen fest und erwiderte den Kuss.

Irgendwo röhrte ein Bär.

Das Geräusch brachte sie zur Besinnung. Was tat sie hier? Caleb war ein Mitglied ihres Teams und noch vor ein paar Stunden hatte sie sich in Locks Wärme geaalt. Sie konnte sich doch nicht gleich zu beiden Männern hingezogen fühlen.

Sie schüttelte den Kopf und zog sich zurück. »Das war keine gute Idee.«

In seinen Augen blitzte es auf und er bleckte die Zähne zu der Grimasse eines Lächelns. »Finde ich schon.«

Er versuchte, sie wieder an sich zu ziehen, doch Jordan stemmte die Füße in den Boden und blieb standhaft. »Das geht mir zu schnell, Caleb. Wir kennen uns noch nicht sehr lang. Denkst du, nur weil ich ein paar Bier getrunken habe, bin ich leichte Beute?«

»Keinesfalls, aber ich dachte trotzdem, dass wir etwas Spaß haben könnten.« Er hob die Hände und trat einen Schritt zurück. »Aber wenn die Lady für heute genug hat, dann respektiere ich das natürlich.« Nach einer angedeuteten Verbeugung ging er Richtung Hütte davon.

Jordan sah ihm nach.

Was war das denn gerade?

Sie leckte sich über die Unterlippe, die immer noch von seinem Kuss brannte. Einem Kuss, der nachklang und nach mehr schmeckte.

Es wäre so leicht, Caleb zurückzurufen und da weiterzumachen, wo sie es beendet hatte, aber sie tat es nicht. Sie hatte gemeint, was sie gesagt hatte. Das ging ihr alles zu schnell. Was nicht hieß, dass sie nicht darüber nachdenken würde, diesem *Mehr* nachzugeben. Sie war auch nur eine Frau und er ein verdammt attraktiver Kerl.

Großartig. So wie sie sich gerade fühlte, würde sie heute Nacht vermutlich kein Auge zubekommen.

9. Kapitel

Am nächsten Morgen schaffte sie es gerade so, rechtzeitig aufzustehen. Vollkommen übernächtigt suchte Jordan ihre Kleidung zusammen. Eine kalte Dusche würde ihr hoffentlich helfen, richtig wach zu werden und ihre Gedanken zu klären. Letzte Nacht hatte sie nicht nur über Caleb, sondern auch intensiv über Lock nachgegrübelt, was ihr nicht im Mindesten dabei geholfen hatte, einzuschlafen.

Als sie die Hütte betrat, saß ausgerechnet Lock bereits am Tisch und trank Kaffee. Er hielt ein Buch in den Händen. Sobald er Jordan bemerkte, legte er es geöffnet auf die Tischplatte. Er sagte nichts, sah sie einfach nur wie ein Vater an, der von seinem Kind schwer enttäuscht war.

Sofort fühlte sie sich mies. Dabei hatte sie nichts falsch gemacht. »Was?«, blaffte sie daher angriffslustig.

Anstelle einer Antwort presste Lock nur die Lippen aufeinander und spielte mit den Seitenrändern des Buches. Das gleichmäßige Rascheln, wenn die Blätter durch seine Finger glitten, zerrte an ihren Nerven.

Sie kam sich entblößt vor mit ihren zerzausten Haaren und der dürftigen Bekleidung. Jeder Blinde konnte sehen, dass sie eine durchwachte Nacht gehabt hatte. Nur dass Lock vermutlich einen anderen Grund dahinter vermutete.

Um sich selbst etwas zu beweisen, hob sie das Kinn. »Hör zu, Lock, was Caleb und ich in unserer Freizeit tun, geht dich nichts an.«

Das Spiel seiner Hand endete. Jetzt glomm in Locks dunklen Augen etwas auf, das Jordan nicht zu benennen wusste. Schon wollte sie herausschreien, dass ihr seine Vorstellung von Moral vollkommen egal war, dass ihr eigener Vater sie nie hatte nach eigenen Wünschen verändern können, doch Lock kam ihr zuvor.

»Du bist alt genug, deine eigenen Fehler zu machen, Jordan. Ich hatte nur angenommen, dass ...« Er zögerte. Fast zu lang, denn Jordan wollte ihn anbrüllen, nicht in Rätseln zu sprechen.

Er schluckte mehrfach. Sein Adamsapfel hob und senkte sich in rascher Folge. Er benötigte mehrere Anläufe, auszusprechen, was so offensichtlich in ihm vorging. »Ich dachte, du wärst klüger. Caleb ist nicht gut für dich.«

Jordan schwieg. Was sollte sie dazu schon groß sagen? Dass sie nicht dumm war? Sie musste sich nicht rechtfertigen, selbst wenn es in ihrem Innern tobte und eine dünne Stimme von ihr verlangte, Lock die Wahrheit zu sagen.

»Aber du, alter Freund, ja?«, ertönte es von der Tür. Caleb stand im Rahmen und starrte Lock feindselig an.

Jordan hatte ihn nicht kommen hören. Wie er jetzt so dastand, wie ein Racheengel, der Blut sehen wollte, wusste sie mit einem Mal nicht mehr, was ihn gestern dermaßen anziehend gemacht hatte. In seinen sonst so hell strahlenden Augen lag ein harter Glanz. Seine Körperhaltung sprach von Ablehnung und Wut. So hatte sie ihn noch nie erlebt und wollte es auch nicht. Vor ihr stand ein fremder Mann.

Als Lock das Buch zuklappte und sich im Stuhl zurücklehnte, ohne ein Wort zu sagen, floh Jordan. Sie hatte keine Lust auf zu viel männliches Testosteron am frühen Morgen. Sollten die Kerle unter sich ausmachen, was auch immer da zwischen ihnen stand. Idioten. Allesamt!

Sie eilte ins Bad und hoffte, dass die Diskussion wenigstens nicht in ein Handgemenge ausartete. Die Luft war plötzlich zum Schneiden dick geworden und die Funken männlicher Arroganz flogen nahezu sichtbar durch den Raum – auf der Suche nach etwas, das sie in Brand stecken konnten.

Oh nein, darauf hatte sie wirklich keine Lust.

Nachdem sie sich ausgezogen hatte und unter die Dusche gestiegen war, lauschte sie kurz, ob vom Hauptraum Kampfgeräusche zu vernehmen waren. Nichts, nur aufgebrachte Stimmen. Jordan konnte nicht hören, was genau gesagt wurde, nur hin und wieder fiel ihr Name.

Sie drehte das Wasser auf. Hieß die Hitze willkommen, die sie fast versengte. Sie musste einen klaren Kopf bekommen. Irgendwie musste sie Lock dazu bringen, sich nicht so aufzuregen über das, was zwischen ihr und Caleb vor sich ging. Die beiden waren Freunde, verdammt. Und sie war kein kleines Mädchen, das beschützt werden musste. Das erinnerte sie an ihren Vater. Sosehr sie ihn liebte, hätte sie sich ab und zu gewünscht, dass er ihren Entscheidungen vertraute, ohne sie ständig zu hinterfragen. Sie hieb mit der Faust gegen die Fliesen und fluchte sofort, weil sie sich selbst damit wehtat. Das alles, die gesamte Situation war ihr Fehler. Und verflucht ... Lock hatte vermutlich auch noch recht. Sie hätte tatsächlich nichts mit Caleb anfangen sollen. Sie war hier, um einen Mann zu vergessen, nicht, um sich gleich wieder an einen anderen heranzuschmeißen.

Solang sie sich einseifte, geißelte sie sich mit Selbstvorwürfen und hoffte, dadurch wieder zur Vernunft zu kommen. Hatte sie von Boyd gar nichts gelernt? Musste sie erst noch mit Caleb auf die Nase fallen, ehe sie kapierte, dass es besser war, mal eine Weile allein zu bleiben? Vielleicht hätte sie sich irgendwo in Indien auf einen Berg setzen und meditieren sollen, anstatt dieses Abenteuer zu beginnen. Es wurde wirklich Zeit, dass sie mit sich ins Reine kam und ihr Gleichgewicht wiederfand, sonst überrannten diese testosterongesteuerten Machos sie noch und rissen ihre letzten Schutzwälle nieder. Die Sache mit Caleb hatte ohnehin keine Zukunft. Sie war für diese eine Saison hier und würde in ihr altes Leben zurückkehren, sobald der letzte Cleanout erfolgt war, die Männer ausbezahlt waren und sie genug Gold eingenommen hatte, um Boyd ins Gesicht zu lachen.

Warum versetzte ihr dann der Gedanke, weder Caleb noch Lock jemals wiederzusehen, einen Stich? Sie war nicht traurig über das Verhalten der Männer, nur enttäuscht darüber, dass sich zwei Freunde gegenseitig so behandelten. Dabei wusste Jordan noch nicht einmal, worin das Problem lag.

»Ach, verdammt«, brummte sie. Sie stellte die Dusche ab, hangelte nach einem Handtuch und rubbelte sich trocken.

Sie würde da hinausgehen und fragen, was so verflucht schlimm daran war, dass sie Caleb geküsst hatte. Sie waren erwachsene Menschen. Sie hatte den armen Kerl ja schließlich zu nichts gezwungen!

Während sie sich in das Handtuch wickelte, wuchs ihr Unmut. Sie war hier der Boss – und nicht Lock. Sie war hier niemandem Rechenschaft schuldig und ihr hatte auch niemand das Gefühl zu geben, es wäre so. Verdammt noch mal. Er konnte ihr keine Vorschriften machen, egal bei welchen Themen.

Jordan kämmte mit den Fingern wütend durch ihr handtuchtrockenes Haar. Dabei verzog sie das Gesicht, weil sie ein ums andere Mal hängen blieb. Zur Not musste sie Lock fortschicken – um Frieden zu wahren. Sie gerieten viel zu oft aneinander, und er machte sie mit dieser Art, alles kontrollieren zu wollen, fuchsteufelswild.

Die Mine musste laufen – das war alles, was zählte –, auch wenn sie einen Notgroschen aus der Versicherungszahlung zurückbehalten hatte. Das Geld sollte dazu dienen, Felix Schroeder zu entschädigen, falls sie am Ende doch nicht genug Gold fand. Ihr Notgroschen reichte jedoch nicht einmal annähernd, um ihre Schulden abzutragen. Nach dem gestrigen Cleanout war sich Jordan sicher gewesen, nie Hand daran legen zu müssen. Allerdings konnte sie in diesem Moment nicht sagen, ob das so bleiben und was noch alles auf sie zukommen würde. Sie durfte nicht zu viele Risiken eingehen, und wie es schien, war Lock eines davon.

»Es reicht jetzt, Caleb! Sie ist unser Boss. Wenn du dich nicht beherrschen kannst, meinetwegen! Aber schenk ihr wenigstens reinen Wein ein!« Locks Stimme polterte laut durch die geschlossene Tür.

»So wie du? Weil du ja immer allen sofort die Wahrheit sagst? Weiß sie von deinem Traum? Davon, dass du ihr die Mine unter dem Arsch wegkaufen würdest, wenn du das Geld dafür hättest?«

Jordan ging zur Tür und legte das Ohr dagegen. Stühle wurden gerückt. Schritte ertönten. Kurz darauf hörte sie ein Stöhnen. Als sie öffnete und in den Hauptraum trat – noch immer nur mit dem Handtuch um ihren Körper geschlungen –, traute sie ihren Augen kaum. Caleb lag am Boden und Lock hing über ihm. Er hielt seine Faust neben seinem Ohr, bereit, Caleb einen weiteren Schlag zu verpassen. Beide Männer starrten sich feindselig an. Als Lock Jordan hörte, sah er auf. Sämtliche Farbe wich aus seinen Wangen. Er fluchte, richtete sich auf und stürmte hinaus.

»Caleb!« Jordan hastete an seine Seite und kniete sich neben ihn.

Sie fuhr über sein Gesicht, was ihm ein tiefes Stöhnen entlockte, sobald sie die kleine Platzwunde oberhalb seiner Stirn berührte. Sie blutete ein wenig und begann bereits, anzuschwellen.

»Dieser Idiot!«, zischte Jordan und zupfte an ihrem Handtuch, um das Blut wegzuwischen.

Caleb fing ihre Hand ein und hielt sie davon ab, weiterzumachen. »Schatz, du bist auch keine gute Krankenschwester, lass das, ja?«

Da hatte er vermutlich recht. Sich eine Strähne aus dem Gesicht streichend sank Jordan auf die Fersen.

Caleb richtete sich in eine sitzende Position auf, die Hände hinter sich auf den Boden gestützt. »Entschuldige«, sagte er zerknirscht und sah mit seinen zerzausten Haaren und dem Welpenblick wie ein kleiner Junge aus, der gescholten worden war. »Natürlich bist du eine großartige Krankenschwester.«

Jordan verdrehte innerlich die Augen. Wenn er wieder mit ihr flirten konnte, ging es ihm vermutlich gut. Dennoch legte sie eine Hand an seine Wange. »Bist du okay?«

Er zuckte mit den Schultern. »Klar. Ist nicht das erste Pfund, das ich von ihm zu schmecken bekomme. Früher haben wir uns ständig geprügelt.«

»Wegen Mädchen?« Sie legte den Kopf schräg und sah ihn aufmerksam an.

»Auch. Manchmal. Meist wegen dummer Kleinigkeiten.« Er zog ein Bein an und legte einen Arm darauf. Mit den Fingern zupfte er an Jordans Handtuch. »Hör zu, Lock und ich sind wie Brüder. Er macht sich so seine Gedanken.«

»Zu viele für meinen Geschmack«, murmelte sie und sah auf

ihre Finger, die sie im Schoß verschränkte.

»So ist er eben. Er findet, ich habe nicht das Recht, dich anzumachen, weil du der Boss bist. Er ist ein Spießer. Er kapiert nicht, dass du es genauso wolltest wie ich.«

Seine Worte klangen ehrlich, und als Jordan seinen Blick suchte, fand sie darin nichts, was vom Gegenteil sprechen würde.

Sie seufzte. Dass sie den Kuss erwidert hatte, stand außer Frage, aber Lock glaubte vermutlich, dass noch mehr gewesen sein könnte.

»Ich werde mit ihm reden müssen, wie?«

»Ach was, der beruhigt sich schon wieder. Du hast seinen Beschützerinstinkt geweckt. Vielleicht erinnerst du ihn an Nicci.«

Vielleicht. Zumindest würde das seine Reaktion erklären. Oder aber es steckte noch mehr dahinter. Irgendwie wurde sie diesen Eindruck nicht los. Da Jordan keinerlei Ahnung hatte, was dieses *Mehr* sein könnte, blieb ihr nur die Hoffnung, das Caleb recht behielt. Eifersucht würde ja wohl kaum schuld an seiner Reaktion sein. Nein, so zu denken war albern und völlig naiv.

»Ich sollte mich anziehen. Wartet ihr noch so lang auf mich?« Sie versuchte aufzustehen, doch Caleb hielt sie fest.

Seine Hand glitt besitzergreifend in ihren Nacken und erst, als sie sich vorbeugte, wurde sein Griff sanfter. Sein Kuss dagegen war heiß und aufwühlend.

Jordan stützte sich an seiner Brust ab, um nicht das Gleichgewicht zu verlieren. Alles in ihr war ein einziges Durcheinander, und sie konnte keines der Gefühle bestimmen, die in ihr herumwirbelten. Wie konnte es sein, dass sie diesen Kuss so sehr genoss und gleichzeitig enttäuscht darüber war, dass er nicht von einem anderen kam?

Als Caleb sie schließlich losließ, glänzten seine Augen. Sie atmeten gleichsam schwer, und Jordan blinzelte, um ihren Verstand zu klären.

»Wir warten.« Er strich ihr sanft eine Haarsträhne hinters

Ohr und lächelte zärtlich. »So viel Zeit muss einfach sein.«
Sie sagte nichts, weil sie nicht wusste, was sie darauf erwidern sollte. Ihr fehlten schlichtweg die Worte und sie schalt sich eine Idiotin für all das Chaos, das in ihr tobte und das sie scheinbar nicht mehr kontrollieren konnte. Während des Kusses hatte sie die ganze Zeit nur an Lock gedacht.

*

Die Fahrt nach Clarksville entpuppte sich weit unangenehmer als Jordans erste Reha-Einheiten. Eingepfercht zwischen Lock, der fuhr, und Caleb, der zu viel Platz einnahm, saßen sie in Locks Wagen. Sie rumpelten über die kaum befestigte Straße. Als die Stelle in Sicht kam, an der die Kante weggebrochen war, empfand Jordan wahre Erleichterung darüber, nicht mit ihrer eigenen Klapperkiste unterwegs zu sein. Der Pick-up war zwar ebenfalls nicht der Jüngste, aber deutlich besser in Schuss, als das Fahrzeug, das Felix ihr überlassen hatte.

Keiner der Männer sprach, sodass die Stille in der Fahrzeugkabine mehr als unangenehm auf Jordan eindröhnte. Da sie selbst nicht wusste, was sie sagen sollte, versuchte sie, sich auf die Landschaft zu konzentrieren, aber schon bald verlor sie das Interesse an immer wiederkehrenden Bäumen, Felsen und Geröll.

Als sie endlich Clarksville erreichten, war ihr Nacken vom stetigen Zähnezusammenbeißen dermaßen verspannt, dass sie sich einmal mehr nach einer Massage sehnte. Sie zwang sich dazu, nicht zu Caleb zu sehen, der ihr bestimmt sofort Hilfe anbieten würde. Stattdessen huschte ihr Blick immer wieder zu Locks langen Fingern auf dem Lenkrad.

Sie unterdrückte ein Aufstöhnen und den Wunsch, sich die Haare zu raufen. Was war nur los mit ihr? Sie sollte sich besser bald unter Kontrolle bekommen, ehe sie einen gewaltigen Fehler beging und ihren Kopf noch vollends verlor! Lieber Himmel, sie verhielt sich doch sonst auch nicht wie ein pubertierender Teenager – völlig durch den Wind.

Lock hielt den Wagen vor dem *Golden Rush*. Da er eine Zentralverriegelung besaß, war die Beifahrertür nicht zugeschweißt, sodass Caleb sie aufstieß.

Nachdem er ausgestiegen war, sah er Jordan auffordernd an. »Kommst du?«

»Äh.« Sie zögerte. Sie hatte vorgehabt, sich einen Internetanschluss zu suchen, um ihre E-Mails zu checken und die Anzeige für die Köchin aufzugeben. Andererseits bedurfte es dringend eines klärenden Gesprächs zwischen ihr und Lock. »Ich fahre mit Lock zu Nicci. Sie hat ein Paket für mich, das will ich mir ansehen. Gegebenenfalls muss ich etwas zurücksenden und das möchte ich nicht erst auf dem Claim feststellen.«

Caleb runzelte zwar die Stirn, schien ihre Ausrede aber zu akzeptieren. Er nickte ihr zu. »Wann treffen wir uns?«

»Um vier fahre ich zurück zur Mine. Wenn du da bist, nehme ich dich mit, wenn nicht, sieh zu, wie du es schaffst«, brummte Lock und legte trotz offener Tür den Gang ein. Er brauste los, sobald Caleb sie geschlossen hatte.

Jordan rückte von ihm ab und setzte sich so hin, dass sie ihn ansehen konnte. Sein kantiges Gesicht glich einer Maske. Sie sah, wie ein Muskel in seiner Wange stetig zuckte.

»Na los, Jordan, raus damit. Du willst mir etwas sagen, und ich rieche förmlich, wie es aus deinen Poren kriecht. Tu dir also keinen Zwang an.«

Sie leckte sich über die Lippen und unterdrückte ein Räuspern. Schwäche zu zeigen war für ein Gespräch dieser Art nicht das Richtige. »Also schön, reden wir Klartext. Dir gefällt nicht, dass ich Caleb geküsst habe. Gut. Aber es geht dich, verdammt noch mal, nichts an! Wir sind beide erwachsen und können eine solche Entscheidung auch ohne deine Erlaubnis treffen.«

»Jordan, du verstehst nicht ...«

Mit einer entschiedenen Handbewegung brachte sie ihn zum Schweigen. »Nein, jetzt rede ich! Ich weiß, dass es unprofessionell ist, sich mit einem Mitarbeiter einzulassen. Aber ich lasse mir von niemandem vorschreiben, was ich zu tun habe!« Ganz abgesehen davon, dass gar nichts Großartiges gelaufen war. Bislang hatten sie sich nur geküsst. Es konnte genauso gut sein, dass es dabei blieb. Ihre Zweifel diesbezüglich würde sie allerdings bestimmt nicht mit Lock teilen.

»Dein Problem, wenn es nach hinten losgeht«, murmelte er und sah auf den Seitenspiegel. Ein Motorrad fuhr hupend an ihnen vorbei. Lock hob die Hand und winkte dem Fahrer zu, den er offensichtlich erkannte.

»Was meinst du damit?«, brachte Jordan schließlich hervor.

Sie fühlte, wie ihre Handflächen feucht und ihre Fingerspitzen kalt wurden. Wie jedes Mal, wenn sie sich in die Defensive gedrängt fühlte.

Er sah sie lang an, einen unergründlichen Ausdruck in den Augen. »Wie du sagtest, du bist alt genug. Ich halte mich ab sofort raus.«

»Ist auch besser so«, schnappte sie und fühlte plötzlich Enttäuschung. Aus einem unerfindlichen Grund und gegen jedes Wort, das sie ihm gerade an den Kopf geworfen hatte, löste seine Fürsorge etwas in ihr aus. Etwas, das sie nicht näher bestimmen wollte.

Dummes Mädchen! Als hätte sie nicht genug von Männern mit zu kantigem Kinn und zu wenigen Manieren.

»Ich bin nicht Nicci, du musst hier nicht den großen Bruder mimen«, sagte sie, um zu überspielen, wie es wirklich in ihr aussah.

Er hielt so abrupt an, dass der Wagen hinter ihnen ausscheren musste, um nicht auf sie aufzufahren. Innerhalb der Stadt war der sonntägliche Verkehr deutlich stärker als am Tag ihrer Ankunft. Der Fahrer hupte und zeigte im Vorbeifahren Lock den Mittelfinger.

»Halt Nicci da raus, Jordan«, sagte er gefährlich ruhig. Er sah sie nicht einmal an, sondern starrte stur aufs Lenkrad, wo seine Finger das Leder so fest umspannten, dass die Knöchel weiß wurden. »Du kennst weder sie noch mich.« Er lachte hart auf. »Und wie ich meine Schwester behandle, geht dich rein gar nichts an. Du willst diese Sache mit Caleb? Nur zu. Vögelt euch die Seele aus dem Leib. Es endet so oder so, wenn die Saison vorbei ist oder das Gold ausgeht.«

Seine harten Worte schmerzten, obwohl er nicht ganz unrecht hatte. Nach der Saison wollte sie in ihr altes Leben zurück. Sie glaubte nicht daran, dass Caleb ihr folgen würde. Aber vielleicht bot er ihr ja den richtigen Anreiz, hierzubleiben? Es schien fast, als könne sich Lock das nicht vorstellen. Womöglich wollte er das auch nicht. Die kameradschaftliche Vertrautheit zwischen ihnen, die Jordan am Tag ihrer Anreise verspürt hatte, war fort.

Lock legte mit wütenden Bewegungen den Gang ein und fuhr weiter. Er schien nicht zu erwarten, dass sie ihm antwortete. Sie hätte auch nicht gewusst, was.

Als sie sich dem Hangar näherten, war die Atmosphäre noch immer angespannt. Jordan entdeckte Niccis Wagen und freute sich darauf, wenigstens ein nettes Gesicht zu sehen, damit dieser Tag nicht vollkommen mies endete.

Bei ihrer Ankunft trat die junge Pilotin aus dem Gebäude. In ihrer Hand hielt sie einen Lappen, der aussah, als sei er mit Öl verschmiert. Niccis Stirn lag in Falten, was sie älter wirken ließ. Sobald sie jedoch ihren Bruder erkannte, hellte sich ihre Miene auf und sie lief ihm entgegen. Die Geschwister umarmten einander stürmisch, was in vollkommenem Kontrast zu der Begegnung im *Rush* stand. Lock wirbelte Nicci herum und küsste sie schließlich kurz auf die Stirn, ehe er sich losmachte.

»Was machst du hier draußen, Lock? Ich dachte, wir treffen uns im *Rush*? Ich habe Goldy bei Billy gelassen.«

Bei der Erwähnung von Calebs Hund verdüsterten sich Locks Züge. »Jordan wartet auf ein Paket. Sie wollte es sich hier ansehen, falls es zurückgeschickt werden muss. Außerdem müsste gestern eine Lieferung mit Ersatzteilen gekommen sein. Zu schwer für dich, Schwesterherz.«

Nicci sah von Lock zu Jordan, die sie mit erhobener Hand begrüßte. »Hey, Nicci.«

»Hallo, Jordan. Tja, dann kommt mal mit. Das Paket für Jordan liegt in meinem Büro und deine Ladung ist noch im Hangar.«

Jordan folgte Nicci, während Lock sich von ihnen trennte. Er hatte es offenbar eilig, von ihr wegzukommen, was sie ihm nachfühlen konnte. Im Augenblick wusste sie nicht, ob sie den Mann hassen oder sich bei ihm entschuldigen sollte. Wie so oft brachte er eine Seite in ihr zum Vorschein, die sie nicht leiden konnte, und dafür mochte sie ihn noch ein kleines bisschen weniger.

Im Büro der jungen Frau wurde sie überrascht. Dem Benehmen von Locks Schwester hatte sie entnommen, dass Nicci chaotisch sein würde, doch der Raum sah aus, als könne man vom Boden essen. Auf dem stabilen Tisch aus Edelstahl lagen ordentliche Papierstapel und an einer Pinnwand im Hintergrund waren Flugrouten notiert. Ordner mit Jahreszahlen und Namen beschriftet, reihten sich fein säuberlich in Regalen. Neben dem Sessel hinter dem Schreibtisch gab es zwei Besucherstühle. Auf einem davon stand der Karton.

Jordan müsste nicht hineinsehen. Sie hatte ihre Eltern gebeten, aus ihrer Wohnung weitere Kleidung sowie eine lebensrettende Ration Kartoffelchips und Gläser mit Kuchenglasur zu schicken, damit Jordan ihrem Laster frönen konnte. Diese besonderen Sorten gab es hier am Ende der Welt ganz sicher nicht.

»So, da ist die Kiste.«

»Danke, Nicci.«

Die Pilotin winkte ab. »Ich hätte sie auch nachher mit in die Stadt gebracht. Soll ich Sie allein lassen, damit Sie den Inhalt durchsehen können?«

Sofort meldete sich Jordans schlechtes Gewissen. Sie verzog das Gesicht. »Nicht nötig, das geht auch so.« Eilig machte sie sich an dem Klebeband zu schaffen, während sich Nicci auf den Sessel setzte. Natürlich war mit der Lieferung alles in Ordnung, doch Jordan schätzte es als sicherer ein, ihren Kopf weiter in die Sachen zu stecken, als dem fragenden Blick der jungen Frau standzuhalten.

»Was hat er angestellt?«

»Hm?« Nein, sie würde nicht darauf eingehen.
»Kommen Sie schon, Jordan, ich kenne meinen Bruder.« Schon als ich Locks Terminatorgesichtsausdruck gesehen habe, als er aus dem Auto stieg, wusste ich, dass da was faul ist. Sie hätten die Kiste auch im *Rush* kontrollieren können.«
Die Scharfsichtigkeit hatte Nicci von ihrem Bruder, so viel stand fest.
Jordan klappte den Deckel zu und richtete sich auf. »Ehrlich gesagt, war das nur eine Ausrede. Ich wollte die Fahrt hierher nutzen, um mit Lock allein zu sein.«
Nicci hob eine Braue. »Aha.«
Prompt errötete Jordan. Sie hob abwehrend die Hände. »Nein, nein, nicht, was Sie denken. Es ging um ...« Es auszusprechen kam ihr so dämlich vor, dass sie die Worte, die ihr auf der Zunge lagen, heruntergeschluckte. Sie wollte nicht hinter Locks Rücken schlecht über ihn reden. Andererseits, wer verstand sie besser als dessen eigene Schwester?
»Also Caleb und ich ...«, begann sie.
»Verstehe. Lock hat sie gewarnt, oder?«, unterbrach Nicci. Sie rieb sich mit dem Mittelfinger über den Nasenrücken und spitzte die Lippen. »Das ist seine Art. Er will immer alle beschützen. Er wird sich wieder einkriegen. Machen Sie sich deswegen keine Sorgen.«
»Ich habe ihn ziemlich angefahren, vorhin.«
Ein Schulterzucken. »Das macht nichts. Ist er von mir gewohnt. Lock ist ein einsamer Wolf, aber wenn es um die ihm anvertrauten Jungen geht, mutiert er zum Übervater. Sie wissen, dass er mich fast allein großgezogen hat?«
»Caleb erwähnte so was, ja.«
»Unsere Mutter starb an einer Lungenentzündung, weil sie kein Geld ausgeben wollte, um nach Haines ins Krankenhaus zu fliegen. Sie war unvernünftig. Und ich war ein schwieriger Teenager. Ich wollte weg aus diesem Kaff, gab allem und jedem die Schuld an Moms Tod und hörte nicht auf das, was mein Bruder mir sagte. Er meinte es gut, aber er engte mich auch ein. Erst als ich wusste, wie ich mich wehren konnte, hat er damit

aufgehört.« Sie lachte leise. »Auch wenn er es hin und wieder heute noch versucht. Er möchte nicht riskieren, dass andere in seiner Umgebung Schaden nehmen, weil er glaubt, für alles und jeden verantwortlich zu sein. Wenn Sie ihm das ins Gesicht sagen, rudert er meist zurück.«

Das passte zu Lock und ergab Sinn. Dennoch. Etwas an Niccis Aussage störte sie, auch wenn sie nicht genau sagen konnte, was. »Danke, dass Sie mir das erzählt haben, Nicci. Ihr Vertrauen ehrt mich.«

»Ach was, die Geschichte von meiner Mutter kennt hier jeder, sie ist kein Geheimnis. Und Lock ist kein übler Kerl. Sie kennen ihn ja erst ein paar Tage. Bis zum Ende der Saison werden Sie ihn lieben.«

Oder uns gegenseitig die Köpfe eingeschlagen haben.

Da war sie nicht sicher. Da sie das Nicci aber nicht sagen konnte, fiel Jordan in das Lachen mit ein, das abrupt endete, als sie schwere Schritte näher kommen hörten. Falls Lock sich über ihr Verhalten wunderte, sagte er nichts dazu.

Als er Jordans Kiste nahm, um sie entgegen ihrer Proteste zum Wagen zu tragen, rollte Nicci mit den Augen, was Jordan wieder, diesmal ehrlich, zum Lachen brachte. Rasch tarnte sie es mit einem Hustenanfall.

10. Kapitel

Jordan bezahlte für die Nutzung des Computers und verließ das Postamt. Ihre E-Mails hatten nichts enthalten, was sie nervös machte oder einer dringenden Erledigung bedurfte, weswegen sie die meisten gelöscht oder nur verschoben hatte. Anschließend hatte sie die Anzeige für die Köchin aufgegeben, obwohl sie sich wenig Hoffnung machte, jemanden für diese Stelle zu finden. Immerhin befand sich der Claim, wie Nicci es nicht zu erwähnen müde wurde, am Arsch der Welt.

Sie trat ins Freie und sogleich spielte ein frischer Wind mit ihrem Haar und wehte ihr einige Strähnen ins Gesicht. Das *Golden Rush* lag auf der gegenüberliegenden Seite und schien auch um diese Uhrzeit gut besucht zu sein. Jordan sah auf ihr Mobiltelefon, als ihr Magen vernehmlich knurrte, und stellte fest, dass es fast zwei Uhr nachmittags war. Die Zeit war wie im Flug vergangen.

Nach kurzem Überlegen, ob sie noch zur Bank gehen sollte, entschied sie sich dagegen. Auf dem Claim benötigten sie nur Bargeld für die Diesellieferungen und das hatte sie eingeplant. Lock hatte außerdem bereits genug erhalten, um die Vorräte für die Mine aufzufüllen. Nahrung für eine Woche für eine Horde Männer erwies sich als äußerst kostspielig.

Weil sich ihre Gedanken weiter ums Essen drehten, ging Jordan zum *Rush*. Vielleicht konnte sie dort in Ruhe ihren Hunger stillen, ehe sie mit den Männern zurückfahren musste.

Sobald sie eingetreten war, ging sie zum Tresen. Die leisen Gespräche und das Klappern von Geschirr bildeten eine gleichmäßige Geräuschkulisse. Der Barkeeper begrüßte sie lächelnd und wischte vor ihr den Platz sauber. »Was darf es sein?«

»Billy, nicht wahr?«

»Ja, Ma'am, das bin ich.«

»Sagen Sie, bekomme ich um diese Zeit noch etwas zu essen bei Ihnen?«

Das unverbindliche Lächeln des Mannes wurde breiter. »Wir

bieten täglich bis dreiundzwanzig Uhr warme Küche. Setzen Sie sich doch rüber zu Lock, dann bringt Maisie Ihnen die Karte.« Schon verschwand er in der Küche.

Jordan sah sich über die Schulter suchend nach Lock um. Beim Hereinkommen hatte sie ihn nicht bemerkt. Jetzt entdeckte sie ihn an einem der hinteren Tische, weit genug weg von der Musikbox, die einen Countrysong spielte; glücklicherweise nicht wieder Johnny Cash. Lock hatte sich nach vorn gebeugt und beim zweiten Hinsehen bemerkte sie, dass er eine grau-braune Promenadenmischung kraulte.

Jordan ging hinüber und suchte im Vorbeigehen an der Musikanlage nach einem Knopf, der etwas anderes spielte, aber ihre Hoffnungen auf einen Rocksong wurden jäh enttäuscht, als sie die Namen las: alles bekannte Countrysänger. Nur für Johnny Cash gab es zwei Knöpfe, einen für *Greatest Hits* und einen mit *Live aus Folsom Prison*. Sie erschauerte unwillkürlich.

Vor dem Tisch räusperte sie sich. »Hey, Lock, darf ich?«

Er hob nur unmerklich den Kopf. Seine dunklen Augen ruhten für einen Moment auf ihr, dann schlug er den Blick nieder. »Klar.«

Begeisterung klang anders, aber sie wollte nicht darauf herumreiten. Ganz abgesehen davon, dass es nur Gerüchte schüren würde, wenn sie sich jetzt woanders hinsetzte, wo doch der Wirt ihr den Platz förmlich zugewiesen hatte. Sie unterdrückte ein genervtes Seufzen, das Männer und ihre verletzten Egos einschloss, und setzte sich. Kaum dass ihr Hintern das Polster berührte, tauchte die Bedienung auf.

»Hier, Schätzchen.« Sie reichte Jordan die Karte, ohne sich zu entfernen. Kaugummi kauend und in der Hüfte wiegend wartete Maisie darauf, die Bestellung entgegenzunehmen.

Zunächst wollte Jordan irritiert fragen, was das sollte, dann schluckte sie auch diesen Impuls herunter. Dies war nicht Hollywood, das war Clarksville, Alaska. Rasch überflog sie die Karte.

»Ich nehme den Cheeseburger, bitte blutiger als durch, die Chili-Fries und ein Wasser. Wäre es möglich dazu ein Schälchen von der Cupcake-Glasur zu bekommen?« Sie hatte die Idee dazu aus der Comedy-Serie *Two Broke Girls* und es aus einer Bierlaune heraus ausprobiert, mit dem Ergebnis, dass sie nach dieser Kombination süchtig geworden war.

Maisie notierte sich die Bestellung. Erst beim letzten Punkt stutzte sie. »Was?«

»Das zuckersüße Zeug, was oben auf die Cupcakes draufkommt. Ich hätte davon gern etwas – ohne den Kuchen drunter. Geht das?«

»Wie jetzt, das soll Ihr Nachtisch sein?«

»Bitte, fragen Sie in der Küche, und falls es möglich ist, bringen Sie es mir mit dem Rest des Essens, ja? Danke.« Sie wollte nicht herablassend klingen und bemühte sich um einen betont ruhigen Tonfall, aber Maisies Begriffsstutzigkeit war der Tropfen, der ihr ohnehin randvoll gefülltes Fass heute zum Überlaufen zu bringen drohte.

Die Bedienung schien das nicht mitzubekommen. Sie zuckte mit den Schultern, schnappte sich die Karte und lief Richtung Küche.

Als Jordan diesmal gegen das Seufzen nicht ankam, hörte sie ein leises Lachen von der anderen Tischseite.

»Kuchenglasur?«

»Nicht Glasur. Der korrekte Fachbegriff dafür wäre *Frosting*, eine Creme aus Frischkäse und Zucker. Ich lasse auch *Topping* gelten, aber da ich annehme, dass das hier niemand kennt ...« Sie wedelte mit der Hand und ließ den Satz unbeendet. Sollte sich Lock seinen Teil doch denken.

»Du willst darin aber nicht wirklich deine Pommes dippen, oder?«

»Wirst du dann sehen«, gab sie schnippisch zurück. Es reichte ihr heute mit den Kritiken. Natürlich war ihr klar, dass sie übertrieb und eine solche Kleinigkeit kein Grund für einen Streit oder ihr Verhalten war, aber sie hatte ihr Limit erreicht.

Als Maisie kurz darauf das Essen brachte, war Jordan froh, nicht mehr reden zu müssen. Goldy sprang auf, sobald sie das ankommende Fleisch roch, und versuchte, unter dem Tisch hervorzukommen, was zur Folge hatte, dass sie fast das Möbel umwarf.

»Platz!«, rief Lock und mit einem Schnauben sank die Hündin wieder zurück.

Erfreut stellte Jordan fest, dass der Koch Erbarmen mit ihrer geschundenen Seele hatte und sich eine kleine Glasschale mit rosafarbener Frischkäsecreme auf dem Tablett befand. Maisie stellte alles auf den Tisch, wünschte guten Appetit und verschwand wieder.

Lock beobachtete Jordan aufmerksam, während sie den Deckel ihres Brötchens herunternahm, um Ketchup über den geschmolzenen Käse zu geben. Fast schon glaubte sie, dass ihr Gegenüber den Atem anhielt, als fürchte er, Jordan würde das Topping über den Burger gießen. So abartig war ihr Geschmack dann doch nicht. Sobald sie das Brötchen zugeklappt hatte, teilte sie den Burger mit dem Messer und freute sich darüber, dass das Fleisch perfekt gebraten war. Dann nahm sie eine der Chili-Fries und tunkte sie in den Frischkäse. Ungeachtet dessen, dass Lock entsetzt aufkeuchte, schob sie sich das Kartoffelstück zwischen die Lippen.

Verzückt schloss sie die Augen, als die süß-herzhafte Kombination auf ihrer Zunge explodierte. »Oh mein Gott, das ist der Himmel«, murmelte sie mit vollem Mund.

Dabei ignorierte sie ganz bewusst Lock. Sollte der Kerl doch denken, was er wollte. Sie liebte diese kleine Sauerei. Eines ihrer vielen Laster, das sie sich auch nicht ausreden lassen würde.

Als er sich räusperte, blieb ihr jedoch nichts anderes übrig, als ihn anzusehen – sofern sie nicht unhöflich sein wollte. »Darf ich?«

Ihr erster Impuls war es, sich schützend über ihre Beute zu werfen und zu knurren, dann schalt sie sich eine dumme Gans. Und obwohl sie befürchtete, dass Lock so begeistert von der Kreation sein würde, dass er ihr alles wegfutterte, nickte sie.

Sie sah, wie er mit seinen schlanken Fingern eine Fritte nahm, eintunkte und dann zaghaft probierte.

Er verzog das Gesicht, kaute und riss dann überrascht die

Augen auf. »Verdammt, das ist echt lecker!«

»Sag ich doch. Mit Schokoladensoße geht es auch, aber Frosting ist und bleibt das Highlight.« Sie schlug ihm auf die Hand, als er ein weiteres Stück stibitzen wollte. »Nix da! Finger weg! Bestell dir selbst welches.«

Er lachte. »He, Maisie!«

»Ja, Süßer?« Der Kopf der Bedienung erschien in der Küchentür.

»Bring mir auch von den Chili-Fries und der Glasur.«

Die Bedienung schüttelte sich sichtlich, kam aber der Bestellung nach. Sobald die Sachen auf dem Tisch standen, verfielen Jordan und Lock in einträchtiges Schweigen, nur hin und wieder durchbrochen von genussvollem Stöhnen.

»Wenn uns jemand zuhört, könnte er sonst was denken«, witzelte Jordan und spülte den letzten Bissen mit etwas Wasser hinunter.

Lock legte den Kopf schräg. »Ich habe nichts zu verbergen. Du?«

Nicht, was dieses Thema anging, und überhaupt, Lock wusste inzwischen von der Wette, von Boyd und auch von Caleb. Alle Leichen lagen ausgebuddelt zwischen ihnen. Seltsamerweise machte es ihr nichts aus, dass er inzwischen all ihre dunkelsten Geheimnisse kannte. Es fühlte sich beinah wie Freundschaft an. Wären da nicht ihre ständigen Auseinandersetzungen. An denen sie langsam aber sicher auch Gefallen fand. Na toll.

»Eigentlich nicht.«

Er grunzte zustimmend und aß weiter. Als ein Schatten auf den Tisch fiel, blickte Jordan auf. Nicci stand vor ihnen und beäugte misstrauisch das Essen.

»Habt ihr was geraucht und vergessen, mir Bescheid zu geben?«

»Eunice!«, zischte Lock und sah sich unwohl um.

Doch außer ihnen gab es nur einen älteren Mann, der in einer Ecke hockte und stumpf vor sich hin starrte.

Nicci blieb unbeeindruckt. »Lock!«

Für einen Moment funkelten sie sich böse an, dann grinste

Nicci und schwang sich rittlings auf einen Stuhl. Sie stibitzte sich ein Stück Pommes vom Teller ihres Bruders und aß es, ohne den seltsamen Dip auch nur eines Blickes zu würdigen. Kauend sah sie sich um. »Wo ist Caleb?«
»Nicht da«, kam es knapp von Lock.
»Wann wollt ihr wieder fahren?«
»Um vier.«
Jordan runzelte die Stirn, als sie auf die Uhr sah. Es war Viertel nach drei.
»Du weißt, dass er das nicht schaffen wird, wenn er bei Simon ist«, bemerkte Nicci. Sie löste den Zopf in ihrem Nacken und band sich den Pferdeschwanz neu.
»Wie immer.«
»Was meint ihr damit?« Jordan war dem Gespräch schweigend gefolgt. Sie verstand nicht, weswegen die beiden so sicher sein konnten, das Caleb ihre Verabredung nicht einhalten würde.
Von Lock kam jedoch keine Erklärung. Er aß seine Fries und starrte Löcher auf seinen Teller.
»Nicci?«
»Caleb hat es nicht mit Pünktlichkeit. Ich fahre ihn später zu euch raus. Ich wollte sowieso sehen, wie es auf dem Claim läuft«, beantwortete Nicci Jordans Frage.
»Das lässt du schön bleiben, junge Dame! Du hast einen Job, du wirst hier gebraucht.«
Nicci hob eine Braue. »Ernsthaft jetzt? Du sagst mir, was ich tun soll, obwohl du genau weißt, dass ich dann das Gegenteil mache? Wann, oh du mein Lieblingsbruder, wirst du das jemals lernen?«
»Ich diskutiere nicht vor Fremden darüber, Nicci!«
Sie verschränkte die Arme vor sich auf der Stuhllehne und begann mit den Füßen zu wippen. Sie sah Lock dabei nicht länger an, sondern Jordan, vor der sie die Augen verdrehte. »Ist er auf *Ain't all Silver* auch so nervig? Kein Wunder, dass ihr kiffen müsst, um ruhig zu bleiben. Vielleicht sollte ich mich von euch fernhalten. Wenn ich auch nur in Verdacht gerate, Drogen

zu nehmen, erlischt meine Fluglizenz.«
»Ein Grund mehr, nicht zur Mine zu fahren«, schnappte Lock.
Nicci schlug mit der flachen Hand auf den Tisch. »Es reicht, Lock!«
Der murmelte etwas Unverständliches und stand auf. Nachdem er ein paar Scheine auf den Tisch geworfen hatte, wandte er sich zum Gehen. Er schnippte mit den Fingern und der Hund folgte ihm. »Ich muss bei Murphy noch eine Bestellung abholen. Wir treffen uns um vier am Wagen, Jordan.«
Kaum dass er gegangen war, knurrte Nicci: »Sturer Esel!«
»Na ja«, versuchte Jordan, einzulenken, »ich kann seine Sorge verstehen. Die Strecke zum Claim ist alles andere als sicher. Ein Teil der Straße ist weggebrochen. Und wenn es viel später als vier Uhr wird, erreichen Sie die Mine erst weit nach Einbruch der Dunkelheit.«
»Ich hätte Sie nie für einen Angsthasen gehalten, Jordan.« Enttäuschung färbte Niccis Augen. »Ich habe Scheinwerfer am Wagen und nagelneue Bremsen. Ich kenne die Strecke und würde auch erst morgen früh zurückfahren. Trotzdem behandeln mich alle wie ein unmündiges Baby.« Sie blies die Wangen auf. »Ich habe das so satt. Der Einzige, der mich akzeptiert, wie ich bin, ist Caleb.«
Damit hatte Jordan nicht gerechnet. »Sie ... mögen ihn sehr, oder?«, fragte sie vorsichtig. Das Letzte, das sie jetzt hören wollte, war, dass Nicci in ihn verliebt war.
Die zuckte mit den Schultern. »Er war schon immer mehr ein Bruder als Lock. Der Esel spielt sich mit seinem Kontrollzwang wie ein Vater auf. Ich hatte gehofft, dass ...«
Trotz einiger Augenblicke des Wartens beendete sie den Satz nicht. Also hakte Jordan nach. »Was haben Sie gehofft?«
»Dass er lockerer werden würde, wenn Sie mit ihm arbeiten.«
Verblüfft schreckte Jordan zurück. »Warum das?«
»Sie schienen mir so cool. Nicht auf den Mund gefallen.« Ihre Stimme wurde leiser. »Wenn jemand Lock aus der Reserve hätte locken können, dann Sie. Und ja, ich hab das Wortspiel

bemerkt.«

Jordan schmunzelte. »Ehrlich, Nicci, im Großen und Ganzen verstehen wir uns gut. Aber ich werde mich nicht in sein Leben einmischen. Und Sie sollten das auch nicht tun.«

Nicci stieß zischend den Atem aus. »Ich weiß. Aber wenn er so ist wie heute, dann ... will ich mich rächen. Es ist kindisch und kleinlich, aber ... *Argh!*« Den letzten Laut begleitete sie mit einer eindeutigen Würgebewegung.

»Oh, das Gefühl kenne ich«, sagte Jordan grinsend. Sie griff über den Tisch hinweg nach Niccis Arm. »Tun Sie mir einen Gefallen und fahren Sie vorsichtig, wenn Sie mit Caleb nachkommen. Ich möchte nicht diejenige sein, die Lock sagen muss, dass Ihnen etwas zugestoßen ist.« Sie stand nach einem Blick auf die Uhr auf und wartete, bis Nicci es ihr gleichtat. »Wir sehen uns wohl noch.«

»Ja, bis dann, Jordan.«

Sie ging hinaus. Obwohl es erst später Nachmittag war, fielen die Temperaturen bereits. Noch ein oder zwei Wochen würde dieser Zustand andauern, erst dann konnte der Sommer endgültig Einzug halten.

Das Mobiltelefon klingelte und riss sie aus ihren Gedanken. Auf dem Display erschien der Name ihres Vaters. Jordan nahm ab.

»Hallo, Dad.«

»Hallo, Böhnchen! Wie läuft es in Alaska?«

Ihr schlechtes Gewissen meldete sich. Es war zu lang her, seit sie ihre Familie angerufen hatte.

»Alles bestens, Dad. Wir hatten heute einen freien Tag. Ich wollte euch ohnehin später anrufen.« *Vielleicht*, fügte sie in Gedanken hinzu, denn tatsächlich hatte sie gar nicht daran gedacht. »Wir haben übrigens Gold gefunden.«

»Wirklich? Das ist ja großartig! Verrätst du mir jetzt auch, was wirklich los ist?«

Sie runzelte die Stirn. »Was meinst du?«

»Hör auf, mich anzulügen, Kind. Du weißt, dass das nie funktioniert.«

»Wovon, zum Teufel, redest du?«

Es knackte in der Leitung, als sich ihre Mutter vom Nebenanschluss einmischte. »Jordan, Schatz, du weißt doch, dass du mit uns über alles reden kannst!« Sie klang beinah weinerlich, was absolut nicht zu ihrer sonst so energischen Mutter passen wollte.

Das Verhalten ihrer Eltern irritierte Jordan. Sie waren niemals überbehütend gewesen, und obwohl ihr Vater etwas an dem Abenteuer in Alaska auszusetzen hatte, unterstützte ihre Mutter sie dabei umso mehr. Sie jetzt so aufgelöst zu hören machte ihr Angst. »Kommt schon, Leute, was ist denn los?«

»Willst du mir sagen, junge Dame, dass du keine Ahnung hast, was das bedeutet?«

Sie hörte, wie er einige Schritte ging. Bevor sie allerdings nachfragen konnte, was er mit *das* meinte, hörte sie das vertraute Piepen eines Anrufbeantworters.

»Sie sollten aufpassen, Mr Rigby. Ihre Tochter ist eine miese kleine Schlampe, die ihre Beine nicht geschlossen halten kann. Sie lässt jeden ran und schämt sich nicht einmal dafür! Sie hätten sie besser erziehen sollen!«

Der Boden unter Jordans Füßen begann zu wanken. Sie stützte sich am Wagen ab, um nicht in die Knie zu gehen. Die Worte, so gehässig und verletzend, taten ihr in der Seele weh und schickten ihr gleichzeitig einen Schauder über den Rücken. Der Anrufer hatte geflüstert, weswegen sie die Stimme nicht erkannte. Aber allein die Tatsache, dass derjenige ihre Eltern mit einbezogen hatte, sprach Bände über den Charakter dieser Person.

Hatte sie sich einen Feind gemacht? Wenn ja, wen? Und vor allem ... wodurch? Sie traute keinem der Männer hier zu, sich von ihr bedroht zu fühlen, nur weil sie als Frau die Mine führte. Andererseits ... Auch wenn sie es nicht wahrhaben wollte, jeder auf dem Claim kam dafür infrage. Jeder, der Kontakt mit ihr gehabt hatte, seit sie in Alaska war. Sogar Lock oder Caleb, die heute genug Zeit gehabt hätten, diesen Anruf zu tätigen.

Ein erneuter Schauer lief über ihren Rücken. Ihr war sogar

klar, woher der Anrufer die Nummer ihrer Eltern hatte. Es war die letzte, die sie vom Satellitentelefon aus gewählt hatte.

»Also? Was hat das zu bedeuten, Jordan?«

»Ich ...« Was sollte sie darauf antworten? Sie wusste es ja selbst nicht. Nur, dass diese Situation ein ganz neues Licht auf ihre Anwesenheit in Alaska warf und ihr einen Stich versetzte. Bis vor zehn Minuten hatte sie noch gedacht, sich mit allen Leuten gut zu verstehen, ja sogar Freunde gefunden zu haben. Aber keine Feinde. Niemanden, der so schäbig von ihr denken würde.

In diesem Augenblick kam Lock zum Wagen, daher beschloss sie, das Gespräch zu beenden. Sie musste ohnehin erst darüber nachdenken, wie sie sich jetzt weiter verhalten sollte. »Sorry, Dad, das kann nur ein dummer Scherz sein. Ich werde das klären, ja?«

»Wenn du meinst ...«

»Schatz, bitte, komm nach Hause. So ein Umfeld kann nicht gut für dich sein«, bat ihre Mutter. »Ich bin sicher, wenn du dich bei Boyd für diese dumme Wette entschuldigst, nimmt er dich zurück!«

»Mom! Das hatten wir bereits.« Sie würde nicht wieder mit ihren Eltern darüber diskutieren, dass weder die Wette noch die Trennung ihre Idee gewesen waren.

»Ja, aber ...«

»Nein. Ich muss jetzt wirklich Schluss machen. Ich melde mich, sobald ich mehr weiß.« Sie legte auf und schaffte es nur mit Mühe, den Fluch zurückzuhalten, der ihr die Kehle hinaufkroch. Sich bei Boyd entschuldigen? Er war es doch gewesen, der mit Ursula gevögelt hatte. Kurz kam ihr der Gedanke, dass ihr Ex womöglich ihre Eltern angerufen hatte, jedoch verwarf sie ihn schnell wieder. Boyd war weder kreativ noch rachsüchtig. Außerdem bestand kein Grund für ein solches Verhalten. Er fand ja bis zum Tag ihrer Abreise, dass er im Recht sei.

Nein, Jordan schüttelte den Kopf, Boyd war aus der Nummer raus.

Blieben noch die Schürfer. Konnte einer von ihnen so

gemein sein? So schlecht von ihr denken? Sie so sehr hassen?

Sie sah zu Lock. Er trug keine Jacke, dafür eine schwere Kiste, aus der diverse Verpackungen von Lebensmitteln hervorlugten. Die Hündin lief neben ihm her und sprang immer wieder hoch, um an die Kiste zu kommen. Lock sprach mit dem Tier, aber eher belustigt als genervt. Er sah sich suchend um. Als er Jordan entdeckte, hob er eine Braue, nur um gleich darauf mit den Schultern zu zucken. Er stellte seine Last auf die Kühlerhaube und fuhr sich mit einer Hand in den Nacken, während er gleichzeitig den Kopf hin und her bewegte. Die Muskeln unter seinem Hemd arbeiteten deutlich sichtbar. Dabei schob sich der Stoff nach oben, und Jordan erhaschte einen Blick auf die Antenne eines Satellitentelefons.

Ihr Mund wurde trocken, und Enttäuschung wallte in ihr auf.

Lock musste der ominöse Anrufer gewesen sein.

11. Kapitel

Die Rückfahrt verlief schweigend, was nicht zuletzt daran lag, dass Caleb nicht aufgetaucht war und Lock sich nicht hatte überreden lassen, noch länger zu warten. Jordan war froh darüber, dass Goldy zwischen ihnen saß, weil der Hund verhinderte, dass sie sich näher mit Lock auseinandersetzen musste. Auch wenn der Mischling aus dem Maul roch, fand sie, dass das leichter zu ertragen war als der Verrat, der in der Luft hing.

Sie wusste nicht, was sie von ihrer Entdeckung halten sollte. Welchen Grund sollte Lock haben, ihre Eltern anzurufen und eine solch bösartige Nachricht auf dem Anrufbeantworter zu hinterlassen? So etwas tat doch nur ein kranker Mensch. Von den Verrückten aus Hollywood hätte sie so ein Verhalten erwartet. Dort waren Neid, Missgunst und Stalking nichts Seltenes. Aber hier?

Stumm starrte sie aus dem Fenster und stellte voller Beunruhigung fest, dass sich dicke Wolkenbänder über den Bergen zusammenzogen. Auch wenn sich Jordan mit den hiesigen Wetterbedingungen nicht wirklich auskannte, ahnte sie, dass es bald ein Unwetter geben könnte.

Passend zur Stimmung, dachte sie innerlich seufzend und rutschte auf dem Polster hin und her.

Die Luft im Fahrzeug kam ihr elektrisch aufgeladen vor, woraus sie schlussfolgerte, dass der erlösende Knall nicht lang auf sich warten lassen würde. Entweder sie oder Lock mussten die Sache ansprechen. Aber ein innerer Drang hinderte Jordan, ihren Verdacht zu äußern. Wenn sie falschlag, zerstörte sie damit sein Vertrauen in sie. Als ihr Vorarbeiter war sie auf seinen guten Willen angewiesen und als Mensch auf bessere Stimmung. Nichts war schlimmer als das Gefühl, permanent von einer schwarzen Gewitterwolke verfolgt zu werden.

»Sieht nach Regen aus«, brummte Lock und riss sie aus ihren Grübeleien.

»Scheint so.« Small Talk übers Wetter erschien ihr nicht erheiternd genug, um den Rest der Fahrt zu überbrücken. Heute fehlte ihr die angenehme Stille, die sie auf der ersten Fahrt geteilt hatten, und sie fragte sich, ob dieser Moment jemals wiederkommen würde.

Sobald sie im Camp ankamen, sprang sie aus dem Fahrzeug und lief zu ihrem Wohnwagen. Sie musste nachdenken und das konnte sie am besten, wenn sie allein war. Es musste eine logische Erklärung für den Anruf geben – und auch dafür, warum es sie so mitnahm, dass sie Lock verdächtigte. Sie konnte und wollte einfach nicht glauben, dass er so niederträchtig sein sollte. Das passte nicht zu dem Mann, der mit ihr gelacht hatte, und das verwirrte Jordan umso mehr, weil es keine andere Erklärung zu geben schien.

»Jordan, warte!« Lock lief um den Pick-up herum und hinter ihr her.

Sie hörte seine schweren Schritte auf dem Kies, trotzdem hielt sie nicht an.

»Jordan!« Er erreichte sie und packte ihre Schulter, um sie zu sich herumzuwirbeln.

»Was?«

»Du benimmst dich kindisch. Was ist denn los?«

Ungläubig suchte sie in seinem Gesicht nach dem Verrat, doch er schien sich keiner Schuld bewusst zu sein. Als ob er keine Ahnung davon hatte, was der Grund für ihre Reaktion war! Wieder kroch dieser nagende Zweifel in ihr hoch, dass sie sich irren könnte, dass er nicht der Anrufer gewesen war. Hieß es nicht immer, im Zweifel für den Angeklagten? Aber was sollte sie denn sonst denken?

»Du weißt es nicht?«

Er zog seine Brauen fast unnatürlich hoch. »Woher denn, wenn du es mir nicht sagst?«

Sie öffnete den Mund, um ihm eine scharfe Erwiderung entgegenzuschleudern, doch nichts kam über ihre Lippen. Ihn anzubrüllen und mit Vorwürfen zu überschütten, war unklug, falls er nichts mit dem Anruf bei ihren Eltern zu tun hatte. Doch da war dieses dämliche Telefon an seinem Gürtel.

Offenbar hatte sie zu lang gewartet, denn Lock ließ sie mit

einem unterdrückten Fluch los. »Okay, dann nicht. Ich bin in der Hütte, wenn du reden willst. Goldy!«

Der Hund kam angerannt und sprang an Lock hoch, der es sich gutmütig gefallen ließ.

Jordan sah ihnen zu, wie sie zur Hütte liefen. Wie konnte ein Mann, der so gut zu Tieren war, gleichzeitig so ein Mistkerl sein?

Frustriert stieß sie einen Stein an und setzte ihren Weg fort. Zu sehr mit sich und den bestehenden Problemen beschäftigt, bemerkte sie zunächst nicht, dass sie nicht allein war. Erst als ihr jemand den Weg versperrte, sah sie auf.

Hank stand vor ihr, die Hände hinten in den Hosentaschen. In seinen grünen Augen lag ein Funkeln. »Na, wieder zurück?«

»Ja, offensichtlich.« Jordan hatte ihm seinen dilettantischen Versuch, sie anzumachen, noch nicht vergeben. Sie machte einen Schritt zur Seite, um an ihm vorbeizugehen, doch er folgte ihrer Bewegung.

»Nicht so hastig«, bemerkte er leise. »Ich muss etwas mit dir besprechen.«

Nicht das jetzt auch noch. Musste es wirklich darauf hinauslaufen, nach einem solchen Tag auch noch mit Hank über ein imaginäres Problem zu sprechen? Obwohl ihr gerade nicht der Sinn nach einer Diskussion stand, war sie der Boss der Mine. Falls Hank ein Problem hatte, musste sie es sich anhören und ihre eigenen, in Aufruhr geratenen Gefühle hintanstellen. Sie konnte später noch toben oder heulen, je nachdem, was gerade besser passte. Sie war schließlich kein kleines Kind, das einfach seinen Launen nachgab.

»Klar, was gibt es?«

Er legte den Kopf schräg. »Das weißt du doch.«

»Entschuldige, Hank, ich habe heute nicht die beste Laune. Sag mir doch einfach, worüber du sprechen willst, ja?«

Über ihnen grollte ein Donnern und eine kalte Brise wehte vom Wald zu ihnen herüber. Die Luft bekam einen seltsamen Geschmack und fast schien es, als hätten sich auch die Tiere zurückgezogen, denn abgesehen von den Kompressoren, die den Strom für das Camp und die Pumpen des Wasserbeckens lieferten, fehlte jegliches Geräusch.

Hank kam ein Stück näher. Er überragte Jordan nur um einen Kopf, doch es genügte, dass sie sich unwohl fühlte. Sein warmer Atem, der verdächtig nach Whiskey roch, stach ihr in der Nase.

»Bist du betrunken?« Falls dem so war, durfte er am nächsten Tag keine der schweren Maschinen bedienen.

»Nur ein kleines Glas, davon wird man nicht betrunken, Jordan.« Wie er ihren Namen über die Zunge rollen ließ, verursachte ihr eine Gänsehaut. Sie warf einen raschen Blick zur Hütte, aber die Tür war geschlossen. Auch der Rest des Teams schien sich in seine eigenen vier Wände zurückgezogen zu haben.

Um Zeit zu gewinnen, nahm Jordan ihre Kappe vom Kopf und wuschelte sich durchs Haar. Sie überlegte fieberhaft, wie sie Hank dazu bringen konnte, das Gespräch zu beenden. Es war schließlich offensichtlich, dass es hier nicht um die Mine ging.

»Hör zu, du gehst jetzt deinen Rausch ausschlafen, und wir sprechen morgen in Ruhe miteinander. Einverstanden?« Während sie sprach, trat sie einen Schritt nach hinten.

»Und wenn nicht?« Er folgte ihr einfach.

»Was soll das werden, Hank?« Sie schluckte nervös.

Ohne Vorwarnung streckte er eine Hand aus und legte sie ihr in den Nacken. Jordan wand sich und versuchte, ihm auszuweichen, doch er packte sie und presste seine Lippen auf ihre. Sein freier Arm umschlang sie und hielt sie fest, während er seinen whiskeysauren Atem in ihren Mund strömen ließ.

Für einen Augenblick war sie wie erstarrt. Unglauben pulsierte durch ihre Adern – das passierte jetzt nicht wirklich? Als Panik einsetzte, begann ihr Herz zu rasen. Sie war hier am Ende der Welt, allein unter Männern. Sie hätte ahnen müssen, dass so etwas geschehen könnte. Dann reagierte sie. Mit aller Kraft stemmte sie sich gegen Hanks Brust. Er rührte sich keinen Millimeter. Auch ihren Versuch, sich seinem Kuss zu entziehen, verhinderte er, indem er sie grob am Arm packte.

Als er dann noch seinen Schenkel zwischen ihre Beine drängte, legte sich ein Schalter in Jordans Kopf um. Sie würde nicht zulassen, dass man sie gegen ihren Willen anfasste. Nicht so. Nicht in diesem Leben. Sie riss das Bein hoch und rammte es ihm – so fest sie konnte – in den Schritt.

»Fuck!«, fluchte Hank und ließ sie los. Seine Hände legten sich auf sein Gemächt. »Du blöde Schlampe!«

Es juckte sie in den Fingern, ihm noch mehr wehzutun. Nicht, weil er sie beleidigte, sondern weil er begreifen musste, dass sie kein Freiwild war. Eine Frau allein unter Männern bedeutete noch lang nicht, dass jeder Mann sich Freiheiten herausnehmen durfte. Aber das war nicht ihr Stil, daher beugte sie sich vor, damit er auch jedes ihrer Worte verstand.

»Hör mir jetzt gut zu, Hank, du benimmst dich ab sofort, oder du verlässt die Mine. Haben wir uns verstanden?«

»Ich ...«

Er starrte sie nur hasserfüllt an.

»Ich habe dich etwas gefragt!«

»J-ja, verdammt.«

Sie richtete sich auf. »Gut. Und jetzt geh mir aus den Augen.«

»D-du feuerst mich wirklich nicht?«

Ein ziemlich verlockender Gedanke. Sie dachte darüber nach, schüttelte dann den Kopf. Hank war jung und dumm, wenn er seine Lektion gelernt hatte, war sie die Letzte, die ihn dafür noch bestrafen würde. »Nein. Du magst vielleicht ein Idiot sein, Hank, aber du bist noch jung und kannst lernen. Außerdem arbeitest du gut. Aber«, sie hob einen Zeigefinger, »der nächste Ausrutscher, und das war es. Sind wir uns einig?«

Er verzog das Gesicht. Vermutlich fragte er sich gerade, was mehr wehtat, seine Eier oder sein Stolz. »Kapiert.«

»Gut, und jetzt mach, dass du wegkommst.«

Er trollte sich, nicht ohne Jordan über die Schulter hinweg einen weiteren Blick zuzuwerfen.

Sie seufzte. Diese Begegnung hatte ihr nach den Erlebnissen des Tages wahrlich noch gefehlt. Hoffentlich beließ Hank es jetzt dabei, und sie konnten in Frieden miteinander arbeiten.

Mit schweren Schritten ging sie zu ihrem Camper. Die Tür

klemmte, weswegen sie sich mit ihrem gesamten Gewicht dagegen stemmen musste, um sie aufzubekommen. Fluchend trat sie in den kleinen Wohnraum und erstarrte, als sie vor sich auf dem Tisch den schwarzen Gegenstand erkannte.

Das Satellitentelefon.

Sie umklammerte den Türgriff, bis dessen Kanten in ihre Handflächen schnitt.

»Ach, verdammt ...!«

Konnte sie sich so geirrt haben? Sie hatte das Telefon doch an Locks Gürtel gesehen. Oder nicht?

Allerdings ... Hank war soeben aus der Richtung ihres Wohnwagens gekommen. Er hätte die Gelegenheit gehabt, es dorthin zurückzulegen. War er der Täter? Dass er sie heute angegriffen hatte, könnte dafür sprechen.

Jordan wusste nicht mehr, was sie glauben sollte. Es gab nur einen Weg, die Wahrheit herauszufinden. Sie machte auf dem Absatz kehrt. Im Wohnwagen gegenüber war niemand, weswegen sie annahm, dass Lock in der Hütte sein musste. Sie legte den kurzen Weg dorthin im Laufschritt zurück. Ohne zu klopfen, trat sie ein.

Lock saß am Tisch, den Kopf in die Hände gestützt. Er wirkte erschöpft und gleichzeitig verzweifelt.

Sein Anblick versetzte ihr einen Stich. Bislang war er ihr immer so stark und tatkräftig erschienen, dass eine solche Reaktion nicht zu ihm passen wollte. Was auch immer in ihm vorging, es hatte ihm ziemlich den Boden unter den Füßen weggerissen.

Jordan trat langsam ein und schloss die Tür leise hinter sich. Nichts deutete darauf hin, dass Lock sie bemerkte. Sie lehnte sich dagegen, verursachte kein Geräusch. Ob es daran lag, dass sie ihn nicht erschrecken wollte oder weil sie nicht sicher war, wie sie reagieren sollte, wusste sie selbst nicht. Ihr war mit einem Mal nur klar, dass sie nicht wollte, dass es ihm schlecht ging.

Schließlich straffte sie sich. »Lock?«

Er zuckte zusammen, sah aber nicht auf. »Was?«

»Es tut mir leid. Ich habe vorhin überreagiert.« Er winkte ab und streckte sich. »Vergiss es. Es ist auch meine Schuld. Ich habe einfach schlechte Laune.« Er stand auf und ging zur Anrichte. Irgendjemand hatte dort noch eine Kanne mit zwei Fingerbreit Kaffee stehen gelassen. Vermutlich war das Gebräu kalt oder schmeckte inzwischen bitter. Es schien Lock nicht zu stören, denn er goss es sich ein und nahm einen Schluck, bevor er sich an die Arbeitsplatte lehnte.

Mit der Tasse in der Hand starrte er ins Leere. Als ein Blitz den Raum erhellte, zuckte er zusammen. Er presste die Lippen so fest aufeinander, dass sich ein weißer Rand darum bildete. Sein Adamsapfel bewegte sich und sogar die Hand, mit der er die Tasse hielt, zitterte. Er wirkte nicht mehr wie der selbstsichere Mann, den sie im *Rush* kennengelernt hatte. Er schien fast ... gebrochen, am Ende seiner Kraft. Jordan wusste selbst nicht, wie sie es beschreiben sollte. Sie konnte nur nicht mehr glauben, dass er bei ihren Eltern angerufen haben sollte. Die Tatsache, dass das Telefon in ihrem Wohnwagen lag, und die Art, wie er immer wieder nervös zur Uhr an der Wand sah, sprachen eindeutig dagegen. Kein Mann, der sich so benahm, konnte sich so niederträchtig verhalten wie der Anrufer.

»Du machst dir Sorgen um Nicci.« Die Worte kamen heraus, ehe Jordan sie aufhalten konnte.

Zunächst schien es, als wolle er weiter schweigen, dann hörte sie sein Schnauben. »Sie ist alt genug.«

Es mochte ja sein, dass er nicht darüber reden wollte. Aber seine Reaktion auf das stärker werdende Gewitter besagte deutlich, dass er kurz davor war, durchzudrehen.

»Wir wissen beide, dass du nicht aus deiner Haut kannst. Du bist ihr Bruder und willst sie beschützen.« Und sie konnte ihm die Sorge nachempfinden. Die Straße hierher war alles andere als eine einfach zu befahrende Strecke. Bei diesem Unwetter musste die Fahrt einem Himmelfahrtskommando gleichen. Sie selbst würde heute nicht mehr dort draußen herumfahren wollen.

Er hob die Tasse an den Mund, hielt aber auf halber Strecke inne. »Ich hasse es, wenn sie nachts fährt. Selbst wenn es kein Unwetter gibt. Sie weiß nicht einmal, warum.« Er sprach fast zu sich selbst.

Jordan bemerkte, wie er die freie Hand um die Kante der Arbeitsplatte krallte.

»Warum?« Sie sollte nicht fragen, es ging sie nichts an.

Jetzt richtete er den Blick seiner dunklen Augen doch noch auf sie, obwohl es den Anschein hatte, als sähe er sie gar nicht.

Jordan hatte plötzlich das Bedürfnis, ihn zu trösten. Sie wollte die Hand nach ihm ausstrecken, aber sie wagte es nicht. Es war nicht geplant gewesen, diesem Mann in irgendeiner Weise beizustehen, auch wenn es dabei um die Sorge um seine Schwester ging. Sie hatte ihn zur Rede stellen wollen. Und jetzt? Sie verging fast vor Mitleid, weil seine Angst um die kleine Schwester fast spürbar im Raum stand. Und sie verstand ihn vollkommen. Wäre Nicci ihre Schwester würde sie längst die Wände hochgehen. Lock verdiente es nicht, das mit sich selbst ausmachen zu müssen. Er brauchte jemanden, der ihm zuhörte und ihm beistand. Jemanden wie ... sie?

Jordan hielt den Atem an, als dieser Gedanke plötzlich aufkam. Ihr Innerstes geriet jedes Mal vollkommen durcheinander, wenn es um Lock ging, dabei hatte sie ihm nicht einmal vor einer halben Stunde noch zugetraut, diesen verfluchten Anruf getätigt zu haben.

Was war nur mit ihr los?

Wieder blitzte es und kurz darauf zerfetzte ein Donnerschlag die Luft. Das Geräusch war so laut und durchdringend, dass Jordan aufschreckte. Das Licht flackerte, und beinah hätte sie darüber Locks Worte überhört.

»Unser Bruder. Er starb, da war Nicci erst zehn Jahre alt. Er hat auf einem abgelegenen Claim wie diesem gearbeitet.« Er lachte bitter. »Ich hatte Geburtstag, und er war in die Stadt gekommen, um mit Nicci, Mom und mir zu feiern. Es wurde spät, er musste am nächsten Tag auf dem Claim sein, sonst hätte er seinen Job verloren. Am Tag davor hatte ein Unwetter

die Straße aufgeschwemmt ...«
»Oh nein.« Jordan biss sich auf die Lippe. Sie ahnte, was gleich kommen würde.
»Er kam von der Straße ab und stürzte in eine Schlucht. Wir erfuhren erst davon, als das nächste Mal jemand in die Stadt kam und nach ihm fragte.«
Was hier in der Wildnis vermutlich eine ganze Zeit gedauert haben durfte. »Oh, Lock, das tut mir leid.« Allein die Vorstellung, wie sein Bruder über einen solchen Zeitraum in dieser Schlucht gelegen haben mochte, schnürte ihr die Luft ab.
»Sie sagten uns später, dass er den Absturz vermutlich schwer verletzt überlebt hatte. Wenn ihn jemand gefunden hätte ...«
Oh Gott, was für eine traurige Geschichte. Nichts war schlimmer, als einen geliebten Menschen zu verlieren. Und nun fürchtete sich Lock davor, auch seine Schwester zu verlieren.
Es gab nichts, das Jordan noch davon hätte abhalten können, zu ihm zu gehen. Ihn zu trösten. Sie schlang die Arme um ihn und hielt ihn fest. Legte ihre Wange an seine Brust und lauschte seinem rasenden Herzschlag. Beruhigend streichelte sie über seinen Rücken. »Es war nicht deine Schuld, Lock.«
Niemand hätte seinen Bruder retten können. Satellitentelefone waren damals noch unerschwinglich, was bedeutete, selbst wenn ihn jemand gefunden hätte, wäre eine Rettung vermutlich nicht möglich gewesen.
Jordan hätte ihm das sagen und es zum Anlass nehmen können, ihn auf ihren Verdacht hin anzusprechen, aber das erschien ihr plötzlich nicht richtig. Inzwischen glaubte sie ja ohnehin nicht mehr, dass er der Anrufer gewesen sein könnte.
»Er ist nur meinetwegen in die Stadt gekommen. Ebenso wie Nicci jetzt nur meinetwegen herkommen wird«, kämpfte er zwischen den Zähnen hervor.
Jordan schüttelte den Kopf. »Unsinn. Sie kommt wegen Caleb. Weil er nicht pünktlich sein konnte. Außerdem wird keinem von beiden etwas geschehen. Nicci hat versprochen, vorsichtig zu fahren.«
»Vielleicht«, lenkte er ein. »Aber ich werde trotzdem kein

Auge zutun, bis sie hier ist.«

»Okay.« Damit konnte sie leben, auch wenn es unter Umständen eine verdammt kurze Nacht werden würde.

Sie löste sich, griff an ihm vorbei und nahm die Kaffeekanne. »Dann brauchen wir mehr Koffein.«

Schweigend sah er zu, wie sie eine große Menge Pulver in einen frischen Filter gab und die Maschine anstellte. Über das Röcheln des Geräts hinweg hörten sie nur das Gewitter, das draußen sein Unwesen trieb. Nicht einmal ein Grizzly würde sie dazu bringen, zu ihrem Wohnwagen zu laufen. Wenn sie nicht von einem Blitz getroffen oder in einer der Pfützen ertrinken wollte, würde sie wohl oder übel hierbleiben müssen.

»Setz dich, der Kaffee ist gleich fertig, ich bring dir eine Tasse.«

Obwohl er nicht antwortete, ging er zu dem Stuhl, auf dem er heute Morgen gesessen und gelesen hatte. Jordan kam es wie Tage vor, seit sich Lock und Caleb geprügelt hatten. Dabei waren nur ein paar Stunden vergangen, die ihnen allen dreien ein paar Illusionen geraubt hatten.

Sobald der Kaffee durchgelaufen war, brachte sie zwei Becher sowie einen Teller mit Keksen zum Tisch. Außer dem ungewöhnlichen Mittagessen hatten sie nichts zu sich genommen und mittlerweile fühlte sie ein leichtes Hungergefühl. Früher hätte ihr ein Abend ohne Essen nichts ausgemacht, aber die Arbeit auf dem Claim hatte nicht nur ihren Geist geklärt, sondern auch die Bedürfnisse ihres Körpers verändert.

Lock nahm ihr eine der Tassen ab. »Danke.«

»Keine Ursache, wir werden ihn brauchen, um wach zu bleiben.« Sie nahm sich einen Keks und biss ab.

»Das meinte ich nicht.« Er räusperte sich. »Ich versuche mich dafür zu bedanken, dass du mir zugehört hast und mit mir warten willst. Auch wenn ich das nach heute bestimmt nicht verdient habe.«

Verdammt, warum schmeckten Süßigkeiten immer dann schal, wenn das Gespräch auf etwas Ernstes kam? Jordan legte das Gebäck auf den Tisch und brach kleine Stücke davon ab.

Sie wagte nicht, aufzusehen, weil sie dann vielleicht auch gestehen musste, weswegen sie so wütend gewesen war. Und das hatte nun einmal nicht mehr viel mit dem Streit, sondern mit dem Anruf zu tun.

»Jordan?«

»Hm?« Zeit schinden. Eine Antwort suchen. Sie war nicht sicher, ob sie bereit für dieses Gespräch war.

»Sieh mich an.« Er umfasste ihr Handgelenk und hinderte sie daran, den Keks noch weiter zu zerkleinern. Schon jetzt bestand er fast nur noch aus Krümeln.

Ihre Blicke trafen sich und für einen Moment schimmerte in seinen dunklen Augen ein tiefes Gefühl der Zuneigung. Sobald er blinzelte, verschwand es, und Jordan schob es darauf, dass er sie als Freundin respektierte.

»Es tut mir leid. Wirklich. Ich habe mich wie ein Idiot benommen.« Sein Daumen streichelte die Stelle unterhalb ihres Handballens, wo er ihren Herzschlag spüren musste. »Caleb ist kein schlechter Kerl, und du kannst dich behaupten. Ich ...« Er räusperte sich erneut. »Ich werde mich nicht mehr einmischen. Versprochen.«

Ein seltsames Gefühl stieg in Jordan auf. Es bedeutete ihr viel, das Lock ihr endlich mehr zutraute. Sie wollte sein Vertrauen.

»Danke.«

»Ich möchte dich nur um eine Sache bitten.«

Sie hob eine Braue. »Welche?«

»Bevorzuge ihn nicht, wenn es um bestimmte Arbeiten geht. Nicht meinetwegen, sondern wegen der Jungs. Es könnte böses Blut geben.«

Könnte es. Würde es. Hatte es.

Jordan entzog Lock ihre Hand und lehnte sich zurück in ihren Stuhl. Sie musste es riskieren und ihn einweihen. Sie wollte auf ihren Bauch hören und der sagte ihr, dass sie Lock vertrauen konnte. »Könnte zu spät sein.«

»Was meinst du?«

Rasch berichtete sie ihm von dem Telefonat mit ihren Eltern

und der Nachricht auf deren Anrufbeantworter. Als sie aufblickte, flackerte Wut über Locks Gesicht, und er biss die Kiefer so fest zusammen, dass es wehtun musste.

»Verdammter Mist!«, brach es schließlich aus ihm heraus. »Deswegen warst du so komisch.« Er fasste sich an die Hüfte, zog das Satellitentelefon hervor und warf es auf den Tisch. »Du dachtest, nachdem du es bei mir gesehen hast, ich wäre es gewesen, oder?«

Jordan konnte nur nicken. Es war die Wahrheit. Und die war sie ihm schuldig, nachdem sie ihn verurteilt hatte.

»Vielen Dank für dein Vertrauen«, bemerkte er sarkastisch, dann fuhr er sich mit einer Hand übers Gesicht. »Ich würde so etwas nie tun, Jordan. Es ist dein Leben. Was du daraus machst, ist deine Sache. Aber falls ich herausbekomme, wer das war, wirst du mich nicht davon abhalten können, denjenigen windelweich zu prügeln.«

Es rührte sie, dass er ihre Ehre verteidigen wollte. Allerdings ... »Du bist nicht mein Bruder, Lock.«

Er lachte hart auf. »Oh, das weiß ich, Jordan. *Das* weiß ich.«

12. Kapitel

Die Uhr zeigte zweiundzwanzig Uhr. Draußen war es stockdunkel. Das Gewitter hatte sich etwas beruhigt und war in strömenden Regen übergegangen.

Lock zauberte ihnen ein paar Sandwiches und noch immer warteten sie auf ein Lebenszeichen von Nicci oder Caleb.

»Hat Caleb auch ein Satellitentelefon?«

Lock zuckte mit den Schultern. Er schnitt gerade Tomaten auf, um sie auf das geröstete Brot zu legen. »Keine Ahnung. Nicci hat eines. Ich habe es ihr an dem Tag geschenkt, als sie beschloss, allein in Clarksville zu leben und den Flughafen zu betreiben.« Seine Hände bewegten sich, als sei er in einem anderen Leben Meisterkoch gewesen. Wurst, Käse, Salat, alles wurde auf die Tomaten gehäuft und dann mit einer zweiten Brotscheibe bedeckt. Er wiederholte den Vorgang auf einem zweiten Teller, um anschließend beide Toasttürme diagonal durchzuschneiden.

Es sah fantastisch aus und sie war inzwischen hungrig wie eine Löwin.

»Warum rufst du sie dann nicht an?« Jordan schnappte sich einen der Teller sowie zwei Flaschen Bier und trug alles zum Tisch.

Sie erhielt keine Antwort, bis sich Lock ebenfalls gesetzt hatte. »Ich habe es direkt nach unserer Ankunft versucht. Es ist ausgeschaltet.«

Etwas Ähnliches hatte sie erwartet. Lock war nicht der Typ Mann, der sich seinem Schicksal ergab, wenn die Möglichkeit bestand, einer bohrenden Frage Abhilfe zu leisten.

»Und jetzt? Probier es doch noch mal.«

Er zögerte, bis sie ihm das Telefon über den Tisch schob. »Mach schon.«

Mit sorgenvoller Miene wählte er die Nummer, die er offensichtlich auswendig kannte. Über die Distanz hinweg hörte sie das Freizeichen.

Es klingelte und klingelte. Niemand nahm ab.

Frustriert warf er es auf die Tischplatte zurück. »Sie geht nicht ran.«

»Das muss noch nichts heißen. Vorhin sagtest du, es sei ausgeschaltet. Jetzt klingelt es wenigstens. Versuchen wir es in einer halben Stunde noch einmal.« Sie wusste, dass sie übertrieben zuversichtlich klang, aber etwas anderes fiel ihr nicht ein, um ihn zu beruhigen.

Schon jetzt schien er am Ende seiner Geduld angelangt. Er hatte eine Tasse Kaffee nach der anderen geleert und war anschließend wie ein Tiger auf und ab gelaufen. Nur ihre Bemerkung, dass sie Hunger habe, hatte ihn dazu gebracht, damit aufzuhören und etwas Essbares zuzubereiten.

Lock schien alles andere als einverstanden, nickte aber. Weil Jordan nichts einfiel, worüber sie hätten reden können, das nicht zwangsläufig wieder auf seine Schwester lenkte, biss sie in ihr Sandwich. Es schmeckte köstlich, und während sie kaute, musterte sie Lock aufmerksam.

In den vergangenen Stunden hatten sich die kleinen Fältchen um seine Augen tiefer eingegraben. Seine energischen Lippen wirkten viel zu blass. Unwillkürlich fragte sie sich, ob er bei einer Tochter noch nervöser wäre. Ihr Vater hatte ihr in dieser Hinsicht immer viel Freiraum gelassen, aber er hatte auch nicht seine Mutter und seinen Bruder an Alaska verloren. Dabei stellte sie sich vor, wie Lock wohl gewesen sein mochte, ehe die Last der Verantwortung ihn zu einem Kontrollfreak gemacht hatte.

»Oder war er schon immer so gewesen ...?«, murmelte sie vor sich hin.

»Was meinst du?«

Dass sie ihren letzten Gedanken laut ausgesprochen hatte, trieb ihr die Röte ins Gesicht. »Entschuldige, ich habe mich nur gefragt, ob du ... na ja, ob du als Junge lockerer warst? Ich weiß, du musstest schon früh in die Vaterrolle schlüpfen, aber ...«

Er rang sichtlich mit sich. Schließlich holte er Luft. »Ich habe mir schon immer zu viele Gedanken gemacht. Erst um meine Mutter, die als Kellnerin ständig Doppelschichten schob, um

Nicci, Brock und mich durchzufüttern; später galt meine Sorge Nicci. Keine Ahnung, was mit mir nicht stimmt.«

Jordan konnte nichts dagegen tun, ihre Mundwinkel zuckten. Natürlich bemerkte Lock es.

Sie konnte nicht mehr und brach in schallendes Gelächter aus. »Ernsthaft? Lock, Brock und Eunice?«

»Lach du nur, meine Mom hatte ein Faible für Rock Hudson und Doris Day.«

»Merkt man fast gar nicht«, japste Jordan und musste sich eine Hand auf den Bauch pressen, weil er vom Lachen schon wehtat. Himmel, das tat gut. Nach all der Schwarzmalerei vom Nachmittag und den Sorgen um Nicci und Caleb, die sie nicht weniger belasteten, war eine kurze Auszeit genau das, was sie jetzt gebraucht hatte.

»Früher«, knurrte Lock warnend, »habe ich die Leute, die sich darüber lustig gemacht haben, verprügelt.«

»Kann ich mir vorstellen.« Sie wischte sich eine Träne aus dem Augenwinkel und bemühte sich darum, wieder die Fassung zurückzuerlangen.

»Du hast Glück, dass ich keine Mädchen schlage«, brummte Lock. In seinen Augen stand ein gutmütiges Funkeln. Es schien ihn nicht halb so sehr zu stören, dass sie über seinen Namen gelacht hatte, wie er vorgab. Offenbar ließ er sich heute weitaus weniger leicht ärgern.

»Entschuldige. Eigentlich sollte ich aus Hollywood verrückte Namen gewohnt sein, aber diese Kombination ...« Sie drängte das erneut aufsteigende Kichern herunter und nahm stattdessen einen Schluck aus ihrer Bierflasche.

»Meine Kindheit war ein einziger Spießrutenlauf.« Lock verzog theatralisch das Gesicht, wenngleich Jordan ihm nicht eine Sekunde lang abkaufte, dass es wirklich so schlimm gewesen war. Er schien eher wie jemand, der sich nicht so leicht unterbuttern ließ. Sie könnte darauf wetten, dass das auch als Kind schon so gewesen war.

»Ach, ich dachte, du hättest die Ehre deiner Familie mit den Fäusten verteidigt?«

»Stimmt, aber das lag nicht allein daran. Was ist mit dir?«, wechselte er abrupt das Thema.

»Mit mir?« Sie riss die Augen auf. »Ich habe mich als Kind nie geprügelt wegen meines Namens.«

Seine Schultern bebten leicht. »Freches Biest! Du weißt, was ich meine. Peinliche Kindheitserlebnisse? Dunkle Geheimnisse?«

Sie nahm einen weiteren Schluck. »Eigentlich kennst du schon alle. Mein Ex, die Wette ...« Sie war ein offenes Buch.

»Das hat nichts mit der kleinen Jordan zu tun. Du hast bestimmt eine niedliche Zahnspange getragen und bist mit rosa Tutu zur Schule gegangen.«

»Niemals!« Dagegen wehrte sie sich entschieden, weil allein die Vorstellung sie anwiderte. »Ich kam perfekt auf die Welt, behauptet zumindest mein Vater. Ich kann nur nicht singen.«

»Ach?«

»Unsere Nachbarn haben, als ich zehn Jahre alt war, eine Petition bei meinem Vater eingereicht, die mir verbot, jemals wieder unter der Dusche zu singen. Gerüchten zu Folge sei in mehreren Häuserblocks gleichzeitig die Milch sauer geworden«, gestand sie kleinlaut.

»Natürlich kein Grund, um sich zu schlagen, verstehe.« Er grinste, dann wurde er ernst. »Ich schätze, ich muss mich schon wieder bedanken.«

Sie rollte mit den Augen. »Wofür denn diesmal?«

»Du hast mich abgelenkt ... und zum Lachen gebracht. Um ehrlich zu sein, außer Nicci gelingt das nicht vielen. Danke, Jordan.«

Dieses Mal machten seine Worte sie verlegen. Etwas, das ihr nicht oft passierte. Dabei war sie nur neugierig gewesen. Auf Lock als kleiner Junge, der alles tat, um seiner Mutter unter die Arme zu greifen.

»Dafür musst du mir nicht danken, Lock. Ich hab es gern ...« Ein Geräusch ließ sie verstummen. Sie legte den Kopf schräg und lauschte. »Ist das ein Wagen?«

Erleichterung überkam sie. Tatsächlich!

Noch ehe sie den Satz beendet hatte, kam Leben in Goldy, die die ganze Zeit über in einer Ecke gelegen und gedöst hatte. Lock war noch vor ihr auf den Beinen und riss die Tür auf. Direkt vor der Hütte parkte Niccis Pick-up. Fahrerin und Beifahrer stiegen aus, zogen sich ihre Jacken über den Kopf und joggten zur Hütte.

Es regnete immer noch. Der Boden glich einer einzigen Schlammpfütze. Sich gegenseitig stützend, lachend und scherzend überwanden sie die letzten Meter.

»Was für ein Dreckswetter«, schimpfte Caleb und schlüpfte aus seinen schlammigen Stiefeln. Neben ihm tat Nicci das Gleiche.

»Warum bist du nicht ans Telefon gegangen?«, herrschte Lock sie an, während sie sich ihren Pferdeschwanz auswrang, der trotz der Schutzmaßnahme mit der Jacke nass geworden war.

»Dir ebenfalls einen schönen Abend, Bruderherz. Ich finde es auch toll, welch gute Fahrerin ich bin, sodass wir heil angekommen sind. Und wir nehmen das Angebot, dass du uns gleich etwas Warmes zu trinken besorgst, gern an. Aber bitte, mach dir keine Umstände, etwas zu kochen, wir hatten unterwegs Sandwiches.« Damit huschte sie in die warme Stube und ließ sich auf einen Stuhl fallen. »Hey, Jordan.«

»Hallo, Nicci. Caleb.«

Letzterer kam langsamer herein. Er musterte Lock vorsichtig, als ob von ihm Gefahr drohte, doch der konzentrierte sich gänzlich auf seine Schwester und ignorierte ihn.

Obwohl Jordan neugierig war, weswegen er den Termin für die Abfahrt nicht eingehalten hatte, fragte sie nicht. Was er in seiner Freizeit tat, ging sie nichts an. Stattdessen setzte sie sich wieder.

»Ich habe dir schon tausend Mal gesagt, lass das Telefon an, falls ich dich erreichen muss!«

Sie verzog den Mund. »Es ist doch nichts passiert!«

»Aber es hätte etwas passieren können! Da draußen regnet es wie aus Eimern, es gab ein Gewitter und die Straße ...«

Sie sprang auf und bohrte ihrem Bruder einen Finger in die Brust. Der Effekt verlor an Dramatik, weil sie deutlich kleiner als Lock war und in Strümpfen vor ihm stand. »Ich bin vorsichtig gefahren, so wie du es mir vor über zehn Jahren beigebracht hast. Herrgott, Lock!«

Wie zwei Gladiatoren standen sie voreinander, und Jordan wünschte sich, jetzt in ihrem Wohnwagen zu sein. Ein Streit war nicht wirklich etwas, das sie unbedingt mit ansehen musste. Es war ihr unangenehm.

Daher lenkte sie ihre Aufmerksamkeit auf Caleb, der – ohne zu fragen – den Rest ihres Sandwiches vertilgte und ihr Bier leerte. Als sie die Braue hob, grinste er nur frech.

Jordan blendete den Streit aus, als er sich vorbeugte, um ihr sanft eine Strähne aus dem Gesicht zu streichen.

»Na, hast du mich schon vermisst?«

Sie legte den Kopf schräg. »Vielleicht ein bisschen.«

Er legte eine Hand auf sein Herz und seufzte theatralisch. »Du brichst mir das Herz.« Hinter ihm zankten sich Lock und Nicci weiter, was ihn die Augen verdrehen ließ.

Er reichte ihr eine Hand. »Verschwinden wir. Die beiden können sich ja ruhig weiter zoffen.«

Es war nicht Jordans Art, einfach abzuhauen, aber sie sah anderen auch nicht gern beim Streiten zu. Vorher musste sie jedoch noch eine Frage stellen, die ihr unter den Nägeln brannte.

»Sag mal, Caleb, hast du ein Telefon?«

Angesichts des abrupten Themenwechsels verzog er das Gesicht. »Nur mein Mobiltelefon. Es liegt im Wohnwagen, ich hab es heute Morgen hier vergessen. Wieso?«

Also konnte auch er nicht der Anrufer gewesen sein. Zumindest nicht, wenn er nicht bereits vor ihrer Abfahrt die Nummer aus dem Satellitentelefon geklaut hätte. Daran glaubte Jordan nicht.

Sie winkte ab. »Vergiss es. Ich …«

»... da draußen umkommen können!«

»Das kann ich auch hier, wenn mir ein Bär begegnet. Und

was ist mit dir, Lock? Die Bagger sind auch nicht ungefährlich!«, brüllte Nicci zurück.

Jordan sah von einem zum anderen. Sie wollte gern helfen, aber diese Sache mussten die beiden allein miteinander klären. Sie verschränkte ihre Finger mit Calebs und stand auf. »Lass uns gehen.«

*

Es war weit nach Mitternacht, als Jordan endlich zum Schlafen kam, dennoch klingelte der Wecker am Folgetag unerbittlich um fünf Uhr dreißig.

Sie stand nur mit Mühe auf und zog sich an. Ein starker Kaffee wäre jetzt genau das Richtige. Ihr Plan scheiterte jedoch in dem Moment, als sie die Tür öffnete und hinaussah. Es regnete immer noch in Strömen, das Erdreich war aufgeschwemmt und der Weg zur Hütte, so kurz er auch sein mochte, erinnerte an einen umgekippten See.

»Mist«, murmelte sie und schlüpfte in ihren Parka. In der Kiste, die sie vom Flughafen mitgebracht hatte, gab es ein Regencape, aber die stand immer noch in Locks Wagen. Es blieb ihr also nichts anderes übrig, als nebenan zu klopfen und sich die Schlüssel geben zu lassen.

Mit einem unguten Gefühl im Bauch steckte sie ihre Füße in ihre Arbeitsschuhe.

Über der Tür des anderen Wohnmobils gab es eine kleine Überdachung. Jordan quetschte sich darunter, dankbar dafür, dass der Regen senkrecht von oben kam und kein Wind wehte. Der kurze Sprint hatte sie bereits durchnässt, sodass sie wegen der Kälte die Kapuze ihres Pullovers übergestülpt hatte, um nicht zu frieren.

Sie klopfte und wartete.

Als nichts geschah, klopfte sie erneut. Da hörte sie das Rumpeln und einen Fluch, als jemand offenbar mit dem Fuß gegen ein Hindernis stieß.

»Caleb, wenn du das bist, reiß ich dir den ...« Lock verstumm-

te abrupt, als er sah, wer da nass wie eine Katze vor ihm stand.
»Jordan! Komm rein!«
Ihre Füße bewegten sich nicht einen Millimeter vom Fleck. Sie konnte nicht anders, als auf die Shorts zu starren, in denen Lock offenbar geschlafen hatte. Eine ansehnliche Beule wölbte sich ihr entgegen, vermutlich nichts weiter als das übliche Morgenphänomen, trotzdem sah sie sich genötigt, angemessen beeindruckt zu sein.
Sie schaffte es gerade so, nicht dem Impuls nachzugeben, sich über die Lippen zu lecken. Wer konnte es ihr verdenken? Dieser Mann war wahrlich ein Prachtkerl auf ganzer Linie.
»Übernächtigung«, murmelte sie zu sich selbst und drängte sich an Lock vorbei, der ihr Platz machte, um sie reinzulassen.
»Was ist los, dass du so früh schon auf der Matte stehst? Ist alles in Ordnung?«
»Äh, ja, öhm ...« Sämtliches Vokabular wurde mit dem Regen draußen fortgespült, als sich Lock bückte, um nach seiner Jeans zu greifen.
Verflucht seien dieser Mann und ihre Hormone.
Jordan kniff sich selbst, um endlich wieder zur Vernunft zu kommen.
»Was meinst du?« Er kämpfte sich gerade in einen Pullover und verbarg darunter die herrlich arbeitenden Muskeln seines Rückens. An seine Vorderseite, die ihr jäh in Erinnerung gerufen wurde, wollte sie gar nicht erst denken.
»Ich meinte, ja, alles klar. Ich brauche nur den Schlüssel für den Pick-up. Meine Kiste ist da noch drinnen.«
»Könnt ihr da vorn mal ruhig sein? Ich will schlafen!«, kam es aus der oberen Koje.
Jetzt erst sah Jordan, dass dieser Wohnwagen, anders als ihrer, zwei übereinander angebrachte Betten hatte.
»Nicci ist ein Morgenmuffel«, sagte Lock grinsend, der es endlich geschafft hatte, jede köstliche Stelle seines Körpers zu bedecken. Was dazu führte, dass Jordan wieder klar denken konnte.
»Äh, du doch auch.« Wenn sie diese komischen Laute wie *äh*,

öhm oder dergleichen nicht bald unterließ, musste sie sich wirklich untersuchen lassen. Warum hatte dieser Mann bloß eine solche Wirkung auf sie? Entweder er lockte die Furie in ihr oder legte sämtliche Gehirnfunktionen lahm. Fehlte nur noch beides in Kombination. Sie war sicher, dass er das auch noch hinbekäme.

»Kommt immer auf den Vorabend an«, zwinkerte Lock und wies mit dem Kinn auf eine Stelle hinter ihr. »Da ist deine Kiste. Ich wollte sie nicht im Wagen lassen und hab sie gestern noch reingeholt. Ihr beide ... also du und Caleb wart zu beschäftigt, um mein Klopfen zu hören.«

Das Brennen ihrer Ohren konnte nur bedeuten, dass Jordan flammend rot anlief. Deshalb – und nur deshalb – fiel ihr Lächeln etwas zittriger aus als sonst und sie kniff die Lippen zusammen, um sich nicht zu verteidigen. Oder sich zu rechtfertigen. Oder zu erklären, dass sie nur geküsst hatten. Caleb wirkte nicht weniger wie ein Magnet, er war verflucht attraktiv und überrumpelte sie immer wieder mit seiner Annäherung. Bei ihm gab es nichts, worüber sie nachdenken konnte, denn die Gelegenheit bot er ihr schlichtweg nicht. Was jedoch nicht bedeutete, dass sie mit ihm einfach so ins Bett stieg. Gegen ein wenig schmusen war jedoch nichts einzuwenden. Noch dazu war sie erwachsen, Single und schadete niemandem damit. Am wenigsten sich selbst. Trotzdem hatte sie Caleb gestern Nacht weggeschickt.

»Ich ... entschuldige. Ähm, ich wollte mir nur mein Regencape rausholen, draußen regnet es immer noch.«

Lock sah aus dem Fenster und nickte. »Wenn ich den Himmel so betrachte, wird das auch noch eine ganze Weile so weitergehen. Hilft nichts. Gehen wir frühstücken und dann an die Arbeit.«

»Bei dem Sauwetter?«

Er grinste und wirkte jungenhafter als jemals zuvor. »Schätzchen, echte Schürfer stört das nicht. Und du bist doch eine echte Schürferin, oder?«

Sie starrte einfach nur hinter ihm her, als er seine Kapuze

überstülpte, die Tür öffnete und durch den Regen sprintete.

»Was hat Nicci mit dir gestern gemacht?«, fragte Jordan leise, die sich das radikal veränderte Verhalten Locks nicht erklären konnte. Gestern war er erst am Boden zerstört und wortkarg vor Sorge, dann wütend, weil Nicci ihn in den Wahnsinn trieb, und heute machte er wieder Scherze. Diese Sprunghaftigkeit passte nicht zu Lock, den sie für grundsolide hielt. Es schien fast, als wolle er mit diesem Verhalten etwas anderes überspielen.

Klar, Jordan, dass er total in dich verschossen und jetzt eifersüchtig auf Caleb ist. Träum weiter!

Trotzdem beschleunigte sich bei dieser Idee ihr Herzschlag und sie schalt sich erneut eine Idiotin, weil sie mit dem einen knutschte und sich insgeheim wünschte, dass der andere etwas für sie empfand.

Sie beschloss, genug geträumt zu haben für einen Morgen. Die Kiste würde sie später holen. Daher streifte sie sich nur das Cape über, bevor sie ins Freie trat. Zwischen den Wohnwagen stand eine Gestalt in dunkler Regenmontur und beobachtete sie. Durch die feinen Regenfäden konnte Jordan nicht erkennen, wer es war. Selbst seine Größe ließ sich nur schlecht abschätzen. Sie hob eine Hand zum Gruß, doch der Mann wandte sich bereits ab und stapfte davon.

Das seltsame Verhalten gefiel Jordan nicht und sie entschied, ihn später darauf anzusprechen, falls sie herausfand, wer aus dem Team es war. Eilig sprang sie über die Pfützen hinweg zur Hütte. Abgesehen von Lock, der den Kaffee vom Vortag in der Mikrowelle aufwärmte, war sie leer.

Er sah zu ihr hinüber, als sie eintrat, und bemerkte offenbar ihren verwirrten Gesichtsausdruck. »Alles klar mit dir?«

»Schon ...« Sie hob eine Hand, um hinter sich zu deuten, ließ sie aber gleich wieder fallen. »Ist außer uns schon jemand auf?«

Er zuckte mit den Schultern. »Keine Ahnung. Die Jungs werden um die Bärenwacht geknobelt haben. Ich weiß nicht, wer verloren hat.«

Also war sie genauso schlau wie vorher auch. Dennoch nistete sich ein ungutes Gefühl in ihrer Magengegend ein. Erst der Anruf, dann dieser stumme Beobachter. Allmählich machte sie sich Sorgen. Sie dachte an Hank und seine Anmache, schloss den Jungen allerdings sofort wieder aus. Sie hatte ihm die Grenzen deutlich genug aufgezeigt. Er konnte nicht so dämlich sein, sich auf diese Weise rächen zu wollen. Oder doch? Wer kam sonst infrage, wenn nicht er? Die Größe könnte passen.

»Okay. Wollen wir kurz den Bodenabschnitt durchsprechen, den wir heute angehen?« Lock riss sie aus ihren Grübeleien und reichte ihr einen Becher.

Für einen Moment dachte sie daran, mit Lock über den Beobachter zu sprechen, doch sie verwarf die Idee wieder. Nach der ganzen Aufregung von gestern wollte sie heute nicht schon wieder eine Lawine lostreten. Es musste wieder Ruhe einkehren. Vielleicht hatten ihre Nerven nach der kurzen Nacht auch bloß verrücktgespielt. Dazu Locks halb nackter Männerkörper. Kein Wunder, dass ihr Verstand ihr Streiche spielte.

»Klar, legen wir los.« Vielleicht würde sie auf diese Weise wieder zur Vernunft kommen. Damit und mit einer Kanne Kaffee.

Sie gingen kurz den Bereich durch, der als Nächstes aufgegraben werden sollte. Derweil kamen nach und nach die anderen herein. Caleb kam als Letzter. Er wirkte übernächtigt, seine Kleidung war zerknittert, und Jordan bemerkte beunruhigt, dass seine Hände zitterten, als er nach der inzwischen vollen Kaffeekanne griff.

Ulf stellte Schüsseln, Besteck, Müsli und Milch auf den Tisch. Kaum einer sprach. Alle schienen noch zu müde zu sein. Jordan sah sich um, konnte jedoch nicht sagen, welcher der Männer vorhin so komisch reagiert hatte.

13. Kapitel

Das ungute Gefühl hielt über weitere zwei Wochen. Außer dass Jordan Dinge vermisste, die sie an bestimmten Orten abgelegt zu haben meinte und dann ganz woanders wiederfand, geschah jedoch nichts.

Tesla hatte sich damit arrangiert, vorübergehend ihren Kochdienst übernehmen zu müssen, und die Männer witzelten danach jedes Mal, wenn es Sandwiches gab. Doch es war gutmütiger Spott, den Jordan gern ertrug. Die Männer gaben ihr das Gefühl, dazu zu gehören. Ihr Verhältnis zu Caleb wurde intensiver, immer öfter stahl er sich einen Kuss, und auch wenn ihr eine gewisse Ernsthaftigkeit bei ihm fehlte, genoss sie seine Aufmerksamkeit und diese kleinen Ablenkungen neben der vielen harten Arbeit. Lock hingegen hatte es sich zur Aufgabe gemacht, mit einem Problem, für dessen Lösung er angeblich unbedingt ihren Rat benötigte, dazwischenzufunken – immer dann, wenn Caleb gerade auf Tuchfühlung ging. Die Reaktion amüsierte sie und war ebenso eine willkommene Abwechslung.

Trotzdem war Jordan unzufrieden. Es hatte die ganze Woche geregnet und erst vor einer Stunde aufgehört, was nicht nur das Schürfen erschwerte. Sie und Tesla hatten einiges damit zu tun gehabt, die Pumpe für den Wasserlauf wetterfest zu machen, weil der Untergrund ausgespült wurde, und sie drohte wegzuschwimmen.

Gerade besahen sie sich ihr Werk, als Darren angerannt kam.
»Jordan!«
Sie drehte sich zu ihm um und sah, wie er wild mit seinem Schutzhelm fuchtelte.
»Was ist los?«
»Keine Ahnung«, murmelte Tesla und zupfte an seinem Bart. »Vielleicht ist er von einer Hummel gestochen worden, oder so?«
Daran zweifelte Jordan, trotzdem ging sie Darren entgegen.
»Hey, D, was ist passiert?«
Er hielt abrupt an, wodurch Schlamm auf Jordans Hose

spritzte. Als die unangenehme Kühle durch den Stoff drang, verzog sie das Gesicht.

»Da kam gerade ein Inspektor der Minenaufsicht. Ich habe ihn in die Hütte gebracht und Kaffee angeboten. Du solltest besser kommen!«

Jordan holte scharf Luft. Die Aufsichtsbehörde galt als äußerst streng, was den Verstoß gegen Auflagen anbelangte. Allerdings sollte es hier kein Problem geben. Sie besaß alle Genehmigungen, Rechte und hielt sich akribisch an jede noch so winzige Sicherheitsvorschrift. Nicht einmal in der Blockhütte durfte geraucht werden. Sogar Tesla hielt sich daran.

»Ich komme.« Sie nahm die Kappe ab und fuhr sich durchs Haar. »Die Zeit, mich kurz frisch zu machen, werde ich nicht haben, oder?«

Darren schüttelte den Kopf. »Eher nicht. Der Typ sah sauer aus.«

Während Jordan ihm folgte, ging sie im Kopf durch, was den Mann auf den Plan gerufen haben könnte, aber ihr wollte nichts einfallen. Bevor sie ins Gebäude ging, wandte sie sich an Darren. »Hol, Lock.«

»Geht nicht. Er ist zur Nachbarmine gefahren, um ein paar Ersatzteile zu besorgen.« Seine Augen drückten Sorge aus.

Jordan wusste, warum. Falls die Aufsicht etwas fand, das nicht in Ordnung war, musste die Mine unter Umständen mit sofortiger Wirkung schließen.

»Verdammt«, sie verzog den Mund. »Das hatte ich vergessen. Okay, dann ruf ihn an und sag ihm, er soll sich beeilen.« Sie gab ihm das Satellitentelefon.

»Geht klar, Boss.« Er wandte sich ab und wählte.

Jordan legte die Hand auf den Türknauf und versuchte ihr galoppierendes Herz zu beruhigen. Genehmigungsverfahren und Abnahmen waren ihr nicht fremd. Auch für Stunts mussten viele Formulare ausgefüllt werden, ehe ein einziger Handschlag getan werden durfte. Während man in Hollywood wirklich alles mit etwas Geld regeln konnte, galten die Behörden hier allerdings als restriktiv und absolut streng. Bestechung funktionierte

139

nicht und wurde sofort geahndet.

Nicht dass Jordan an so etwas überhaupt dachte oder wirklich befürchtete, die Schließung der Mine stünde zur Option. Es fühlte sich eher an, als würde man ohne Grund zum Direktor gerufen.

Jordan schüttelte den Kopf. Sie würde das hier professionell durchziehen. Daran hegte sie keinen Zweifel. Sie musste nur ruhig und freundlich bleiben.

Sie trat ein und entdeckte den Mann sofort, der mitten im Raum stand und ihr entgegensah. Anders als die Paragrafenreiter anderer Behörden war dieser nicht untersetzt und bebrillt, sondern schlank und mit einem Adlerblick versehen, der jeglichem Mikroskop Ehre gemacht hätte. Mit seiner gefütterten blauen Jacke, dem Basecap und der Sonnenbrille ging der Kerl gut und gern als stereotypischer FBI-Agent durch. Fehlte nur noch der entsprechende weiße Aufdruck. Er sah Jordan nachdenklich an und machte sich Notizen, ehe sie ihn begrüßen konnte. Dieser Mann war sich seiner Position nur allzu bewusst und würde ganz sicher nicht zögern, sein Amt auszuüben, wenn er es wollte.

»Guten Tag! Ich bin Jordan Rigby, Mr ...?« Sie streckte ihm die Hand entgegen, die sie vorher an ihrem Pullover abgewischt hatte.

Der Mann war es sicher gewohnt, schmutzige Hände zu schütteln, trotzdem störte es Jordan, dass sie nicht einmal Zeit gefunden hatte, die dicken Dreckränder unter ihren Nägeln zu entfernen.

»Anderson Pick, Ms Rigby. Ich komme von der staatlichen Minenaufsicht und führe eine Sicherheitskontrolle durch.«

Jordan nickte. »Mein Mitarbeiter sagte mir das bereits. Bitte, nehmen Sie doch Platz, dann können wir in Ruhe das weitere Vorgehen besprechen, Sir.« Es konnte keinesfalls schaden, besonders höflich zu sein.

»Danke, aber ich würde mir gern die Mine ansehen, bevor wir die Papiere durchgehen.«

Obwohl sie damit gerechnet hatte, ihn herumführen zu müssen, erschien ihr sein forsches Verhalten doch seltsam. Trotzdem fügte sich Jordan. »Dann bitte, folgen Sie mir, Sir.«

Vor der Hütte blieben sie kurz stehen, als Ulf mit dem Gator vorbeifuhr. Er hupte kurz, um sich bemerkbar zu machen. Jordan hatte allen eingebläut, dass dieses Verhalten notwendig war, sobald der Nahbereich der Wohnwagen oder der Blockhütte befahren wurde. Kein Fahrer konnte im Voraus wissen, ob einer von ihnen plötzlich angerannt kam.

Der Inspektor schrieb etwas auf und bedeutete ihr dann vorauszugehen.

An jeder Station, die sie erreichten, machte er sich Notizen. Da er eine Sonnenbrille trug, konnte Jordan nicht den Hauch einer Emotion ausmachen. Was ging in dem Kopf des Mannes vor sich? Plante er die Schließung der Mine?

Sie waren gerade dabei, ein neues Areal zu roden. Jordan hatte darauf bestanden, dass die abschüssigen Ränder mit rotfarbigem Absperrband versehen wurden. Die Fahrer mussten sich in ihren Baggern anschnallen, falls der Boden nachgab und die Fahrzeuge kippten. Jeder trug Warnweste und Schutzhelm. Während sie sich jetzt so umsah und versuchte, es mit dem kritischen Blick des Inspektors zu betrachten, war sie sich nicht mehr sicher, nicht doch etwas übersehen zu haben.

Als Pick sie ansprach, zuckte sie vor Nervosität zusammen. »Gut, Ms Rigby, ich habe hier draußen ein paar Anmerkungen.« Er wies mit dem Stift in seiner Hand auf eine Reihe Bäume. »Dort drüben haben Sie sehr tief ausgehöhlt, ohne die Bäume abzustützen. Sie könnten auf jemanden herabfallen und ernstlichen Schaden anrichten. Entweder stützen Sie das Areal ab oder entfernen die betroffenen Pflanzen. Sie haben die Wahl.«

»Natürlich, Sir, ich werde das sofort veranlassen.« Sie hangelte nach dem Walkie-Talkie an ihrem Gürtel und funkte Ulf an, der das Areal gerade bearbeitete. Nachdem sie ihn informiert und er den Auftrag bestätigt hatte, wandte sie sich wieder an Pick. »Müssen wir hier draußen sonst noch etwas beachten, Sir?«

»Dazu kommen wir, wenn ich die Papiere durchgesehen

habe.«

Jordans Handflächen wurden bei seinem Tonfall feucht. Pick klang fast so, als gäbe es tatsächlich eine Beanstandung, die größere Ausmaße hatte als befürchtet. Sie gingen Richtung Hütte, als sie Locks Pick-up entdeckte, der sich ihnen mit hoher Geschwindigkeit näherte. Wie üblich hupte er, als er auf das Gelände fuhr, bremste dann ab und parkte mitten auf dem Areal.

Die Dankbarkeit über sein schnelles Auftauchen verflog angesichts des eklatanten Verstoßes gegen ihre Vorschriften. Die Fahrzeuge durften nicht einfach irgendwo herumstehen, aber Jordan wusste, dass es diesbezüglich keine Anweisung seitens der Behörde gab, also schwieg sie.

Lock stieg aus und kam mit langen Schritten auf sie zu. Er musterte Jordan mit einem Blick, in dem Besorgnis stand, ehe er Pick die Hand gab und sich vorstellte.

»Freut mich, Sie kennenzulernen, Mr Hudson. Wie ich Ms Rigby bereits mitteilte, möchte ich jetzt die Papiere durchgehen.«

»Natürlich. Soll ich Mr Pick begleiten, während du die Sachen zusammensuchst, Boss?«

Dass er ihr anbot, den Mann nicht unbeaufsichtigt auf dem Gelände herumstreunen zu lassen, gefiel Jordan. »Ich habe alles in meinem Wagen. Gebt mir nur ein paar Minuten.«

Die Männer nickten und setzten sich in Bewegung, währenddessen eilte Jordan zu ihrem Wohnwagen. Seit dem Regen klemmte die Tür noch mehr, und sie vergeudete wertvolle Zeit, daran herumzurütteln, ehe es ihr gelang, sie zu öffnen.

Sie hatte sich bisher noch nicht die Mühe gemacht, die Papiere, die Felix Schroeder ihr überlassen hatte, wegzuräumen. Der Stapel lag vor ihr auf dem Tisch. Während ihrer Suche nach den Bohrplänen vor ein paar Tagen hatte sie einiges durcheinander geworfen, was sie jetzt hastig wieder zu ordnen versuchte. Sobald sie zufrieden war, nahm sie sich ein paar Minuten, um sich im Spiegel des winzigen Badezimmers anzusehen. Ihr sonst blondes Haar hing fransig und zerzaust um ihren Kopf, festgeklebt dort, wo die Kappe normalerweise saß. Sie sah schrecklich aus. Selbst für sie, die sich sonst niemals Gedanken um ihr Aussehen machte. Im Moment musste allerdings eine frische Kappe genügen, die sie hastig überstülpte. Mit etwas Wasser versuchte sie, den Schlamm von ihren Wangen zu entfernen, als darunter allerdings ein Ölfleck zum Vorschein kam, gab sie auf. Pick hatte sie schon vollkommen verdreckt gesehen, darauf kam es jetzt nun wirklich nicht mehr an. Außerdem wurde es Zeit, ihm die Unterlagen zu bringen.

Der Geruch von frischem Kaffee wehte ihr entgegen, als sie die Hütte betrat. Lock und Pick saßen am Tisch und unterhielten sich leise. Als sie Jordan bemerkten, stand Lock auf, um ihr den Papierberg abzunehmen. Ihre Blicke trafen sich über den Unterlagen und die Frage, die sie in seinen dunklen Augen las, konnte sie beim besten Willen nicht beantworten. Sie wusste ja selbst nicht, wieso der Kerl hier unangemeldet aufgetaucht war.

Sobald die Papiere auf dem Tisch lagen, stürzte sich der Mann darauf, als gäbe es kein Morgen. Jede Seite wurde akribisch durchgesehen, Notizen wurden gemacht und hin und wieder brummte er leise vor sich hin. Das Rascheln von Papier, die enervierenden Töne und die Ungewissheit zerrten an Jordans Nerven. Sie saß neben Lock und tippte die ganze Zeit über mit einem Fuß auf, bis er seine Hand auf ihren Schenkel legte und mit dem Kopf schüttelte. Also hörte sie auf, nur um kurz darauf mit dem anderen Bein weiterzumachen.

Die Zeit kroch dahin und mit jeder Sekunde, die verrann, wurde Jordan nervöser. Lock dagegen saß lässig in seinem Stuhl, die Finger vor dem Bauch verschränkt, während er den Inspektor nicht aus den Augen ließ.

Nach etwas mehr als einer Stunde hob Pick endlich den Kopf. Da er noch immer seine Sonnenbrille trug, konnte sie auch diesmal nicht erkennen, was er dachte. Wer zum Teufel trug in einem Gebäude eine Sonnenbrille?

»Nun«, begann er gedehnt und legte die Hände flach auf die Papiere. »Es scheint, als wäre alles vollständig.«

Jordans Puls schoss in die Höhe, und sie musste sich zwingen, ruhig zu atmen. Sie hörte den negativen Beiklang eines *Abers* so deutlich, als hätte der Mann einen Neonschriftzug über seinem Kopf angeknipst, der gleichzeitig eine Fanfare erschallen ließ.

Auch Lock musste es bemerkt haben, denn er richtete sich auf. »Gibt es ein Problem?«

»Die Wasserlizenz ...«

»Was ist damit?« Jordan hatte das Dokument gesehen, es war einwandfrei.

»Nun, sie ist unvollständig.« Pick nahm seine Brille ab.

Seine grauen Augen durchbohrten Jordan, als wolle er sagen, von einer Frau habe er nichts anderes erwartet.

»Was meinen Sie mit *unvollständig*? Ich habe die Unterlagen geprüft. Es war alles da, als ich vor knapp drei Wochen angereist bin.«

»Das mag sein, Ms Rigby, aber jetzt fehlt der Genehmigungsbeleg, das Original mit dem Stempel der Behörde.«

Das konnte nicht sein! Jordan sprang auf und griff nach den Unterlagen. Wild blätterte sie durch jede Seite. Nichts. Der Mann sagte die Wahrheit. Das Dokument fehlte.

»Ich ... ich ...« Nein! Wenn sie den Wisch nicht fand, konnte der Mann die Mine dichtmachen. Wassergenehmigungen waren um einiges wichtiger als sämtliche anderen Zertifikate. »Vielleicht sind sie mir heruntergefallen. Warten Sie, ich gehe nachsehen.«

»Bedauerlicherweise ist das nicht alles, Ms Rigby«, setzte Pick hinzu, womit er ihren Eifer sofort wieder ausbremste.

»Was noch?«, fragte Lock.

»Ich kann nirgends ein Abkommen mit dem Nachbarclaim finden, dass sie ein Wegerecht vereinbart haben. Ihr Zulaufbecken wird über Rohrleitungen befüllt, die über den Grund ihres Nachbarn laufen. Ich wurde gebeten ...«

Jordan verengte die Augen zu schmalen Schlitzen. *Gebeten* bedeutete so viel wie, man hatte sie angeschwärzt. Irgendjemand versuchte, sie zu sabotieren. Der Gedanke war so surreal, sie konnte es kaum glauben.

»Hören Sie, Mr Pick. Ich habe diese Unterlagen. Sogar das Wegeprotokoll. Lassen Sie es mich suchen, dann können wir diese Angelegenheit auf der Stelle abschließen.«

Pick dachte kurz darüber nach, dann verzog er die Lippen zu einem so sanften Lächeln, dass sie den Wunsch verspürte, es ihm aus dem Gesicht zu wischen.

»Kein Problem. Sie haben noch«, er sah auf die Uhr, »zwanzig Minuten. Dann beende ich meine Besichtigung und fahre zur nächsten Mine.«

Genug Zeit, um zwei dämliche Blätter zu finden und damit ihre Existenz zu sichern. Großartig. Jordan sprintete aus der Hütte. Ungeachtet des schmatzenden Schlamms zu ihren Füßen schoss sie zu ihrem Wohnwagen, wo die Tür nur angelehnt war. In der Eile vorhin musste sie vergessen haben, sie zu schließen.

Sie stellte alles auf den Kopf, was nicht niet- und nagelfest war. Doch weder zwischen den Polstern der Klappbank noch unter dem Tisch oder den Schränken fand sich auch nur der kleinste Fetzen Papier. Alles andere hatte sie mitgenommen.

Ihr wurde abwechselnd heiß und kalt und langsam kam die Erkenntnis, was das alles für sie zu bedeuten hatte.

Die Schließung ihrer Mine.

Das war eine Katastrophe.

Und alles wegen eines fehlenden Dokuments.

»Das darf nicht wahr sein!«, brüllte sie, als könnte sie dadurch irgendetwas an ihrer Situation ändern.

Es musste doch etwas zu finden sein. Die Unterlagen existierten. Sie hatte sie selbst gesehen. Jordan riss sämtliche Schranktüren auf, fegte die Bettwäsche von der Matratze.

Nichts.

Als sie Locks Stimme hörte, stand Jordan kurz vor einem Nervenzusammenbruch.

»Tut mir leid, Mr Hudson, aber die Regeln sind eindeutig. Ms Rigby benötigt die genehmigte Wasserlizenz, andernfalls muss ich die Mine schließen.«

»Das wissen wir, Sir, ich bitte Sie dennoch um etwas Nachsicht. Es ist der erste Claim dieser Art, den Ms Rigby betreibt ...«

»Nichtsdestoweniger müssen die Papiere in Ordnung sein. Sehen Sie, wir beide wissen, dass jedes Jahr Goldsucher hierherkommen, die glauben, das große Geld machen zu können, ohne sich an die Vorschriften zu halten. Wir können da keine Ausnahmen machen.«

»Das stimmt, Sir. Aber wenn Sie sich umsehen, müssen Sie doch erkennen, dass wir alles getan haben, um die Regeln Ihrer Behörde zu befolgen. Wenn Ms Rigby sagt, die Papiere sind da, dann sind sie es auch.«

Als ihr bei Locks Worten die Tränen kamen, wischte sich Jordan verärgert über die Wangen. Er glaubte an sie. Er kämpfte sogar für sie, obwohl er dafür gar keinen Grund hatte. Er und seine Männer konnten jederzeit auf einem anderen Claim anheuern. Sie waren ein gut eingespieltes Team, das überall Arbeit finden würde. Selbst während der laufenden Saison. Er war ihr nichts schuldig.

Draußen seufzte Pick schwer. »Also gut. Da es sich hierbei um einen anonymen Tipp handelte und alle anderen Verfahren eingehalten wurden, gebe ich Ihnen einen Tag. Finden Sie die Papiere. Wenn ich morgen wiederkomme, und Sie haben sie nicht, dann ist Schluss.«

»Danke, Sir. Ich bin sicher, bis dahin wird sich alles geklärt haben.«

Pick murmelte etwas und ging dann zu seinem Wagen. Jordan hörte, wie er den Motor startete und davonfuhr.

Schwer ließ sie sich auf die Bank fallen und schlug die Hände vors Gesicht.

»Das war knapp«, kam es von der Tür. Lock betrat ihren Wohnwagen und besah sich das Chaos.

Jordan blickte durch ihre gespreizten Finger. Sie wollte ihn nicht sehen lassen, dass sie kurz davorstand, vollständig die Fassung zu verlieren. Das hier war in den letzten Wochen zu ihrem Lebensinhalt geworden und sie war nicht bereit, irgendetwas hier aufzugeben. Er schien es dennoch zu spüren, denn er kam zu ihr und streichelte ihr übers Haar. Die Kappe hatte sie während ihrer Suchaktion verloren. Und sie sah noch immer so zerzaust und dreckig aus, wie sie sich fühlte.

»Hey, alles wird gut.«

»Wird es nicht«, nuschelte sie. »Ich kann die Papiere nicht finden.«

»Sie sind irgendwo.«

Sie richtete sich auf und starrte ihn an. Wie konnte er sich so sicher sein? »Wieso sagst du das?«

»Weil ich vorhin dein Gesicht gesehen habe, Jordan. Du wusstest, dass die Papiere da sind. Du warst dir dessen absolut sicher. Da war kein Zögern. Außerdem bezweifle ich, dass Felix so dumm wäre, dir die Genehmigungen nicht zu besorgen. Er würde sich ins eigene Fleisch schneiden, wenn die Mine geschlossen wird. Dann verliert er bares Geld.«

Seine Argumente entbehrten nicht einer gewissen Logik, sie änderten jedoch nichts daran, dass die Papiere weg waren. »Sie sind aber nicht hier, Lock. Ich habe überall gesucht.«

»Dann finden wir sie eben. Gemeinsam. Das ganze Team.« Er nestelte an seinem Sprechfunkgerät. »Leute, hört mal her.«

Es knackte und nach und nach meldeten sich alle bereit.

»Wir haben ein Problem. Aus Jordans Trailer sind Unterlagen verschwunden. Ich will, dass alle zurück zum Camp kommen. Wir müssen die Sachen finden oder morgen sind wir arbeitslos.«

»Verstanden«, kam es von Ulf.

Darren und Caleb bestätigten ebenfalls.

»Hank und ich sind unterwegs«, meldete Tesla.

Nur wenige Minuten später versammelten sich alle vor der Hütte. Lock erklärte, welche Dokumente gesucht wurden und dass der heutige Betriebsausfall zu verschmerzen sein würde, wenn die Papiere auftauchten. Andernfalls war ohnehin alles zu spät.

Während sich die Männer zerstreuten, um die Suche zu starten, kam Caleb zu Jordan. Wortlos zog er sie in die Arme und bettete sein Kinn auf ihren Scheitel. »Wir finden die Lizenz, mach dir keine Gedanken.«

Sie krallte sich in seinen schmutzigen Pullover, als könnte er ihr dadurch mehr Halt geben. »Ich komme mir wie der größte Idiot aller Zeiten vor. Ich hätte alles sauber abheften sollen, anstatt es auf dem Tisch liegen zu lassen.«

»Das konntest du nicht wissen, Liebes.«

Seine Worte wärmten sie, und der Kosename tat ein Übriges. Sofort fühlte sie sich etwas besser, vor allem aber geborgen und nicht mehr ganz so hoffnungslos verloren. Trotzdem hatte Jordan Angst. Hier stand einfach zu viel auf dem Spiel. Für sie alle.

Sie löste sich aus der Umarmung und sah zu Caleb hoch, der sie liebevoll betrachtete. »Lass uns den anderen helfen.«

Vielleicht wendete sich ja tatsächlich alles noch zum Besten.

14. Kapitel

Die Suche war ergebnislos verlaufen.

Jordan war mit den Nerven am Ende. Sie saß zwischen den Männern am Tisch, die alles daransetzten, sie zu trösten. Caleb streichelte ihren Rücken und murmelte beruhigende Worte, während Lock telefonierte. Was er sagte, kam nicht bei ihr an. Die anderen saßen am Tisch, unterhielten sich leise oder starrten stumm vor sich hin.

Als er das Telefon weglegte, hatte sich eine tiefe Falte zwischen seinen Brauen eingegraben, dennoch schien er zufrieden zu sein.

»Jim faxt uns die Kopie des Wegeprotokolls. Er war ziemlich erschüttert darüber, dass dich jemand angeschwärzt hat, und schwört, dass das nicht von ihm kommt. Er und Felix sind alte Freunde und das Wegerecht wurde bereits für dessen Sohn erteilt. Er sieht keinen Grund dafür, warum er dir nicht gestatten sollte, die Leitungen über seinen Grund zu legen. Wir sind zu klein, um ein echter Konkurrent für sein Unternehmen zu sein.«

Ein Punkt auf ihrer Liste der Probleme, den sie abhaken konnte. Nur nutzte das Dokument rein gar nichts, wenn die Wasserlizenz fehlte.

Müde hob Jordan den Kopf und sah Lock an. »Gibt es eine Chance, dass die Behörden uns auch eine Kopie der Lizenz faxen?«

Sein Mund wurde schmal. Mehr Antwort benötigte sie gar nicht, dennoch sagte Caleb leise: »Pick muss das Original sehen. Beim Wegeprotokoll kann er fünf gerade sein lassen, aber das amtliche Schriftstück unterliegt anderen Voraussetzungen, ähnlich öffentlichen Urkunden.«

Obwohl sie das wusste, fühlte sie, wie etwas in ihr zerbrach. Es ging schon längst nicht mehr um die dämliche Wette mit Boyd. Sie hatte sich mit dem Team angefreundet, Goldfieber hatte sie erfasst und sie wollte diese Sache zu einem guten Ende bringen. Nach so kurzer Zeit zu versagen, tat schrecklich weh.

Nach dem Unfall hatten ihre Eltern befürchtet, sie könne sich für eine Versagerin halten, weil sie ihren Beruf nicht mehr ausüben durfte. Doch das hatte sie nicht getan. Jetzt dagegen, da die Schuld für dieses Desaster auf ihren Schultern lastete, sah die Sache anders aus.

»Wir sollten schlafen gehen. Es war ein langer Tag. Heute richten wir ohnehin nichts mehr aus«, schlug Darren vor. Er und Hank hatten sogar unter Jordans Wohnwagen nach den Unterlagen gesucht und nichts gefunden.

Trotz allem hatte er das Vertrauen in Jordan nicht verloren, obwohl es doch ein Leichtes gewesen wäre, ihr die Schuld an der Situation zu geben, so wie sie es selbst auch tat. Dennoch sah sie in seinen Augen nur warmes Mitgefühl.

Wie die anderen hatte Darren viel zu verlieren, falls er doch keine neue Anstellung fand. Er musste eine Exfrau versorgen, die ihn während eines Einsatzes bei den Marines betrogen und verlassen hatte. Tesla hatte eine zwanzigjährige Tochter, die an der Columbia studierte, und benötigte seinen Anteil für die Studiengebühren. Hank unterstützte seinen Bruder finanziell, der zu krank war, um selbst zu arbeiten. All diese Dinge hatte Jordan in den letzten Wochen erfahren und war von dem Vertrauen, das die Männer ihr damit entgegenbrachten, gerührt gewesen.

Schon allein deshalb verdiente ein jeder von ihnen, dass sie kämpfte. Doch im Augenblick fühlte sie sich vollkommen ausgelaugt.

»Darren hat recht. Hauen wir uns aufs Ohr. Ich werde morgen früh versuchen, meinen Freund beim Umweltamt zu erreichen«, sagte Lock. »Simon schuldet mir noch einen Gefallen. Vielleicht kann er Pick anrufen und das Vorhandensein der Lizenz bestätigen und uns eine Abschrift mittels Kurier übersenden, die wir dann später vorlegen.«

So viel Optimismus. Die Männer verdienten es, dass sie das wenigstens zu würdigen wusste. »Danke. Euch allen. Es ... es tut mir so leid. Ich war mir sicher, dass die Dokumente vollständig sind. Ich ...«

Calebs Griff um ihre Taille verstärkte sich, als er sie an sich zog. Er versuchte, ihr den Halt zu geben, den sie jetzt brauchte. Tesla stand auf und tätschelte ihre Schulter. »Lass dir von einem alten Hasen sagen, Mädchen, dass am Ende immer alles gut wird. Musst nur dran glauben.« Damit verschwand er.
Die anderen folgten langsamer. Jeder von ihnen versicherte Jordan, hinter ihr zu stehen. Caleb sah sie einen Moment länger an, dann lächelte er schief.
»Wenn du mich brauchst, weißt du ja, wo ich bin.«
Sie schluckte. Die Worte steckten wie kantiges Geröll in ihrer Kehle. »Ja, äh, danke ...« Hilflos sah sie zu Lock, der wirkte, als wolle er überall sein, nur nicht hier. Er wich ihrem Blick aus und schien großen Gefallen an der kleinen Mikrowelle entwickelt zu haben.
Caleb nickte ein letztes Mal aufmunternd und ging.
Seltsamerweise fühlte sich Jordan erleichtert, sobald er fort war, und sie fragte sich, was nicht mit ihr stimmte. Caleb hatte nichts getan, was solche Gefühle rechtfertigte.
Lock stellte einen Becher vor sie. »Heiße Milch mit Honig. Danach wirst du einschlafen können.«
Wie bei einem kleinen Kind, dachte sie bitter. Sah er sie etwa so? Sie wusste, dass sie im Augenblick nicht sie selbst war, aber der Tag war anstrengend gewesen, und sie war zu müde für einen Streit, der es eigentlich nicht wert war. »Ich glaube zwar nicht, dass ich heute ein Auge zubekomme, aber trotzdem danke.«
Er setzte sich auf die Tischplatte und stemmte die Füße auf einen Stuhl. »Hör mal, Jordan. Das ist noch kein Weltuntergang.« Seine langen Finger umschlossen seine eigene Tasse, aus der es dampfte. Jordan roch Kaffee. »Wir finden eine Lösung. Tesla hat recht, es geht immer irgendwie weiter.«
Vermutlich stimmte das sogar. »Schon klar. Für heute bin ich einfach fertig«, lachte sie bitter und ballte die Fäuste. Das passte nicht zu ihr. Sie kämpfte und gab erst auf, wenn sie alle Optionen ausgeschöpft hatte.
Im nächsten Moment wurde sie auf die Beine gezogen. Lock umfasste ihre Schultern und schüttelte sie leicht. Seine warmen

Finger brannten durch ihren Pullover hindurch. Schokoladenbraune Augen fixierten sie, sodass sie sich wie ein Kaninchen vorkam, das sich einer Schlange gegenüber fand.

»Dazu hast du auch jedes Recht, aber nicht dazu, dir für irgendwas die Schuld zu geben. Du bist stärker, als jeder von uns anfangs erwartet hat. Ich hab dich da draußen beobachtet. Du bist gegen die Vorurteile dieser Männer – meine Vorurteile – angegangen und hast gewonnen. Du hast dich in unsere Herzen geschlichen und einige von uns haben darum einen echten Stahlpanzer errichtet. Du arbeitest hart, verlangst dir genauso viel ab wie wir anderen, ohne daran zu zerbrechen. Ich schwöre dir, Jordan, noch einen Monat hier auf dem Claim und du lernst sogar kochen!«

Sein Scherz bewirkte, dass sie einen Mundwinkel hob. »Nie im Leben.«

»Doch, Kleines.« Er strich ihr eine Strähne aus der Stirn. »Also bitte, gib jetzt nicht auf den letzten Metern auf, nur weil eine unerwartete Hürde aufgetreten ist. Gib uns nicht auf.«

Uns.

Er meinte damit das Team, trotzdem zuckte Jordan zusammen.

»Okay?« Er schüttelte sie noch einmal sanft.

Ihr Lächeln vertiefte sich. Er hatte ja recht. Wenn sie wegen so einer Lappalie schon aufgab, was tat sie dann, wenn es mal wirklich hart auf hart kam? Sich irgendwo weinend zusammenrollen? Kam gar nicht infrage. Sie nahm die Schultern zurück. »Okay.«

Für einen Moment standen sie so beieinander. Schweigend, zu dicht zusammen, als angemessen sein konnte. Locks Atem streifte ihr Gesicht. Dennoch trat keiner von ihnen den Rückzug an. Jordan dachte an Caleb. Fragte sich, was er wohl dazu sagen würde, doch der Gedanke konnte sich nicht halten, als sie bemerkte, dass Locks Blick auf ihre Lippen fiel. Ihr Herzschlag verdoppelte sich plötzlich.

Lock murmelte etwas, das sie trotz der Nähe nicht verstand, dann stieß er die Luft aus und trat zurück. Mit einer Hand fuhr

er sich durchs Haar.
»Gute Nacht, Jordan.«
»Gute Nacht, Lock.«
Sie sah ihm nach, wie er mit seinem Kaffee nach draußen verschwand, dann starrte sie auf den Becher mit Milch. Vielleicht half sie ja wirklich, dass sie einschlafen konnte. Oder den emotionalen Knoten in ihrer Brust zu entwirren. Wenn nicht, tat sie dennoch gut. Erinnerte es sie doch an ihre Eltern. Die noch immer beunruhigt wegen der Nachricht waren. Nicht einmal die Telefonate der vergangenen Tage hatten daran etwas geändert. Und sollten sie erfahren, was heute hier los gewesen war, würde ihr Vater schneller in einem Flieger sitzen, als Jordan *Alles ist gut* sagen konnte.

Sie verwuschelte sich die Haare und ließ ihre Hände im Nacken liegen. Wo waren die halb nackten Massage-Boys, wenn man sie brauchte?

Sofort tauchten Bilder von Caleb und Lock vor ihr auf. In den Händen hielten sie Palmwedel. Beide Männer lächelten lasziv, nur bekleidet mit weißen Shorts, die nackten Oberkörper eingeölt ...

»Oh Jordan, vielleicht wäre eine kalte Dusche besser als eine heiße Milch«, brummte sie und schüttelte den Kopf.

Sie leerte ihren Becher, stellte ihn in die Spüle und löschte das Licht, ehe sie hinausging.

Die Luft war kühl, aber man merkte bereits die Wärme des Sommers. Es würde noch einige Zeit dauern, bis abends keine Jacken mehr nötig waren, trotzdem war es angenehm.

Jordan atmete tief ein. Diesen würzigen Duft der Natur würde sie vermissen, wenn sie wieder in die Stadt zurückmusste. Sie hatte keine Ahnung, was sie dort tun sollte. Als Stuntfrau zu arbeiten kam nicht mehr infrage.

Vielleicht konnte sie Unterricht geben?

Sie verwarf die Idee sofort wieder. Es gab bereits genug Stuntschulen mit ausreichend Personal. Es war fraglich, ob sie mit ihrer Vorgeschichte überhaupt eine Anstellung dort finden würde. Von einer eigenen Schule zu träumen, grenzte schon an

Größenwahn. Blieb noch der Job bei ihrem Vater. Jordan erschauerte. Es gruselte ihr, sich vorzustellen, tagaus, tagein in einem Büro zu hocken, nachdem sie hier gelernt hatte, was es wirklich bedeutete, frei und ihr eigener Boss zu sein.

Sie schlang die Arme um ihren Oberkörper, als sich die Härchen auf ihrer Haut aufstellten und ihr Nacken prickelte. Sich suchend umblickend musste sie feststellen, dass sie allein war. Vermutlich spielten ihr ihre überreizten Sinne einen Streich. Der Tag war lang, ereignisreich und schrecklich gewesen. Kein Wunder also, dass sie sich plötzlich im Dunkeln fürchtete.

Mit schweren Füßen erklomm sie die drei Stufen zu ihrem Wohnwagen. Endlich ins Bett gehen, sich einkuscheln und versuchen, zu vergessen, was sie morgen erwartete, war eine grandiose Idee.

Die Tür lehnte nur an. Schon wieder. Jordan ärgerte sich über sich selbst. In Hollywood war ihr das nie passiert. Allerdings hatte die Tür ihres dortigen Wohnwagens auch nie geklemmt.

Sie warf sie hinter sich ins Schloss und versicherte sich, dass sie nicht wieder aufschwang. Erst dann ließ sie sich auf die Matratze fallen. Das Chaos ringsum, das von ihrer Suchaktion herrührte, ignorierte sie. Genauso wie die Tatsache, dass ihre Kleidung schmutzig war. Selbst der Ölfleck, der noch immer ihre Wange zierte, war bedeutungslos, als sie aufs Bett sank.

Nur die Gedanken an die morgige Schließung raubten ihr den Verstand. Wie junge Hunde tobten sie durch ihren Kopf, und wenn Jordan sie beiseiteschob, tauchte das verruchte Bild von Lock und Caleb mit den Palmwedeln wieder auf. Nur das keiner der Jungs diesmal seine Shorts trug.

Frustriert stöhnte sie auf und drückte sich das Kissen aufs Gesicht. Sie strampelte mit den Beinen und schrie in das Polster, um ihrer inneren Anspannung Herr zu werden.

Es half. Ein wenig.

Um endlich einschlafen zu können, bediente sie sich einer Meditationstechnik, die sie bei einem ihrer Kampfsportlehrer gelernt hatte. Zwang sich dazu, ruhig zu atmen, loszulassen und ihre Gedanken auf das reine Nichts zu fokussieren.

Als sie schließlich in einen unruhigen Schlaf fiel, verfolgte Anderson Pick sie trotzdem mit seinem Notizblock. Er schrie Dinge wie *Verrat* und *Betrug*, während sie über Berge von Gold kletterte, das unter ihr flüssig wurde und sich schließlich wie Schlingen um ihre Füße wand, um sie in eine bodenlose Tiefe zu zerren. Über ihr standen Caleb und Lock. Sie lachten sie aus. Ihre Augen leuchteten dunkelrot und die Farnwedel verwandelten sich in Schaufeln. Als sie ausholten, um die Fesseln aus Gold damit zu zerschlagen, wachte Jordan auf.

Sie atmete schwer und kämpfte gegen einen Schrei an. Es dauerte einen Moment, bis sie begriff, wo sie sich befand. Das hier war ihr Reich; ihre vier Wände. Alaska. *Ain't all Silver*. Alles war gut.

Das gleichmäßige Klappern von Holz auf Holz erfüllte den Wohnwagen. Ein Bär dröhnte in der Nähe. Das Brummen des Kompressors hing in der Luft.

Jordan setzte sich auf, schob das Kissen beiseite und strampelte die vollkommen zerknautschte Bettwäsche fort. Da ihr Herz immer noch von dem Traum raste, versuchte sie, es durch tiefes Atmen zu beruhigen und eine bequemere Position zu finden.

Ihr rechter Fuß war eingeschlafen. Sie musste ihn irgendwie eingeklemmt haben, und da sie noch die Arbeitsschuhe trug, konnte zudem das Blut nicht richtig zirkulieren. Murrend machte sie sich daran, die Schnürung zu lösen. Beinah sofort nach dem Ausziehen setzte ein unangenehmes Kribbeln in ihren Füßen ein, die Jordan massierte, um dem unerträglichen Gefühl entgegenzuwirken.

Nachdem es besser geworden war, ließ sie sich auf den Rücken fallen und starrte zur Decke. Eine Platte hatte sich gelöst und aufgerollt und ein dunkler Fleck zierte eine Stelle links davon.

Nur langsam beruhigte sich auch ihr Herzschlag wieder. Sie rieb sich mehrmals über die Augen, um das Brennen durch das An-die-Decke-Starren im Dunkeln zu vertreiben. Es half nur wenig. Leider war jetzt auch das winzige bisschen Müdigkeit dahin, weswegen sie nach ihrem Mobiltelefon tastete, um zu sehen, wie spät es war.

Vielleicht hatte sie ja Glück, und es war bereits wieder Zeit aufzustehen. Oder Unglück, je nachdem, wie man es sehen wollte. Sie suchte im Bett, auf dem kleinen Brett neben der Koje und auf dem Boden, fand das Gerät aber nicht.

Klack. Klack. Klack.

Das Geräusch des schlagenden Holzes nervte sie. Vielleicht hatte sich irgendetwas gelöst und wurde nun vom Wind bewegt. Wenn sie ohnehin aufstand, konnte sie das Problem vielleicht mittels Festbinden beseitigen. Sie stand auf und blieb gleich wie angewurzelt stehen. Die Tür des Wohnwagens stand schon wieder offen, dabei hatte sie sie dieses Mal definitiv geschlossen.

Finger aus Eis griffen nach ihr, tasteten über ihr Rückgrat und ließen das Blut in ihre Füße sacken.

Auf dem Boden lag eine zerbrochene Schaufel.

Entsetzen füllte Jordans Magen mit Blei. Sie schluckte mehrfach, wollte einen Schrei hervorwürgen, der die Männer alarmierte, doch heraus kam nur ein heiseres Krächzen. Die Beine gaben unter ihr nach, und sie sackte mit einem dumpfen Laut auf den Boden. Knieend fühlte sie das Rauschen in ihren Ohren fast körperlich, während sie einen Arm ausstreckte, um das Holz zu berühren.

Vielleicht schlief sie ja noch? Womöglich entpuppte sich dieser schlechte Scherz nur als ein Albtraum, eine Irrung ihrer Fantasie.

Doch als ihre Finger die scharfe Bruchkante am Holzgriff berührten, konnte sie diesen Glauben nicht mehr aufrechterhalten. Die zerbrochene Schaufel war echt. Jordan wich zurück. Fort von der Drohung, die im Grunde alles bedeuten konnte – von *Ich werde dich zerbrechen* bis *Du bist tot.*

Zum ersten Mal in ihrem Leben fürchtete sich Jordan wirklich. Das hier war nicht zu vergleichen mit einem Bungee-Sprung von einer Brücke oder einem Überschlag mit einem

Fahrzeug. Ein Hieb in den Unterleib hatte nicht dieselben fatalen Auswirkungen wie der Anblick des zerborstenen Werkzeugs. Wer auch immer dahintersteckte, hasste sie offenbar. Der Anruf, die verschwundenen Papiere, die Schaufel, alles deutete darauf hin, dass jemand sie beobachtete und von hier forthaben wollte.

Plötzlich klebte ihr Pullover wie eine zweite Haut an ihrem Körper. Er engte sie ein, schürte ihre Panik. Sie stieß einen verzweifelten Laut aus und riss am unteren Saum, um ihn auszuziehen. Sonst würde sie ersticken. Sie zerrte am Stoff ungeachtet dessen, dass er reißen konnte. Als sie ihn über den Kopf zog, für einen Moment vollkommen blind ihrer Umgebung ausgeliefert, glaubte sie zu fühlen, wie jemand über ihren nackten Bauch strich.

Dann endlich lag der Pullover in einer Ecke. Hektisch sah sie sich um. Ihr Atem – nur noch ein hohes Pfeifen.

Sie war allein.

Nur die Schaufel blieb als Beweis, dass sie nicht träumte.

Jordan sprang auf, suchte fieberhaft nach dem Smartphone und fand es auf dem Tisch neben der Wasserflasche. Auch wenn sie hier keinen Empfang haben würde, presste sie das Gerät an die Brust wie ein kleines Kind seinen Teddybären.

Sie wusste, dass sie hier wegmusste. Am besten hinüber zu Lock und Caleb. Es war ihr egal, dass sie halb nackt herumrannte. Die beiden würden es verstehen. Sie hielt es hier keine Sekunde länger aus. Trotzdem entfernte sie erst die Tastensperre, um auf dem Display zu sehen, wie spät oder früh es tatsächlich war.

Das Fenster für SMS war geöffnet. Der Cursor blinkte im Textfeld, auf dem stand: *Du bist wunderschön, wenn du schläfst.*

15. Kapitel

Jordan saß zitternd im Dunkeln. Sie fror, doch die Kälte im Wohnwagen war nichts im Vergleich zu dem Eis in ihrer Brust. Sie wurde gestalkt. Daran gab es keinerlei Zweifel mehr. Fragen, wie sie reagieren, was sie tun sollte, schossen durch ihren Kopf. Antworten fand sie keine. Die Polizei zu rufen, war sinnlos. Sie befanden sich hier zu weit ab vom Schuss. Man würde ihr lediglich raten, ihr Team auszutauschen oder wieder nach Hause zu fahren. Ihre Leute einzuweihen, fiel auch weg. Wem konnte sie denn trauen?

Lock. Er hatte bereits bewiesen, dass er nicht der ominöse Anrufer sein konnte. Wobei, im Grunde hatte er nur bewiesen, nicht Jordans Telefon benutzt zu haben. Und Caleb? Sie wusste noch immer nicht, ob er wirklich nur sein Mobiltelefon besaß. Genauso gut war es möglich, dass es mit einer Satellitenfunktion ausgestattet war, was ihm ermöglichte, von jedem Ort aus zu telefonieren.

Wie sie es auch drehte und wendete, sie hatte ein Problem. Die zerborstene Schaufel stellte eine offene Drohung dar.

»Jordan?« Locks Ruf holte sie aus ihren Gedanken.

Ängstlich sah sie zur Tür, als er den Kopf hereinsteckte. Er betätigte den Schalter und sofort wurde die Szenerie in kaltes Licht getaucht.

»Was zum ...? Jordan!« Er kam mit einem Satz in den Wohnwagen gesprungen und sank vor ihr auf die Knie. Er tastete sie ab, suchte nach einer Verletzung. Vielleicht, weil sie nicht auf seine Fragen reagierte. »Komm schon, Kleines, rede mit mir! Was ist passiert? Warum sitzt du im Dunkeln, noch dazu halb nackt? Und was ist mit der Schaufel? Hast du die Tür nicht aufbekommen und sie als Hebel benutzt? Hast du dich dabei verletzt?«

»I-ich ...« Ihre Zähne schlugen klappernd aufeinander.

»Scheiße, du bist eiskalt!« Ohne lang nachzudenken, zog er sein T-Shirt über den Kopf. Er stülpte es ihr über, was sie ohne Reaktion über sich ergehen ließ.

Sein Duft und seine Wärme hüllten sie ein. Geborgenheit vertrieb die Angst und nach einigen Minuten entspannte sie sich so weit, dass sie Lock ansehen konnte. Da war keine Bösartigkeit oder Berechnung in seinem Gesicht. Aber sie könnte sich irren. Taten Stalker das nicht? Ihre Opfer in Todesangst versetzen, um sie anschließend als Retter in der Not zu beeindrucken?

»W-wo ist C-Caleb?«

»Er schläft noch. Sagst du mir jetzt, was los ist?«

»Was machst du hier?«

»Ich habe etwas gehört und bin aufgewacht. Ich dachte, es stimmt etwas mit der Pumpe nicht. Als ich rausging, um nachzusehen, bemerkte ich die offene Tür.« Seine Brauen bildeten einen geraden Strich, als er ihr sanft in den Nacken fasste und damit zwang, ihm nicht länger auszuweichen. »Sag es mir, Jordan.«

Sie begann wieder zu zittern. Er bemerkte es und schien zu begreifen, dass jetzt nicht der richtige Zeitpunkt für einen Streit war. Stattdessen zog er sie an sich und wiegte sie wie ein kleines Kind. Dabei murmelte er belanglose Worte und trotz des bösen Verdachts, er könne die Situation für sich nutzen, fühlte Jordan, wie die Spannung langsam aus ihrem Körper wich. Sie vertraute Lock.

Um ihn nicht ansehen zu müssen, drückte sie ihre Stirn gegen seine Brust. Er roch nach Schlaf, ein wenig Schweiß und nach Mann. Düfte, die einer Frau ohne emotionale Schieflage schon gefährlich werden konnten.

»Geht es wieder?«, fragte er leise.

»Hm.« Sie wollte nicht weg aus seiner Umarmung. Gleichzeitig wusste sie aber, dass sie nicht ewig so dasitzen konnten. »Ich ...« Sie musste tief Luft holen, ehe sie den Mut fand, nach dem Mobiltelefon zu tasten. Sie hatte es fallen gelassen, nachdem sie die Nachricht gelesen hatte. Wortlos reichte sie es Lock, der nur eine Hand ausstreckte, um es ihr abzunehmen. Mit dem anderen Arm hielt er sie weiter fest.

»Was ist das?«

»Eine Textnachricht.«

»Das sehe ich. Was ist daran so schlimm?«

Es kostete Jordan jedes Quäntchen Kraft, es auszusprechen. »Das hat jemand heute Nacht auf meinem Mobiltelefon getippt, Lock. Ich war das nicht. Ich wachte auf ... Da war ein Geräusch. Die Tür stand offen, obwohl ich sie definitiv geschlossen hatte. Ich sah die Schaufel und bekam Angst – und als ich nach dem Mobiltelefon griff ...« Die Worte gingen ihr aus. Einfach so, als ob jemand einen Schalter umgelegt hatte.

»Könnte es Caleb gewesen sein?« Natürlich musste Lock auf das Naheliegende kommen.

Jordan schüttelte dennoch den Kopf. »Nein. Die SMS vielleicht. Aber ...«

Er fuhr sich durchs Haar. »Du hast recht. Entschuldige. Hast du sonst jemanden in Verdacht?«

Sie zögerte. Sollte sie ihm sagen, dass es im Grunde jeder gewesen sein könnte? Das schloss ihn mit ein.

Seine Miene versteinerte. »Ich war es nicht, Jordan. Ich dachte, du hättest verstanden, dass du mir vertrauen kannst.«

Die Hilflosigkeit, die sie übermannte, hinderte sie daran, ihm zuzustimmen. Er schnalzte mit der Zunge und zog sich zurück. Er stand auf und setzte sich auf die Klappbank. Er sah müde aus. Allerdings nicht, als ob ihm Schlaf fehlte. Eher resigniert. Er schluckte mehrfach. Seine Lippen öffneten sich, doch kein Wort kam heraus.

Schließlich stand auch Jordan auf. Langsam lief sie an der kaputten Schaufel vorbei und drängte sich neben Lock auf die Bank. Ihre Schenkel berührten sich. Wieder war da dieses Gefühl von Wärme und Vertrautheit, das sie nicht erklären konnte. Das sie seit ihrer Ankunft hier fühlte, wenn sie in seiner Nähe war, und das sie verdrängte, weil es ihr in gewisser Weise Angst machte.

»Ich ...« Sie leckte sich über die Lippen. »Ich kann im Augenblick nicht rational denken, Lock. Das ist alles zu viel.«

Er schwieg.

»Morgen kommt Pick wieder und schließt die Mine, dann ist

ohnehin alles zu Ende. Ich werde niemanden offen verdächtigen, aber ... ja, mir kam der Gedanke, du könntest es doch gewesen sein.« Mit jedem Satz kehrte ihre innere Stärke zurück. »Ein Stalker würde doch versuchen wollen, mir näher zu kommen, und mich nicht nur bedrohen. Aber das bist nicht du, Lock.« Sie legte eine Hand auf seinen Arm und lehnte sich an ihn, bis ihr Kopf an seiner Schulter ruhte. »Jemand, der sich so rührend wie du um seine Schwester kümmert, dem Familie über alles geht, würde nicht diese grausamen Dinge tun. Da bin ich mir vollkommen sicher. Du bist ein Freund. Ich vertraue dir.«

Das tat sie tatsächlich. Während sie es aussprach, wurde es zur Gewissheit. Lock konnte sie vertrauen. »Willst du nichts dazu sagen?«

Er legte das Mobiltelefon weg, das Display nach unten, als ob es dabei helfen würde, den Schrecken, der sich dort verbarg, zu vertreiben. Dann drehte er sich zur Seite, sodass sich Jordan aufrecht hinsetzen musste, um nicht gänzlich gegen ihn zu fallen.

In seinen Augen blitzte Schmerz auf. So schnell, dass sie schon glaubte, sich getäuscht zu haben. Dann nahm Jordan noch etwas anderes wahr. Etwas, das tiefer ging, auch wenn er versuchte, es vor ihr zu verbergen. Lock beugte sich vor, und augenblicklich begann Jordans Herz, wie wild zu klopfen. Sie wich erschrocken ein Stück zurück.

Er verzog den Mund. »Du vertraust mir, ja?« Er lachte bitter. »Vielleicht aber auch nicht.«

»Lock ...«

»Lass gut sein, Jordan. Die Situation ist schlimm genug. Auch wenn ich nicht glaube, dass es jemand von unseren Leuten war, solltest du nicht mehr allein schlafen. Ich bringe dich rüber zu Caleb und bleibe heute Nacht hier.« Er nickte zum Mobiltelefon. »Wer immer das getan hat, konnte dich im Schlaf beobachten und wird bestimmt nicht sehr begeistert sein, wenn ich in deinem Bett liege. Ab morgen bleibt Caleb dann bei dir.«

Damit schien alles gesagt. Jordan bekam nicht mehr die Gelegenheit, ihm, was das Vertrauen anging, zu widersprechen.

Er drängte sie von der Bank und hob sie einfach hoch.
»Was ...?«
»Du hast keine Schuhe an. Ich trage dich schnell rüber und stell sie dann vor die Tür.«
»Lock, warte!«
»Was noch Jordan? Es ist spät, wir sind beide beunruhigt, können wir nicht morgen darüber sprechen?« Er knurrte fast, sie spürte die Vibration unter ihren Fingern, die direkt über seinem Herzen lagen.

Doch diesmal ließ Jordan ihren Gedanken keinen Raum für Zweifel. Sie schob ihre Hände in seinen Nacken und küsste Lock.

Sein Griff wurde fester, seine Schultern ganz steif, bis Jordan ihm sacht über die Lippen leckte. Mit einem Stöhnen öffnete er den Mund und erwiderte ihren Kuss. Seine Zunge erforschte ihren Mund und sandte gleichzeitig heiße Schauer über Jordans Körper. Sie seufzte leise, schmiegte sich dichter an ihn, um jede seiner Reaktionen wahrzunehmen.

Als sie sich schließlich voneinander lösten, legte Lock seine Stirn an ihre. Sie standen immer noch inmitten des Wohnwagens, die Gefahr bestand weiterhin – und doch hatte sich einfach alles verändert.

»Was machst du nur mit mir, Jordan?«

Sie wusste es ja selbst nicht wirklich. Nur dass es sich richtig anfühlte. Hier. Jetzt. Sie wollte Lock nah sein, ihn festhalten. Mehr, als sie Caleb je gewollt hatte. Vergessen waren ihre Bedenken, nicht wieder auf einen Mann hereinfallen zu wollen.

»Das Gleiche wie du mit mir, schätze ich«, flüsterte sie.

Sie wollte diesen Moment nicht zerreden, weil es nur die Realität zurückbrachte.

»Scheint, als stecken wir beide in Schwierigkeiten.« Er atmete tief ein, sodass sich sein Brustkorb hob. »Für heute sollten wir es dabei belassen, auch wenn ich, verdammt noch mal, gern mehr tun möchte. Das war genug Aufregung für einen Tag.«

Er ließ ihr keine Wahl, sondern stapfte einfach über die zerstörte Schaufel hinweg nach draußen. Jordan konnte sich nur noch an ihm festhalten und abwarten, wenn sie nicht das gesamte Lager wecken wollte. Umständlich erklomm er die Stufen des anderen Wohnwagens, bei dem die Tür ebenfalls offen stand.

Caleb lag in seiner Koje und schnarchte leise. Er bemerkte nicht einmal, dass Lock Jordan in das freie Bett legte, selbst, als er sie zudeckte und ihr noch einmal mit dem Rücken seines Zeigefingers über die Wange strich. Seine Geste enthielt so viel bittersüße Zärtlichkeit, dass sich ihr Magen zusammenzog.

»Versuch zu schlafen. Hier bist du sicher.« Er wandte sich ab, aber es gelang ihr, sein Handgelenk noch einmal einzufangen.

»Danke, und Lock ...?«

»Ja?«

»Wegen des Kusses ...«

»Schon gut. Wir reden morgen. Gute Nacht.«

Dann war er fort – und Jordan mit ihren Gedanken allein.

Sie lauschte auf Calebs Schnarchen, versuchte erneut, sich einen Reim auf alles zu machen. Schließlich gab sie ihre Versuche, wach zu bleiben, auf, kuschelte sich in Locks Bettzeug und überließ sich dem Schlaf.

*

Mit einem mulmigen Gefühl im Bauch betrat Jordan kurz nach Sonnenaufgang ihren Wohnwagen. Von Lock fehlte jede Spur. Sie trug noch immer sein T-Shirt und wollte sich umziehen, ehe einer der Männer auf dumme Gedanken kam. Zum Glück schlief Caleb weiter den Schlaf der Gerechten, sodass er von alledem nichts mitbekommen hatte.

Wie versprochen hatte Lock ihre Stiefel auf der Treppe vor dem Wohnwagen abgestellt. Er war sogar so aufmerksam gewesen, ein Paar Socken hineinzustopfen. Das Gefühl, das Jordan überkam, als sie sich vorstellte, wie er in ihrer Wäsche herumwühlte, war seltsamerweise nicht Ärger oder Scham, sondern aufrichtige Dankbarkeit. Die sich vertiefte, als sie bemerkte, dass die zerborstene Schaufel fort war. Offenbar hatte er sie entsorgt.

Rasch schnappte sich Jordan ihren Kulturbeutel, eine halbwegs saubere Jeans und einen der obligatorischen Kapuzenpullis und lief damit zur Hütte. Eine schnelle Dusche musste für heute genügen.

Im Inneren brannte kein Licht. Jordan musste es erst einschalten, um für Helligkeit zu sorgen. Von dunklen Räumen hatte sie erst mal genug. Dann ging sie im Laufschritt zur Badezimmertür, zog sie auf und erstarrte einmal mehr.

Lock stand dieses Mal vollkommen nackt vor ihr. Er hatte ihr den Rücken zugedreht und sich leicht nach vorn gebeugt, um seine Haare trocken zu rubbeln. Er bemerkte sie nicht.

Jordan nutzte die Gelegenheit, ihn ausgiebig zu mustern. Schon mit freiem Oberkörper machte er einiges her, den Rest seines Körpers musste er allerdings auch nicht verstecken. Muskulöse Schenkel, feste Waden unter gebräunter Haut luden förmlich dazu ein, jeden Zentimeter mit dem Mund zu erforschen. Von dem knackigen Po ganz zu schweigen.

Das Handtuch noch immer über dem Kopf, drehte sich Lock etwas zur Seite, wodurch Jordan ein Blick auf seinen Penis gewährt wurde. Ihr Mund wurde trocken, und eine ganze Reihe unanständiger Gedanken kamen ihr in den Sinn.

Als heiße Röte in Jordans Wangen schoss, machte sie auf dem Absatz kehrt, schloss die Tür so leise, wie es ihr möglich war, und hockte sich an den Tisch. Ihre Finger zitterten.

»Warum hat er kein Licht gemacht?«, murmelte sie zu sich selbst und bemühte sich darum, nicht ständig zur Badezimmertür zu sehen. Es würde schwer genug werden, so zu tun, als sei alles in Ordnung. Sie presste sich die Handballen auf die Augen, um das Bild zu vertreiben, das sich auf ihrer Netzhaut eingebrannt zu haben schien.

In dem Augenblick kam Lock heraus. Als er sie entdeckte, verharrte er kurz im Schritt. Jordan hörte es daran, dass das Knarren der Bodendielen abrupt endete.

»Jordan?«

Sie räusperte sich und sah auf. Wenigstens trug er eine Jeans, wenngleich diese viel zu tief auf seinen Hüften saß und sein Oberkörper noch immer unbedeckt war. »Oh, hey. Bist du fertig?« Wenn sie so tat, als sei nichts geschehen, würde er nicht fragen.

»Geht es dir gut? Du wirkst, als hättest du Fieber. Hat dich die Sache von gestern so mitgenommen?«

Nicht nur das, dachte Jordan und befeuchtete sich die Lippen. Nach dem Anblick eben sehnte sie sich nach einem weiteren Kuss und mehr. Zum Glück sah Lock es nicht, denn er zog sich gerade seinen Pullover über.

»J-ja, das war ...« Sie fuchtelte mit einer Hand vor ihrem Gesicht herum. Als sie bemerkte, wie idiotisch sie sich aufführte, nahm sie sie wieder herunter. »Ich, also, ich wollte ins Bad.«

»Kein Problem, ich hab ohnehin noch einiges zu tun.« Kein Wort zu dem Kuss oder dem, was gestern zwischen ihnen vorgefallen war. Jordan wusste nicht, ob sie lachen oder weinen sollte.

Er trat einen Schritt beiseite, damit sie ins Bad konnte, und der Moment, über letzte Nacht zu sprechen, war vorbei. Sie sprang auf, als wären tausend Höllenhunde hinter ihr her und lief an ihm vorbei, ehe sie die Tür hinter sich schloss und dagegen lehnte.

Tief einatmend versuchte sie, sich zu beruhigen. Nichts hier drin ließ darauf schließen, dass Jordan soeben einen nackten Mann beobachtet hatte, trotzdem beeilte sie sich mit ihrer Wäsche. Sobald sie fertig war, schlüpfte sie in ihre Kleider und eilte hinaus. Der Hauptraum war leer, was sie abrupt innehalten ließ.

Über sich selbst den Kopf schüttelnd lief sie zurück zum Wohnwagen, wo Lock an ihrer Tür hantierte.

»He, was machst du denn da?«

Er sah nicht einmal auf. »Ich repariere das Türschloss. Der Schnapper ist verbogen. Ich hab es gleich.«

Es dauerte keine fünf Minuten, da richtete er sich auf und nickte zufrieden. »Wenn du abschließt, sollte jetzt niemand mehr hineinkönnen. Achte einfach darauf, ihn auch tagsüber abzuschließen. Sicher ist sicher.«

So viel dazu, dass an diesem Ort alle Türen offen blieben. Jordan erkannte zwar die Notwendigkeit, aber sie gefiel ihr nicht. »Danke.«

»Jederzeit. Es ist übrigens großartig, dass du die fehlenden Papiere doch noch gefunden hast.«

Seine wie nebenbei dahingeworfenen Worte ließen sämtliche Haare auf ihrem Körper zu Berge stehen. Sie konnte fühlen, wie jedwede Farbe aus ihren Wangen wich, und der Boden schlug plötzlich Wellen, sodass ihr schwindelig wurde. Um nicht umzufallen, streckte sie die Hand nach dem Wohnwagen aus.

»Wie bitte?«

»Jordan? Hey, was ist los?« Lock nahm sie am Arm und sah sie besorgt an.

Nicht schon wieder, war alles, woran sie denken konnte. Und langsam packte sie die Wut. Wer auch immer sie hier fertigmachen wollte, würde nicht gewinnen, verdammt. Sie ballte die Fäuste.

»Nicht mit mir!«

Caleb, der hinzugekommen war, sah verwundert von einem zum andern. »Was ist denn los?«

»Keine Ahnung, ich habe nur gesagt, dass ich mich freue, dass die Wasserlizenz doch noch ...« Schon während er sprach, verzog Lock das Gesicht. Er sah Jordan an. »Du hast sie nicht auf den Tisch in der Hütte gelegt, oder?«

Vor Wut konnte Jordan nur den Kopf schütteln.

»Verdammt. Es tut mir leid, Jordan, ich dachte ...« Er fuhr sich durchs Haar. »Ich hätte es eigentlich wissen müssen. Du hättest es mir heute Morgen sofort erzählt. Das muss *er* gewesen sein.«

Caleb sah verwirrt von einem zum anderen. »Wer, er?«

Jordan überließ es Lock, die Sache zu erklären. Für den Moment hatte sie genug damit zu tun, sich so weit zu beruhigen, dass sie sich wieder wie ein normaler Mensch benehmen konnte.

Die Papiere waren wieder aufgetaucht. Sehr gut. Trotzdem

änderte es nichts daran, dass es da draußen noch immer jemanden gab, der versuchte, sie zu zermürben. Sie blendete das leise Gespräch der Männer aus. Nur als Caleb ihren Arm packte, gab sie einen protestierenden Laut von sich.
»'tschuldige, Baby, ich wollte dir nicht wehtun.«
»Schon gut«, murmelte sie. Der leichte Schmerz half ihr dabei, sich zu sammeln.
»Nein, nichts ist gut. Wenn ich dieses Schwein erwische, breche ich ihm den Hals und versenke ihn in einer der Gruben!«
»Stell dich hinten an«, knurrte Lock.
Seine Reaktion veranlasste Jordan, den Blick zu heben. Er wirkte wütend. Seine Augen loderten vor unterdrücktem Feuer.
»Niemand bricht einem anderen den Hals. Ich werde mich von diesem Mistkerl nicht kleinkriegen lassen.« Sie richtete sich auf und sah erst Caleb, dann Lock fest an. »Bringen wir erst einmal die Geschichte mit Pick in Ordnung. Dann werden wir uns einen Plan überlegen, wie wir dieses Schwein schnappen. Ich kann und will nicht glauben, dass es einer aus dem Team war, andererseits bleiben wohl kaum viele Alternativen.« Es kostete sie einige Mühe, ihre Stimme neutral zu halten. Ihr Innerstes glich einer Vulkanlandschaft, bei der die kleinste Reibung oder Erschütterung genügte, um eine Katastrophe herbeizuführen.
Lock verzog das Gesicht. »Es tut mir leid. Das alles ist meine Schuld. Ich hab das Team zusammengestellt ...«
»Zu dem auch ich gehöre.« Caleb schlug seinem Freund kameradschaftlich auf den Rücken. »Ich wüsste auch nicht, welchem der Männer ein solches Verhalten zuzutrauen wäre. Immerhin, sie haben alle geholfen, nach den Papieren zu suchen. Weshalb sollten sie das tun, wenn einer von ihnen die ganze Zeit wusste, wo sie sich befanden?«
Jordan und Lock wechselten einen Blick. Die Antwort auf diese Frage hatte Jordan ihm vergangene Nacht noch vorgehalten.
»Vergessen wir das jetzt erst einmal. Wir müssen uns um Pick kümmern.« Jordan räusperte sich. »Lock, nimm die Papiere an dich. Alle. Verstau sie an einem Ort, den nur du kennst, wäh-

rend wir mit den anderen frühstücken. Dann kann dir niemand heimlich folgen und uns noch einmal Scherereien machen.«
»Geht klar.«
»Caleb, du und ich müssen so tun, als sei alles in bester Ordnung. Ich werde diesem Schwein nicht noch die Genugtuung geben, ihm zu zeigen, dass er mir Angst gemacht hat.«
Stolz blitzte in Locks Augen auf, Caleb wirkte skeptisch. »Bist du dir sicher?«
Sie wischte seinen Versuch, es ihr auszureden, mit einer entschiedenen Handbewegung beiseite. »Ganz sicher. Lasst uns an die Arbeit gehen.«

16. Kapitel

Beim Frühstück beobachtete Jordan die Männer misstrauisch. Verhielt sich jemand verdächtig? Sie konnte es nicht erkennen. Darren und Hank unterhielten sich leise, während sie sich löffelweise Cornflakes in den Mund schaufelten. Nicht besonders appetitlich, aber kein Verbrechen. Tesla las in der Bedienungsanleitung des Jigs und wurde prompt dafür von Ulf ausgelacht.

»Warum machst du das, Tesla? Wir werden ohnehin schließen.«

Ihn konnte sie also auch ausschließen. Wer immer hinter der ganzen Sache steckte, wusste, dass die Papiere wieder aufgetaucht waren.

»Junge, ich lese, was ich will, wann ich will. Und erst, wenn der verfluchte Inspektor den Laden dichtmacht, packe ich meine Sachen. Keine Sekunde früher.« Er lugte über seine Lektüre zu Jordan. »Unser Mädchen hier wird schon eine Lösung finden.«

»Hoffe ich auch«, brummte Darren, und Hank nickte.

Je mehr Jordan darüber nachdachte, desto weniger konnte sie sich vorstellen, dass einer dieser Kerle sie sabotierte. Sie schnitten sich damit ins eigene Fleisch.

Dafür bemerkte sie, wie Hanks Blick einen Moment länger auf ihr liegen blieb, bevor er ihn hastig abwandte. Das wiederum weckte ihr Misstrauen. Er hatte versucht, sich ihr aufzudrängen. War es möglich, dass er sie jetzt zu ärgern versuchte, indem er ihr diese Streiche spielte? Er war der Jüngste im Team, aber so dumm konnte er doch nicht sein. Er musste wissen, dass Lock ihn nie wieder einsetzen würde, käme ein solches Verhalten heraus.

Jordan schwirrte der Kopf und hinter ihrer Stirn begann ein Pochen. Sie stand auf und nahm sich einen weiteren Becher Kaffee. Während sie trank, lehnte sie an der Küchenzeile, den Blick ins Leere gerichtet.

»Jordan?«

Überrascht sah sie auf und blickte direkt in Hanks schuldbewusstes Gesicht. Augenblicklich schlug ihr Herz schneller. »Ja?«

»Ich, äh, also ...«, druckste er herum und trat von einem Fuß auf den anderen. Obwohl er gerade eben noch beim Frühstück gesessen hatte, war sein Gesicht schon verdreckt, sodass die kleine Narbe unter der Schmutzschicht verschwand.

Jordan schob die Brauen zusammen. »Was?«

»Also, ich weiß ja, dass das alles gerade sehr dumm läuft und so ...« Er fuhr sich mit einer Hand durchs Haar. Dabei vergaß er die Kappe, die hinter ihm auf den Boden fiel. Er bemerkte es nicht einmal. »Na, also falls du die Mine schließen musst, wäre es ... also würdest du bitte Lock nicht erzählen, dass ich versucht habe, dich zu küssen? Es tut mir wirklich leid, wie ich mich benommen habe. Und ... also ich brauch den Job, und wenn *Ain't all Silver* schließt, muss ich mir etwas Neues suchen. Ohne Lock bekomme ich aber keine Anstellung. Verstehst du?«

Das tat sie. Die Spannung wich aus Jordans Schultern. Nein, Hank besaß nicht den Mumm für die nächtliche Aktion. Er hatte sie geküsst, sie belästigt, ja, und jetzt schämte er sich dafür. Seine Entschuldigung kam zwar nur halbherzig versteckt zwischen seiner Bitte, aber Jordan glaubte ihm. Was es für sie nicht einfacher machte, mit der Situation umzugehen.

Sie wedelte mit der Hand. »Schon gut, ich sag es ihm nicht.«

Er atmete erleichtert auf. »Danke.«

»Dafür solltest du mir nicht danken, Hank. Das, was du da abgezogen hast, tut man nicht. Ich hätte dich auch beim ersten Mal rauswerfen können. Du hattest einfach Glück, dass ich zu gutmütig bin.« Sie hob die Kaffeetasse, um einen Schluck zu nehmen, als ihr sein seltsamer Blick auffiel. »Noch etwas?«

»Äh, nein. Danke, Jordan.« Er drehte sich auf dem Absatz um und bückte sich nach seiner Kappe, während er gleichzeitig nach Ulf rief. Dann stürmte er hinaus.

Die übrigen Männer folgten langsamer. Jordan hatte gestern schon beschlossen, die Mine so lang am Laufen zu halten, bis Pick sie schloss. Mit den aufgetauchten Papieren bestand dazu kein Anlass mehr. Dem Team würde sie es jedoch erst dann

mitteilen, wenn Pick offiziell bestätigt hatte, dass alles in Ordnung war.
Caleb trat zu ihr. »Alles klar?«
»Ja schon.«
»Was wollte Hank denn?«
»Nichts Besonderes. Wir hatten eine Kleinigkeit zu klären. Was steht für heute an?«
Ihr Themenwechsel mochte nicht besonders subtil sein, aber sie hatte einfach keine Lust, länger über Hanks Eskapaden oder weitere Angriffe nachzudenken. Für den Moment wollte sie einfach ihre Ruhe haben.
»Tesla repariert den Kettendozer, was nicht schlimm ist, wir haben genug Material angehäuft, um weiter schürfen zu können. Er braucht allerdings Hilfe dabei. Die Kette muss runter, das heißt, Darren und ich arbeiten mit ihm daran, den Dozer wieder flottzumachen. Kannst du die Beschickung der Waschanlage übernehmen?«
»Klar.« Die Aufgabe würde sie hoffentlich davon ablenken, weiter über die vergangene Nacht nachzugrübeln. Oder die Dinge, die sie gesehen und gefühlt hatte, die mit Lock in Verbindung standen und nicht in ihr wohlgeordnetes Weltbild passten.
»Gut. Bis Pick kommt, dauert es noch eine Weile. Wir sollten die Zeit nutzen.« Er drückte ihr einen Kuss auf die Stirn und ging hinaus.
Jordan kümmerte sich zunächst um den Abwasch. Doch sie war nicht ganz bei der Sache und verbrannte sich im heißen Wasser die Finger. »Verdammt noch mal!«
Ein Lachen wehte von der Tür zu ihr herüber. Sie wirbelte herum und ließ dabei einen Teller fallen, der in tausend Scherben zersprang.
»Lach nicht, Lock! Hilf mir lieber!«, rief sie und bückte sich schon nach den Stücken.
Im nächsten Moment wurde sie festgehalten. »Nicht, du wirst dich noch schneiden.«
»Ich bin kein kleines Kind mehr!«

»Nein«, stimmte Lock zu, »aber genauso bockig wie eins. Sieh dir deine Hände an. Du hast dich bereits verbrüht. Zudem sind deine Finger nass. Du wirst dich nur schneiden und dann fällst du ganz aus.«

»Hör auf, so elend vernünftig zu sein«, maulte sie und wischte sich die Finger an der Hose ab.

»Einer von uns muss es ja sein.«

Ihr Schnauben wurde mit einem Grinsen quittiert. Lock holte ein Kehrblech und beseitigte den Schaden, während Jordan den letzten Teller abwusch und ins Abtropfgitter stellte.

Als sie sich umdrehen wollte, stand Lock plötzlich dicht bei ihr. So nah, dass kaum ein Blatt zwischen sie gepasst hätte. Jordans Herz schlug einen Purzelbaum. Ihr Blick fiel auf seine Lippen, und während sie noch dorthin sah, verzogen sie sich zu einem frechen Grinsen.

»Ich weiß, was du gerade denkst.«

»Blödsinn«, versuchte sie sich herauszureden, doch irgendwie wollte es ihr nicht gelingen aufzusehen.

»Oh doch, und mir gefällt es.«

»Heißt das, wir reden jetzt darüber?«

»An Reden habe ich eigentlich gerade nicht gedacht.«

Sie auch nicht, aber das musste sie ihm ja nicht auf die Nase binden. Als ihre Lippen sich trafen, seufzte Jordan auf. Sie mochte das gegenseitige Geplänkel. Es lenkte sie ab und weckte eine Zufriedenheit in ihr, die sie lang vermisst hatte. Sie ließ sich in Locks Umarmung fallen und erwiderte seinen Kuss. Nicht nachdenken, nur fühlen. Nichts anderes als dieser Moment zählte gerade.

Diesmal war er es, der den Spielverderber mimte und den Kuss unterbrach. »Wir sollten auch an die Arbeit gehen, sonst kommt noch jemand nachsehen, was wir hier so treiben.«

Benommen nickte Jordan. Sie strich ein letztes Mal über Locks Brust. »Du hast recht. Aber nur, wenn du mir versprichst, dass wir das hier wiederholen werden.«

»Sagte ich schon, dass mir gefällt, wie du denkst?« Lock grinste und gab ihr etwas mehr Raum. »Und jetzt sind wir wieder hochprofessionelle Schürfer, die sich von nichts ablenken lassen. Wir haben die Papiere, Pick kann uns nichts mehr anhaben.«

Er nicht.

Locks Worte wirkten wie eine kalte Dusche nach dem Kuss. Sie hingen unausgesprochen zwischen ihnen. Er bemerkte es und verzog die Lippen. »Entschuldige, Jordan, ich ...«

»Schon gut. Wir sollten aufhören, darüber zu sprechen. Wir drehen uns ohnehin stetig im Kreis.« Sie überprüfte den Sitz ihrer Kappe, dann ging sie zur Tür. »Ich habe mir die Jungs beim Frühstück angesehen. Keiner schien zu wissen, dass die Unterlagen wieder da sind. Sie machen sich große Sorgen. Nur Tesla nicht.«

»Er nimmt alles, wie es kommt. Darüber würde ich mir keine Gedanken machen.« Lock legte ihr von hinten wie beiläufig eine Hand auf den unteren Rücken, während er sie nach draußen schob. Die Tür zog er hinter sich ins Schloss.

»Hast du inzwischen einen Verdacht?«, fragte Jordan leise. Sie wollte noch nicht weitergehen und damit die Wärme seiner Finger im Rücken verlieren.

»Es kann nur ein anderer Minenbetreiber sein. Allerdings weiß ich nicht, in wessen direkter Konkurrenz wir agieren. Unsere Ausbeute war bisher ganz gut, aber nicht überragend.«

Sie wurde einer Antwort enthoben, als Hank mit dem 45-Tonner hupend an ihnen vorbeifuhr.

»Lassen wir das jetzt«, beschied Jordan. »Gehen wir an die Arbeit, bis Pick wieder den gesamten Betrieb unterbricht.«

Lock nickte und ließ sie stehen. Sie sah ihm hinterher, bis ihr ihr Verhalten bewusst wurde. Kopfschüttelnd marschierte sie zu ihrem Lader und kletterte ins Führerhaus.

*

Pick ließ auf sich warten, und Jordan wurde immer unruhiger. Sie rutschte auf ihrem Sitz hin und her, bediente mechanisch die Hebel und Schalter, um das Fahrerhaus zu drehen und mit der Schaufel den Trichter der Waschanlage zu befüllen.

Ihre Gedanken hüpften von einem Punkt zum nächsten. Die Arbeit auf dem Bagger war zu monoton, um dauerhaft abzulenken. Jordan versuchte es mit Singen, dem Aufsagen von Gedichten, ja sogar mit Filmzitaten. Nichts half. Immer wieder sah sie die zerborstene Schaufel und die Textnachricht vor sich.

»Verdammt noch mal! Reiß dich zusammen!« Sie schlug sich auf den Schenkel, doch der dicke Stoff der Hose dämpfte den Schmerz.

Kurz darauf befand sie sich wieder in ihrer kleinen Welt von Erde aufnehmen und einfüllen. Bis es plötzlich hässlich knirschte. Ein dumpfer Laut ging durch den Greifarm des Baggers und im nächsten Moment krachte es.

Jordan erstarrte. Sie hatte mit der Schaufel den Trichter gerammt. Dabei musste sie so schnell gewesen sein, dass sie diesen mit voller Wucht getroffen hatte. Die Halterung war herausgerissen, und Wasser quoll in dicken Bächen aus der Waschanlage.

»... schalten! Jordan, verdammt noch mal, hörst du mich? Du musst die Maschine abschalten!«, brüllte Lock aus dem Funkgerät.

Erst da kam sie zu sich. Sie stieß mit einer Hand die Fahrzeugtür auf und wollte hinausspringen, doch der Gurt hielt sie im Sitz. Es kostete sie wertvolle Sekunden, ihn zu lösen, ehe sie den Lader verlassen konnte.

Von weitem sah sie schon, wie Lock angerannt kam, doch sie war schneller am Sicherungskasten. Sie schlug auf den Not-Aus-Schalter, und das Wasser stoppte, die Maschine hörte auf zu bocken.

Jordans Finger zitterten, als sie die Faust ballte und sich umdrehte, um zu sehen, was sie angerichtet hatte. Die Waschanlage war im Eimer. Reste braunen Wassers liefen auf die Abraumhalde. Der Trichter, der die Massen an Erde auffangen und in dem die großen Steine aussortiert werden sollten, hing nur noch an einem Punkt, obwohl sich noch Erdreich darin befand. Wäre der Bagger nicht, dessen Schaufel noch dagegen drückte, würde das tonnenschwere Gewicht nach unten krachen.

»Scheiße!«, fluchte Lock und kam schlitternd neben ihr zum Stehen. »Was ist denn passiert?«

»Ich ... ich habe den Trichter getroffen«, stammelte sie das Offensichtliche.

Lock fragte nicht weiter. Er hielt sich das Funkgerät an den Mund und bellte: »Alle sofort zur Waschanlage!«

Die Männer beeilten sich und stellten sich neben den Ladebagger. Als sie den Schaden sahen, stöhnten sie kollektiv auf.

»Verdammter Mist, das wirft uns um einen Tag zurück«, knurrte Tesla und begutachtete den Trichter. »Mindestens. Falls wir nicht sogar Ersatzteile brauchen.« Er spuckte aus. »Eins muss man dir lassen, Schätzchen, wenn du etwas machst, dann gründlich. Die Halterungen sind komplett verbogen.«

Er glitt unter die Schaufel, um besser sehen zu können.

»Komm sofort da weg, Tesla!«, brüllte Lock.

Der Ältere schnalzte mit der Zunge. »Schon gut, Junge, ich weiß, was ich tue.«

»Mag sein, aber du trägst keinen Schutzhelm. Komm da weg, wir müssen den Trichter und die Schaufel erst abstützen, dann kannst du dir alles genauer ansehen«, mischte sich auch Jordan wieder aktiv ein.

Sobald Tesla aus der Gefahrenzone war, verteilte sie Aufgaben. »Darren, Ulf, besorgt Balken. Neben der Hütte müssten sich noch ein paar befinden. Hank, schaff deinen Bagger her und stütz zusätzlich den Trichter, bis wir ihn stabilisiert haben. Niemand«, sie sah die Männer fest an, »nähert sich ohne Helm der Konstruktion. Die Reparatur der *Little Maiden* hat Vorrang vor dem Kettendozer. Jeder hilft Tesla.«

»Verstanden«, Ulf und Darren nickten und wandten sich um, Hank rannte einfach los.

»Ich sehe mir an, wie viel wir bereits in den Abraum verloren haben«, sagte Lock.

»Was mache ich?« Caleb hatte die Hände in die Hüften gestützt und sah zweifelnd zur Waschanlage auf.

»Wir müssten den Trichter leeren. Ich bin nicht stark genug dafür«, überlegte Jordan. »Traust du dir zu, da raufzuklettern, sobald er gesichert ist?«

»Klar.«

»Gut, Tesla, was brauchst du?«

»Schweißgerät, Hammer, Brecheisen«, zählte der Mechaniker auf.

Jordan rannte los, um die Sachen zu holen. Hank kam ihr mit dem Bagger entgegen. Er wich haarscharf aus. In der Aufregung vergaß er sogar das Hupen.

»Hank pass auf!«, rief Jordan und hatte gleich ein schlechtes Gewissen, weil sie die Wut auf sich selbst an anderen auslief.

»Sorry, Boss!« Er winkte und fuhr einfach weiter.

Bei aller Sorge um die Waschanlage, die Sicherheit der Menschen ging vor. Jordan schwor sich, noch einmal mit ihm darüber zu sprechen, und riss die Tür zum Lagercontainer auf. Sie fand die gesuchten Sachen an ihren Plätzen und hievte sie auf die Arme.

Gerade als sie nach draußen gehen wollte, versperrte ihr ein Mann den Weg. Sofort begann ihr Herz, unregelmäßig zu klopfen. Innerhalb von Sekunden malte sie sich die schlimmsten Szenarien aus, als sich der Mann am Durchgang räusperte.

»Miss Rigby? Ich fürchte, wir müssen uns doch noch einmal über ihre Sicherheitsvorkehrungen unterhalten.«

Anderson Pick hob sein Klemmbrett und machte sich eifrig Notizen. Natürlich hatte er den Beinahe-Zusammenstoß zwischen Jordan und Hank gesehen, das merkte sie an seinem steifen Verhalten. Um ihm jedoch Honig ums Maul zu schmieren, hatte sie im Augenblick keine Zeit.

»Sofort, Mr Pick. Erst muss ich die Sachen meinen Leuten bringen. Es gab einen kleinen ... Zwischenfall.«

»Oh«, er hob eine Braue, als Jordan sich rigoros an ihm vorbeidrängte. »Das werde ich mir doch genauer ansehen.«

Mit fest zusammengebissenen Zähnen eilte Jordan zu Tesla. Sie reichte ihm die Geräte und wies Caleb an, dem Mechaniker zu helfen. »Ich kümmere mich derweil um Mr Pick.«

Der Mann war ihr gefolgt und sah fasziniert zu der wackeligen Konstruktion, mit der die beiden Bagger den Einfülltrichter festhielten.

»Kleiner Zwischenfall, hm«, murmelte er und schrieb wieder auf seine Unterlagen.

Jordan wünschte den Mann zum Teufel. »Ja, leider war ich etwas unachtsam und habe mit der Schaufel die Waschanlage gerammt. Das Metall ist verbogen ...«

»Und ein Bolzen gerissen«, sprang Tesla ihr bei. »Wir werden alles ersetzen, dann ist die *Little Maiden* wieder voll einsatzbereit.«

Pick stellte Tesla dazu einige Fragen, was Jordan nutze, um Caleb beiseitezuziehen. »Wage es ja nicht, da raufzuklettern, ohne ausreichend gesichert zu sein. Der Kerl ist jetzt schon bereit, uns zu schließen.«

»Hey, keine Sorge, Liebling, ist nicht mein erstes Rodeo«, grinste Caleb.

Für ihn schien alles ein großer Spaß zu sein. Er tippte sich an den Schutzhelm und löste den Inspektor bei Tesla ab.

Der Mechaniker verdrehte hinter dem Rücken des Mannes die Augen, was Jordan beinah zum Lachen gebracht hätte.

Wäre ihr nicht viel eher zum Weinen zumute.

Lock kam aus dem Abraumloch geklettert. Seine Hosenbeine waren nass. Der Helm saß ihm schief auf dem Kopf, und wenn Jordan schwören müsste, trug er auch nicht seine eigene Schutzweste, sondern die von ... tatsächlich, Ulf schlich sich gerade außer Sicht.

»Da ist eine Menge Gold in der unteren Rille, ich schätze, wir haben einiges rausgeschwemm..., oh Mr Pick, schön, Sie zu sehen!«, begrüßte Lock den Inspektor, als habe er ihn erst jetzt bemerkt.

Ein Seufzen kroch Jordans Kehle empor, das sie gewaltsam hinunterschluckte.

Sie wandte sich an den Inspektor. »So, Mr Pick, wollen wir nicht reingehen und eine Tasse Kaffee ...?«

»Miss Rigby, ich bin nicht bereit, diesen Platz zu verlassen, ehe ich mich mit eigenen Augen davon überzeugen konnte, dass sich die Herren in keinerlei Gefahr befinden.«

»Das verstehe ich, Sir, aber wir stehen Tesla, äh, Mr Horne im Weg. Lassen Sie uns wenigstens ein paar Schritte zurückgehen.« Sie warf Lock einen flehenden Blick zu.

Er nickte und kam näher, dabei stellte er sich so, dass Pick nichts mehr sehen konnte und dadurch gezwungen war, sich ein Stück zu entfernen.

Ulf, der jetzt Locks Sicherheitsweste trug, band Caleb ein Seil um und befestigte es an dem stabilen Teil der Waschanlage. Caleb kletterte hinauf, während Hank und Darren wieder in den Baggern saßen, um gegebenenfalls schnell zurücksetzen oder die Position der Schaufeln verändern zu können.

Sobald Caleb auf dem höchsten Punkt der Anlage stand, löste Ulf das Seil und warf es zu ihm nach oben. Er fing es, befestigte es an der Maschine und kletterte über den schmalen Steg oberhalb der Siebtrommel zum Trichter.

»Wir haben Glück!«, rief er. »Hier sind nur ein paar große Steine drin, die kann ich leicht rausfischen. Ulf, tausch mit Hank den Platz, er soll in die Trommel kriechen und den Durchlass freischaufeln.«

Jordan wollte schon einwerfen, dass sie das tun könnte, doch Locks kaum wahrnehmbares Kopfschütteln, ließ sie den Mund wieder schließen.

»Mir scheint, Sie haben ein gut eingespieltes Team«, bemerkte der Inspektor, während sie zusahen, wie die Männer die Plätze tauschten.

Es stimmte. Die Jungs retteten ihr den Hintern, nachdem sie Mist gebaut hatte. »In der Tat. Ein großartiges Team, Sir.«

»Also schön, wie es aussieht, läuft die Reparatur ordnungsgemäß. Wer dieser Männer ist der Sicherheitsbeauftragte?«

»Darren Flax, Sir. Er hilft gerade unserem Mechaniker, sehen Sie?« Lock wies mit der Hand zwischen den Stützbalken und den Baggern hindurch. Gleichzeitig stand er so dicht neben Jordan, dass er ihr beruhigend eine Hand auf den unteren Rücken legen konnte. Niemals hätte Jordan geglaubt, dass eine einfache Berührung so viel Kraft spenden konnte. In Locks Fall tat es das und weckte eine tiefe Sehnsucht in ihr.

Vielleicht, so sagte sie sich selbst, *ist es an der Zeit eine Entscheidung zu treffen.*

Darren hielt das schwere Schweißgerät in die Höhe, damit Tesla die Streben voneinander lösen konnte.

»Ah ja. Gut, dann können wir uns jetzt um die Papiere kümmern.« Pick lief Richtung Hütte. Als er bemerkte, dass weder Lock noch Jordan ihm sofort folgten, blieb er stehen und sah sie verwirrt an. »Miss Rigby?«

»Natürlich, Sir.«

»Ich hole die Unterlagen. Gib mir zwei Minuten«, raunte Lock ihr ins Ohr und nutzte die Gelegenheit, ihr einen verstohlenen Kuss zu geben.

»Geht klar.« Sie zwang sich zu einem Lächeln, als sie zu Pick aufschloss. In ihrem Inneren herrschte absoluter Aufruhr. Hin- und hergerissen zwischen Verantwortung und Gefühlen wusste sie langsam nicht mehr, wie sie sich verhalten sollte.

»Mr Hudson holt nur schnell die Unterlagen. Wir haben die fehlenden Dokumente tatsächlich wiedergefunden.«

»Wie ... erfreulich.« Dass er ganz und gar nicht so klang, als gefiele ihm die Tatsache, dass es womöglich doch nicht zur Schließung der Mine kam, stand ihm ins Gesicht geschrieben.

Gemeinsam gingen sie in die Hütte, wo Jordan ihm einen Becher Kaffee reichte, nachdem er Platz genommen hatte, ehe sie sich ihm gegenübersetzte. Im selben Augenblick kam Lock herein. Er zeigte keinerlei Gefühlsregung, was dafür sorgte, dass ihr Magen gen Kniekehlen rutschte. Die Angst, dass doch noch etwas schiefgehen könnte, flammte unvermittelt wieder auf, bis er den Arm hob und mit der Mappe wedelte.

»Hier sind Wasserlizenz und Wegerechtserklärung, Mr Pick.«

Dann ging alles so schnell, dass Jordan der Kopf schwirrte. Pick nahm die Unterlagen, sah sie durch und machte sich einen Vermerk auf seinem Klemmbrett. Hin und wieder gab er undefinierbare Geräusche von sich, die alles bedeuten konnten.

Schließlich sah er auf. »So, dann ist ja alles in Ordnung, Miss

Rigby.« Er stand auf und reichte ihr über den Tisch hinweg die Hand. »Es hat mich gefreut, Ihre Bekanntschaft zu machen. Das nächste Mal sollten Sie die Papiere ordnungsgemäß parat haben. Wir alle möchten doch einen reibungslosen Ablauf, nicht wahr?« Er schüttelte ihre Hand und stiefelte hinaus.

Jordan konnte ihm nur sprachlos hinterherstarren. Dann rollte eine Welle der Erleichterung über sie hinweg, die sie breit grinsen ließ. Eine weitere Hürde war genommen. So langsam gewöhnte sie sich daran, Katastrophen im letzten Moment zu entgehen. Wenn das so weiterging, wurde sie noch eine wahre Meisterin darin.

»Das hätten wir geschafft«, seufzte Lock erleichtert.

»Scheint so.«

»Du klingst nicht sehr zufrieden.« Er schob die Brauen zusammen. »Warum?«

»Doch, entschuldige, ich bin nur vollkommen durch den Wind. Es war eine miese Nacht und ein schlechter Tag bisher. Ich habe vielleicht unsere Waschanlage zerstört und einen Haufen Gold den Lokus hinuntergespült.«

Er drehte sie zu sich herum und packte ihr Kinn. »Vergiss es. Das passiert den Besten von uns. Die Anlage lässt sich reparieren, das dauert vielleicht, aber wir liegen gut im Rennen. Haben wir Geld verloren? Ganz sicher. Aber wir holen es wieder rein. Außerdem haben wir die Mine gerettet. Wir sollten das eigentlich feiern!«

Bei seinen Worten verflüchtigte sich Jordans aufkommende Trübsal sofort wieder. Er hatte recht – wieder einmal. Ohne darüber nachzudenken, warf sie ihm die Arme um den Hals.

»Danke.« Sie hauchte ihm einen Kuss auf den Mund. »Dafür, dass du immer die richtigen Worte findest. Und dafür, dass du bist, wie du bist. Ich weiß echt nicht, was ich ohne dich machen würde, Lock.«

»Na, ganz sicher keine erfolgreiche Mine führen«, schmunzelte er und knabberte an ihrer Unterlippe.

Als Jordan genüsslich aufseufzte, nahm er den Kopf zurück und sah sie eindringlich an. Sein Blick ging ihr unter die Haut, und sie wusste, dass sich in diesem Moment alles verändert hatte. Zärtlich streichelte sie seinen Nacken, was ihn kurz die Augen schließen ließ.

Jordan hielt den Atem an, als seine sonst so harten Züge weicher wurden. So wollte sie Lock immer sehen. Zufrieden, entspannt und fast so etwas wie glücklich. Vor ihnen lag ganz gewiss noch eine gewaltige Aufgabe, aber gemeinsam konnten sie es schaffen, wenn sie es wollten.

Vielleicht ging es ihm genauso, denn er sah sie plötzlich mit einer Intensität an, die Schauer über ihren Körper trieben.

»Jordan ...«

Draußen hupte es, und sie hörten Caleb etwas rufen. Der Moment war vorbei.

Lock löste sich, aber er drückte ihre Hand ein letztes Mal, bevor er hinausging. Ein Versprechen, dass sie dieses Gespräch schon bald zu Ende führen würden.

17. Kapitel

Der Ausfall der Waschanlage kostete sie volle drei Tage. In dieser Zeit sahen sich Jordan und Lock fast gar nicht. Entweder war er schon mit dem Frühstück fertig und irgendwo auf dem Gelände unterwegs, oder aber er hatte sich bereits zurückgezogen. Wenn sie sich doch zusammen in einem Raum aufhielten, so wie gerade, dann war immer einer der Männer in der Nähe, was ein vertrauliches Gespräch unmöglich machte.

Es wurmte Jordan, dass Lock ihr nach allem, was war, aus dem Weg zu gehen schien. Vor allem, weil sie nicht verstand, warum.

Nach Picks Abgang schien zwischen ihnen endlich so etwas wie eine Beziehung aufzukeimen – und jetzt das. Sie konnte und wollte einfach nicht glauben, dass Lock nur mit ihr gespielt hatte. Er war nicht der Typ dazu, nicht wie ihr Ex, dem seine Verlobte vollkommen egal war. Trotzdem beschloss Jordan, Lock nicht zu drängen. Er würde schon auf sie zukommen, wenn er der Meinung war, dass es Zeit wurde.

In der Zwischenzeit gab es genug in der Mine zu tun. Tesla konnte die Waschanlage nicht vollständig reparieren, weil sich im Inneren ein Teil verbogen hatte, das sie ersetzen mussten. Und der passende Ersatz fand sich nur in Whitehorse, Kanada.

Jordan telefonierte mit Nicci, die kurz zuvor in Clarksville gelandet war. Sie hatte das Teil abgeholt und erklärte sich dazu bereit, es sogar zum Claim zu bringen, damit das Team nicht noch mehr Zeit durch unnötiges Hin- und Herfahren verlor. Dafür verlangte sie aber einen ordentlichen Aufpreis.

»Zehn Unzen, Jordan. Ich habe einen anderen Auftrag dafür abgelehnt.«

»Zehn sind etwas ...«

»Das ist nicht dein Ernst, Nicci!«, rief Lock in den Hörer, den er Jordan einfach aus der Hand genommen hatte.

Sie konnte nicht verstehen, was Nicci antwortete, doch Locks Gesichtsausdruck zufolge, musste sie etwas gesagt haben, dass ihm die Sprache verschlug.

»Darüber reden wir noch, junge Dame!« Er legte einfach auf, ohne zu fragen, ob Jordan noch einmal mit seiner Schwester sprechen wollte.

Angesichts seines Zorns beschloss sie, lieber keine spitze Bemerkung zu machen. Letztlich war es ja ihr Geld, das sie ausgeben musste, um die Mine am Laufen zu halten. Stattdessen beobachtete sie, wie er die Arme nach oben warf, um sich gleich darauf mit beiden Händen durchs Haar zu fahren, um sie dann im Nacken liegen zu lassen. Seine Brustmuskeln spannten sich unter dem T-Shirt und weckten das Bedürfnis in Jordan, ihm die Sorgenfalten wegzustreicheln. Weil Tesla in der Ecke hockte und las, verzichtete sie darauf und legte ihm stattdessen nur eine Hand auf den Arm.

»Du solltest sie nicht ständig anbrüllen, Lock.«

»Aber sie ist so stur!«

Jordan lächelte zu ihm auf. »Nicht sturer als du. Ihr seid euch sehr ähnlich, weißt du? Abgesehen davon hat sie recht. Sie macht einen Umweg, um uns zu helfen. Zehn Unzen sind eine Menge, aber wie du schon sagtest, die Mine läuft gut. Wir schaffen das.«

Er verzog die Lippen. »Scheint, als hätten wir die Rollen getauscht, was? Bist du jetzt die Vernünftige, die auf alles eine Antwort weiß?«

»Vielleicht nicht auf alles, aber ich weiß, wie ich mich gefühlt habe, als mein Vater mich verändern wollte. Ich habe rebelliert. Und, auch wenn du ihr Bruder bist, du hast Nicci erzogen, bist ihr Vaterersatz. Was glaubst du also, warum sie dich jedes Mal so reizt?«

»Weil sie es kann.«

Sie lachte. »Das auch.«

Sein Seufzen kam aus tiefster Brust. Er warf einen Blick zu Tesla. Jordan sah ebenfalls hinüber, doch der alte Schürfer schien von seiner Lektüre vollkommen gefesselt.

»Also gut, was schlägst du vor?«, fragte Lock leise, und Jordan kam nicht umhin, dass er nicht nur sein Verhältnis zu Nicci meinte.

»Gib ihr etwas mehr Spielraum. Lass sie eigene Erfahrungen machen. Wenn wir durch ihre Hilfe die Anlage zum Laufen bekommen, soll sie ihre zehn Unzen haben. Es macht sie selbstständiger.«

»Sie hat doch schon ihren eigenen Kopf.«

»Das ist nicht dasselbe, und das weißt du.« Sie gab ihm einen kleinen Klapps.

»Hör auf das Mädel, Lock«, brummte da Tesla und stand auf. Er ging hinaus, ohne auf eine Erwiderung zu warten.

Sobald er weg war, brachen Jordan und Lock in Lachen aus.

»Ehrlich, jedes Mal, wenn ich denke, ich kann ihn einschätzen ...« Sie kicherte.

Lock zuckte mit den Schultern. Aber auch er grinste. Die alte Vertrautheit war wieder da, die Jordan so vermisst hatte. Sie wurde ernst.

»Reden wir jetzt endlich über das, was da zwischen uns vorgeht?«

Er wollte sich wegdrehen, doch sie stellte sich ihm in den Weg.

»Weich nicht schon wieder aus. Jedes Mal, wenn sich eine Gelegenheit ergibt, ergreifst du die Flucht, nur um mich dann wieder zu küssen, wenn wir allein sind. Ich habe keine Ahnung, was ich davon halten soll, Lock.«

Er fuhr sich durchs Haar und wich ihrem Blick aus. »Es ist nicht so einfach. Da ist noch die Sache zwischen Caleb und dir, die Wette mit deinem Ex. Ich kann nicht leugnen, dass da etwas zwischen uns ist, Jordan, aber bist *du* dir sicher, dass du schon so weit bist, eine neue Beziehung anzufangen, ohne die anderen losen Fäden gekappt zu haben?«

Seine Worte trafen sie unvorbereitet. Ja, sie war mit dem Wunsch hergekommen, mit ihrer Vergangenheit abzuschließen. Dass sie dann ausgerechnet Caleb und ihm begegnet war, die ihre Gefühle dermaßen durcheinanderbrachten, hatte sie nicht ahnen können. Trotzdem wusste sie doch, was tief in ihr drin vor sich ging. Sie hatte Lock gern. Mehr, als vielleicht gut für sie war. Er war kein Kerl, der nur seinen Spaß haben wollte, darin war sie sich absolut sicher. Was sie hingegen nicht wusste, war, ob sie schon wieder bereit war, eine ernsthafte Beziehung auch nur in Erwägung zu ziehen.

»Siehst du«, raunte er, »genau das meine ich.«

Jordan suchte immer noch nach einer passenden Antwort, als Lock ihr eine Strähne aus dem Gesicht strich und sie einfach in seine Arme zog. Es fühlte sich gut an. Vielleicht zu gut.

Sie rieb ihre Nase an seiner Brust und genoss es, wie er sie hielt. Sie würde gründlich über seine Worte nachdenken, aber im Augenblick musste sie ihm recht geben. Das alles ging viel zu schnell.

»Nimm dir die Zeit, die du brauchst, Kleines. Goldschürfer lernen früh, geduldig zu sein.«

Wieder schaffte er es, ihr mit wenigen Worten ein besseres Gefühl zu geben. Sie löste sich von ihm und trat ein paar Schritte zurück.

»Ja, sicher. Was hat eigentlich der Cleanout dieses Mal ergeben?«

Er hob einen Mundwinkel. »Achtzehn Unzen. Und du wechselst das Thema nicht sehr subtil. Dich beschäftigt noch etwas, außer uns, meine ich. Was ist los?«

»Ich bin nicht sicher«, sagte Jordan leise. »Ich kann mich nicht richtig konzentrieren. Seit Pick die Mine freigegeben hat, ist der Stalker nicht mehr aufgetaucht – und das macht mich nervös.«

»Vielleicht hat er begriffen, dass er verloren hat.« Lock zuckte mit den breiten Schultern.

»Möglich, aber unwahrscheinlich. Er muss doch damit gerechnet haben. Immerhin hat er die Papiere zurückgelegt. Wenn er wirklich vorgehabt hätte, uns zu schaden, hätte er sie einbehalten. Die Maschinen musste er ja nicht einmal sabotieren, das hab ich schon selbst geschafft.«

»Macht dir Lock etwa Vorwürfe deswegen?«, kam es bedrohlich von der Tür. Ulf stand im Rahmen und hatte offenbar nur die Hälfte der Unterhaltung mitbekommen.

»Nein, nein, alles ist gut.«

»Gut, das kann schließlich jedem von uns passieren.«

»Richtig«, stimmte Lock zu und erhob sich. »Ich gehe nachsehen, ob wir noch etwas vorbereiten können, ehe die Anlage wieder läuft.«

Dankbar nickte Jordan ihm zu. Auf dem Claim gab es für sie momentan nichts zu tun. Die Maschine war zerlegt und wartete darauf, mit dem Ersatzteil zusammengebaut zu werden. Ulf schien nichts von dem bemerkt zu haben, was zwischen ihr und Lock vorgegangen war. Er holte sich nur etwas von den Nudeln, die auf dem Herd warm gehalten wurden, und häufte sich eine ordentliche Portion davon auf den Teller. Er aß im Stehen direkt an der Küchenzeile, vermutlich weil er danach gleich wieder an die Arbeit wollte.

»Alles in Ordnung?«

»Wenn ich nur einen Penny bekäme für jedes Mal, dass mich das jemand fragt«, murmelte Jordan. »Mir geht es gut. Mir ginge es sogar noch besser, wenn wir wieder schürfen könnten. Wir haben zwei vielversprechende Areale vorbereitet und können nichts davon testen, bis das Ersatzteil da ist.«

Ulf wischte sich mit dem Handrücken über die Lippen. »Hey, Boss, alles wird gut. Solche Rückschläge kommen vor. Wir haben noch reichlich Zeit bis zum Ende der Saison. Bald werden die Tage länger und wir können Doppelschichten machen. Wann soll Nicci mit dem Teil kommen?«

»Voraussichtlich heute Abend.«

»Na, siehst du. Dann baut Tesla es morgen ein und wir ...«

»... haben vier Tage verloren. Selbst, wenn es nur dreieinhalb sind. Wie sollen wir in diesem Tempo genug schürfen, dass ich eure Boni zahlen kann?«

Der Teller wurde beiseitegestellt, und Ulf kam zu ihr. Eindringlich sah er sie an. »Dir ist schon klar, dass wir das längst nicht mehr für den Bonus machen, oder? Es stimmt schon, dass wir deinen Köder anfangs geschluckt haben, aber da kannten wir dich noch nicht. Du gehörst zum Team, Jordy-Babe, und deshalb reicht es uns auch, wenn wir unsere normalen Gehälter bekommen. Und das schaffen wir auf jeden Fall. Also bitte,

sieh keine Gespenster, wo keine sind – sonst muss ich zu irgendeinem der Schutzpatrone meiner Familie mütterlicherseits beten, dass sie ein Auge auf mich haben. Und glaub mir, ich bete nicht sehr gern, schon gar nicht auf Chinesisch.«
Das brachte Jordan zum Lachen. »Idiot! Und nenn mich nicht Jordy-Babe!«
»Süße, ich nenne dich so, wie es mir passt.« Er klimperte übertrieben mit seinen verboten langen Wimpern. »Du brauchst mich nämlich.«
Womit er nicht ganz unrecht hatte. Trotzdem versetzte Jordan ihm einen leichten Schlag auf den Oberarm – der ihr vermutlich mehr wehtat als ihm. Bei all den Muskeln spürte er es bestimmt kaum.
»Okay, meine Pause ist auch um. Ich ...« Das Klingeln des Telefons unterbrach sie. »*Ain't all Silver*-Mine. Rigby am Apparat.«
»Jordan?«
»Ja? Wer spricht da bitte?« Sie steckte sich einen Finger ins Ohr, weil Ulf ziemlich schief *We are the Champions* pfiff, bevor er sich wieder über sein Essen hermachte.
»Felix Schroeder hier.«
»Felix! Schön, von Ihnen zu hören. Geht es Ihnen wieder besser?«
Es knackte in der Leitung, dann hörte sie ein heiseres Husten. »Geht so, geht so. Ich wollte Ihnen nur sagen, dass ich von Ihrem Problem mit der Mineninspektion gehört habe. Was ist da draußen los? Als ich Ihnen das Areal überließ, waren alle Papiere in Ordnung.«
Jordan schloss kurz die Augen. Also hatte derjenige, der Pick informiert hatte, auch Schroeder kontaktiert.
»Hier *ist* alles in Ordnung, Sir. Es gab ein kleines Versehen, das sich inzwischen aufgeklärt hat.«
»Dann schürfen Sie?«
Technisch gesehen nicht. Sie hatten nur die nötigen Vorbereitungen getroffen. »Um ehrlich zu sein: nein.«
»Dann ist nicht alles in Ordnung!« Schroeder hustete in den

Hörer. »Ich hatte Sie gewarnt. Ich will Gold sehen. Jetzt mehr als vorher.«

»Das weiß ich, Sir, aber ...«

»Sparen Sie sich die Ausreden. Die Mine lag schon zu lang brach. Ich habe Ihnen und Ihrem Team tadelloses Land übergeben. Wenn Sie nicht in der Lage sind, es zu bewirtschaften, ist das nicht mein Problem, sondern Ihres.«

»Auch das ist mir klar, Sir, aber ...«

»Jetzt hören sie mit diesen Ausflüchten auf! Sie schürfen lang genug, um mir die volle Pachthöhe sofort zu überweisen. Ich erwarte das Geld morgen auf meinem Konto!«

Sein Verhalten beunruhigte Jordan. Es klang fast, als rechne er damit, dass ihr Team doch noch versagte. Andererseits enthielt ihr Vertrag tatsächlich die Vorabklausel. Das war so üblich, wenngleich jeder ihr versichert hatte, dass sie so gut wie nie in Anspruch genommen wurde.

»Sir, das ist kein Problem.« Wenn sie ihre Ersparnisse mit einbrachte, bekäme sie die Summe zusammen, dann stand sie zwar mittellos da und war auf weitere Goldfunde angewiesen, aber wenn es den Minenbesitzer besänftigte, würde sie in den sauren Apfel beißen müssen.

»Gut! Und innerhalb der nächsten drei Wochen erwarte ich die zugesicherte Summe von weiteren Hunderttausend. Ich muss mich einer teuren Behandlung unterziehen und brauche das Geld. Wenn Sie es nicht schaffen, finde ich jemand anderen!« Schroeder legte auf, ohne Jordan noch einmal zu Wort kommen zu lassen.

»Was ist los?« Ulf, der seine Mahlzeit beendet hatte, musste ihren Gesichtsausdruck bemerkt haben.

»Ich ... nichts, schon gut. Entschuldige bitte, aber ich muss mich um diese Sache kümmern.«

»Klar, du bist der Boss, Jordy-Babe.« Er lächelte, doch Jordan bemerkte es nur am Rande.

Sie hatte keine Nerven dafür. Ihre Pläne drohten erneut zu Staub zu zerfallen. Sie hatte fest damit gerechnet, mit dem Geld, das Schroeder gerade verlangte, die nächsten Wochen auf dem Claim überstehen zu können. Zusammen mit Niccis horrender Forderung stand sie jetzt jedoch wieder bei null, wenn sie nicht schon ins Minus rutschte. Die achtzehn Unzen des letzten Cleanouts halfen bei Weitem nicht, die Forderungen zu decken.

Morgen kam der Benzinlaster, um den Tank neu zu befüllen, wie er es in regelmäßigen Abständen tat. Der Fahrer wurde bar bezahlt, und obwohl sie drei Tage nicht geschürft hatten, hatten sie Diesel für die Wasserpumpe und das Beheizen der Wohnwagen verbraucht. Mit einem Mal hing der Mühlstein der Kosten wie Blei um Jordans Hals.

Sie musste mit Lock sprechen. Er wusste vielleicht Rat. Bestimmt hatte er schon einmal in einer ähnlichen Situation gesteckt.

»Lock!« Sie brüllte fast über das Gelände. Jetzt, da alles stillstand, war sie weithin zu hören.

Trotzdem erfolgte keine Reaktion. Jordan fiel auf, dass sein Pick-up fehlte. Was dumm war, denn das hieße, dass er selbst in die Stadt gefahren war, um das Ersatzteil zu holen. Zeit und Diesel, den sie hatten sparen wollen.

»Macht hier überhaupt jemand das, was ich sage?«, brummte sie, weniger wütend als resigniert und stapfte zu den Wohnwagen.

Auf den Stufen seines eigenen Campers saß Lock. Er hatte Kopfhörer im Ohr, wippte mit den Füßen und reinigte seinen Revolver.

»Lock!«

Jetzt hörte er sie und hob den Kopf. Mit der Hand, die den Lappen hielt, zog er sich einen Stöpsel aus dem Ohr und laute Rockmusik dröhnte aus dem kleinen Lautsprecher.

»Was ist?«

»Ich dachte, du bist weggefahren?«

Er schob die Brauen zusammen. »Wir hatten doch ausgemacht, dass Nicci herkommt, weshalb sollte ich also?«

»Dein Wagen ist weg.«

»Den hat Caleb. Er wollte ans andere Ende des Areals fahren

und die Pumpen kontrollieren.«

Jordan spürte die Erleichterung fast körperlich. Sie fasste sich an die Stirn. »Entschuldige. Ich hatte gerufen und du hast nicht geantwortet.«

»Die Musik.«

»Ich weiß, es ist nur ... Felix hat angerufen.«

Das ließ Lock sich aufrichten. »Was wollte er?«

Sie sagte es ihm. Mit jedem ihrer Worte verfinsterte sich sein Gesichtsausdruck. »Dieser elende Halsabschneider!«

»Was meinst du?«

»So etwas hat er schon einmal abgezogen. Ein anderer Pächter auf einem anderen Claim. Die Leute haben etwas Gold gefunden, doch Felix hat die volle Pacht sowie seinen Anteil vorab verlangt. Dass er damit weiteres Arbeiten verhindert hat, war ihm egal. Damals dachte ich noch, er täte das, weil er gerade seinen Sohn verloren hat – und jetzt macht er es schon wieder!«

Jordan erinnerte sich, schon einmal Negatives über Felix gehört zu haben, seit sie den Claim betrieb, konnte sich aber nicht mehr genau erinnern, was. Jetzt verfluchte sie sich, so dumm gewesen zu sein und den Vertrag, so wie er war, unterzeichnet zu haben. In ihren Augen hatte alles gut ausgesehen. Einen Anwalt zur Prüfung hinzuzuziehen war ihr daher gar nicht erst in den Sinn gekommen, so blauäugig, wie sie gewesen war.

Sie seufzte. »Ich kann ihn auszahlen, aber wenn der nächste Cleanout wieder unter zwanzig Unzen liegt, haben wir ein Problem. Meinst du, Nicci ist mit einem Zahlungsaufschub einverstanden?«

»Wird sie«, sagte Lock entschieden.

»Also gut. Ich hole das Gold. Bist du so nett und fährst rüber zu Jim, um es einzulösen?«

Der Claimbesitzer, der ihnen das Wegerecht erteilt hatte, trat für die benachbarten Claims auch als Wechselstube auf. Er nahm nicht mehr an Gebühren als die offiziellen Stellen und überwies den Gegenstandswert immer umgehend auf die gewünschten Konten. Seine Mine war deutlich größer als *Ain't all Silver*, besaß eine hochmoderne Technik, die einen Datenmast für Telefon- und Internetverbindungen mit einschloss. Leider verhinderten die Berge, dass Jordans Team davon profitieren konnte. Dass sie nicht selbst zu ihm fuhr, lag einzig daran, dass Jim und Lock einander schon lang kannten. Der Claimbesitzer würde ihn nicht übers Ohr hauen, was er bei ihr vermutlich versuchen würde.

»Kein Problem. Sag einfach Bescheid, wenn du so weit bist.«

»Danke«, sie legte ihm eine Hand auf die Schulter und drückte sie liebevoll.

Sein Blick schien zunächst unergründlich wie immer, dann blitzte Wärme darin auf.

Er stand auf und steckte den Lappen hinten in seine Jeanstasche.

Sie standen jetzt dicht beieinander, sodass sie seine Körperwärme spüren konnte. Sie sehnte sich danach, einfach mit ihm irgendwohin zu verschwinden, aber das wäre kindisch – und er würde es auch gar nicht zulassen. Nicht bevor seine Arbeit hier beendet war. Dazu besaß er einfach zu viel Disziplin.

»Caleb hat übrigens mit mir gesprochen, ehe er aufgebrochen ist. Er sagte etwas von einem romantischen Abend für euch. Habe ich etwas verpasst?«

Überrascht schnappte Jordan nach Luft. Sie hatte seit dem letzten Überraschungskuss seitens Caleb nichts getan, um ihn zu ermuntern. Im Gegenteil, sie hatte sogar versucht, ihm klarzumachen, dass zwischen ihnen nichts sein würde. Und seit sie endlich kapiert hatte, dass die Anziehung von Lock stärker war als alles, was sie jemals erlebt hatte, kam das auch gar nicht mehr infrage.

»Lock, ich ...«, ihre Stimme erstarb. Wie sollte sie ihm denn erklären, dass sie sich zunächst von Calebs lockerer Art angezogen gefühlt hatte, ohne Lock damit zu verletzen?

»Wird langsam zur Gewohnheit von dir, Sätze zu beginnen und nicht zu beenden.« Er lächelte traurig. »Du musst mir nichts erklären. Er war offenbar schneller. Es ist okay. Er ist ein guter Kerl, bis auf ...«

Das meinte er jetzt nicht ernst? Nach allem und seinem Versprechen, ihr Zeit zu geben, wollte er sich jetzt zurückziehen? Doch anstatt ihm genau das zu sagen, griff sie das Erste auf, was ihr in den Sinn kam. »Bis auf was? Jedes Mal machst du Andeutungen und dann verstummst du. Wenn einer von uns gekonnt Sätze unbeendet lässt, dann ja wohl du.«

Er rieb sich den Nacken und sah zu Boden, als ob es dort etwas gab, das interessanter als ihre Unterhaltung sein könnte. »Es ist nicht meine Entscheidung, mit dir darüber zu sprechen. Das muss er selbst tun.«

»Sag es mir, Lock! Was? Ist er verheiratet? Hat er Kinder?« Als ob sie das tatsächlich interessierte. Sie wollte doch nur, dass Lock einsah, dass sie kein Interesse an Caleb hatte.

Dafür müsstest du nur den Mund aufmachen und es ihm sagen, spottete die böse Stimme in ihrem Hinterkopf. Jordan biss sich von innen auf die Wange. Alte Zweifel kamen wieder in ihr hoch. Was, wenn Lock nicht halb so viel für sie empfand wie sie für ihn? Vielleicht hatte sie sich ja doch in ihm getäuscht, was Frauen anging. Alaska war einsam. Es könnte sehr gut sein, dass er doch nur auf ein Abenteuer aus gewesen war und jetzt glaubte, Caleb habe ihn ausgestochen.

»Nein«, er schüttelte den Kopf und wagte dann doch sie anzusehen. »Nichts davon.«

»Du sagst es mir tatsächlich nicht.« Jordan stieß ein frustriertes Geräusch aus. »Also gut. Ich gehe jetzt das Gold holen. Nur eine Sache möchte ich jetzt noch klarstellen: Was zwischen uns gewesen ist, hat rein gar nichts mit Caleb zu tun. Hier geht es nur um dich und mich.«

Damit ging sie davon. Sollte er darüber nachdenken, was es bedeutete. Er war clever und würde schon verstehen, was sie gemeint hatte, bis sie wieder zu ihm zurückkam.

Sie verstand vor allem nicht, warum Lock so reagierte. Sie kickte einen Stein aus dem Weg und lief zu der Stelle, an der sie das Gold versteckt hatte. Niemand außer ihr, Caleb und Lock wussten davon. Sie hatte ein Loch am Waldrand gegraben, einen kaputten Topf darin versenkt, den sie mit einem Deckel schließen konnte, und Erde und Zweige darübergelegt. So getarnt fiel er niemandem auf, der nicht davon wusste.

Mit den Händen schob sie das Gehölz beiseite und wollte sich gerade daran machen, die Erde wegzuschieben, als das Satellitentelefon klingelte.

Verwirrt darüber, wer jetzt schon wieder anrief, um Ärger zu machen, nestelte sie es von ihrem Gürtel und ging ran.

»*Ain't all Silver*-Mine, Rigby.«

»Hallo, Jordan.« Die samtweiche Stimme von Boyd Hanover klang selbst über die Entfernung und mit statischem Rauschen in der Leitung wie eine Liebkosung.

Jordan kniff die Lider zusammen und zwickte sich in die Nasenwurzel. Er hatte ihr gerade noch gefehlt. Auch ohne zu fragen, wusste sie genau, dass er ihre Telefonnummer von ihrer Mutter bekommen haben musste, die noch immer auf eine Versöhnung hoffte, wie sie nie müde wurde zu erwähnen.

»Was willst du?«

»Begrüßt man so seinen Verlobten am Telefon?«

»Ex, Boyd, Ex. Das ist ein kleiner, aber feiner Unterschied, nicht dass ich dir zutraue, so etwas überhaupt zu bemerken.«

»Tz, tz, wie immer nicht auf den Mund gefallen. Das habe ich vermisst, Liebling.«

Sämtliche Härchen auf Jordans Haut stellten sich auf. »Ich fragte: Was willst du?«

Für einen Moment blieb es in der Leitung still, sodass sie sich schon der Hoffnung hingab, die Verbindung möge unterbrochen sein. Leider irrte sie sich.

»Ich wollte hören, wie es mit meinem Sieg aussieht?«

Elender ... Jordan biss die Zähne fest aufeinander und zählte lautlos bis zehn. Boyd konnte nichts von den Katastrophen der letzten Tage wissen. Es war purer Zufall, dass er anrief.

»Alles bestens. Wir machen bereits Gewinn.« *Den wir gleich wieder abgeben müssen, aber das werde ich dir bestimmt nicht auf die Nase binden.*

»Oh.«

»Ist das alles, was du dazu zu sagen hast? *Oh?* Dir ist schon klar, dass ein Telefonat über Satellit ziemlich teuer ist?«

»Ja, schon, aber ich dachte ...«

»Ist mir egal«, unterbrach sie ihn. »Ich muss arbeiten. Das ist diese eine Sache, die du nur vom Hörensagen kennst. Also sag, was du wirklich willst, oder ich lege auf.«

»Schon gut, schon gut. Ich wollte, also ich ... Úrsula ist schwanger.«

Überrascht nahm sie den Hörer vom Ohr und starrte ihn an. Boyd hatte während ihrer gemeinsamen Zeit noch keine Kinder gewollt – der Karriere wegen. Dass er jetzt Vater wurde, ausgerechnet von der Frau, die alles darangesetzt hatte, ihn und Jordan auseinanderzubringen, konnte kein Zufall sein. Obwohl Jordan nicht an Schicksal oder Karma glaubte, machte sie dennoch ein *Daumen-hoch*-Zeichen zum Himmel.

»Hey, super, dann wirst du ja bald nicht mehr nach *Old Spice*, sondern Windelpuder riechen.«

»Um Gottes willen, bloß nicht! Úrsula macht das. Oder wir stellen eine Nanny ein. Ich dachte nur, na ja, jetzt, wo ich Vater werde, willst du unsere Wette vielleicht noch mal überdenken.«

Das hätte er wohl gern. »Vergiss es. Wettschulden sind Ehrenschulden. Du hast es mir nicht zugetraut, dass ich die Mine zum Laufen bringe, aber sie läuft. Bis zum Ablauf der Saison ist noch etwas Zeit, bis dahin kannst du ja sparen, aber dann komme ich und hole mein Geld.«

»Aber, Baby, unsere gemeinsame Zeit, bedeutet die denn gar nichts?«

Was erwartete er, dass sie vor Schmerz verging und sich deswegen in diese Einöde zurückgezogen hatte? »Nein.«

»Du bist hart geworden.«

»Nein, Boyd, ich bin nur ehrlich. Hier bin ich Leuten begegnet, denen ich jetzt schon mehr bedeute, als dir in all unserer gemeinsamen Zeit.« Sie dachte an Ulf und seine netten Worte zuvor. Der Mann kannte sie kaum, mochte sie aber und zeigte es auch. »Ich muss jetzt Schluss machen. Wir sehen uns Ende

Oktober.«

Sie legte einfach auf. Der Drang, tief durchzuatmen, blieb aus. Da waren kein Schmerz, keine Leere, nur Gleichgültigkeit.

Alaska und eine Handvoll grobschlächtiger Kerle hatten es tatsächlich geschafft, dass sie über die Trennung hinweg war. Nein, eigentlich war es ein einziger Mann: Lock. Dieser stolze Mann mit den sinnlichen Lippen hatte ihr das Vertrauen in die Männerwelt zurückgegeben. Selbst sein halbherziger Versuch, sie zu Calebs Gunsten aufzugeben, ehrte ihn und machte ihn umso liebenswerter.

Endlich konnte Jordan es sogar vor sich selbst zugeben: Sie hatte sich in Lock verliebt.

Sie musste es ihm sagen. Sofort, wenn sie gleich mit dem Gold zu ihm ging.

Mit einem Grinsen legte sie das Telefon zur Seite und grub mit den Händen in der trockenen Erde, bis sie das Metall des Deckels unter den Fingerspitzen fühlte. Sobald der Griff freigelegt war, zog sie daran und hob ihn ab.

Gähnende Leere blickte ihr entgegen. Das Gold war weg.

Und Jordans Euphorie fiel in sich zusammen.

18. Kapitel

»Oh mein Gott!« Sie starrte den leeren Topf an und konnte, nein wollte nicht glauben, dass sämtliche Ausbeute der letzten Wochen weg sein sollte.

»Jordan, was ist passiert? Hat dich ein Bär angegriffen?« Darren kam angerannt. Er hielt eine Schrotflinte in der Hand und wirkte zu allem entschlossen. In diesem Moment sah man ihm den Ex-Marine mehr an denn je.

Doch Jordan konnte ihm nicht antworten. Ihre Zunge klebte am Gaumen, ihr Mund fühlte sich an, als sei er seit Monaten nicht mehr mit Wasser in Berührung gekommen. Gleichzeitig klopfte ihr Herz so schnell, als stände sie auf einem Wolkenkratzer, bereit, sich fallen zu lassen. Deshalb schüttelte sie nur hilflos den Kopf.

Alles, was sie aufgebaut, geplant und erreicht hatte, hatte sich in wenigen Sekunden in Luft aufgelöst. Das Gefühl einer Ohnmacht nagte an ihr, ohne dass sie etwas dagegen tun konnte. Nicht einmal die vermissten Papiere und die drohende Schließung der Mine hatten ihr so zugesetzt wie das hier. Jetzt wurde ihr auch klar, warum der Stalker ihr die Lizenz und das Wegeprotokoll zurückgegeben hatte. Er besaß etwas viel Wertvolleres. Natürlich hatte er Felix informiert und so dafür gesorgt, dass der Verpächter sein Geld jetzt schon verlangte. Wer auch immer dahintersteckte, wollte, dass Jordan versagte.

Ein Wimmern stieg in ihrer Kehle auf, das sie nicht unterdrücken konnte.

Darren senkte die Waffe, weil er merkte, dass es niemanden gab, der sich davon beeindrucken ließ. Da war nichts zu erschießen, wobei Jordan kurz darüber nachdachte, sich dafür anzubieten. Näherzukommen wagte er aber offenbar auch nicht, denn er sah seltsam verängstigt aus.

Die anderen Männer kamen angerannt. Ulf und Hank und mit etwas Abstand folgten Tesla und Lock. Letzterer drängte sich zwischen den Männern durch und ging vor ihr in die Hocke.

Er streckte eine Hand aus, um ihre Wange zu berühren, doch Jordan brach bei seinem Anblick in Tränen aus.

»Hey, Kleines, was ist denn los?« Er klang beunruhigt.

Jordan lachte verbittert auf. Bei dem Geräusch verengten sich seine Brauen.

»Es ist alles weg. Das ganze Gold. Nur du, Caleb und ich kannten das Versteck!«

»Scheiße!«, flüsterte Ulf, und Darren erblasste sichtlich.

Selbst Tesla, der für gewöhnlich die Ruhe weghatte, kratzte sich am Bart. »Ist das dein Ernst, Mädchen?«

Sie nickte und wies auf den leeren Topf. »Die gesamte Ausbeute war dort vergraben. Jetzt ist er leer.«

Und nur ein Mann fehlte in dieser Runde. Jordan war nicht dumm.

Sie musste die Worte nicht aussprechen, um zu wissen, dass Lock das Gleiche dachte. Er wurde blass. Sein Adamsapfel hüpfte deutlich sichtbar, während er offenkundig nach Worten rang. »Also hat er wieder zugeschlagen.«

»Wen meinst du mit *er*, Lock? Den ominösen Stalker oder Caleb?« Wie hatte sie nur so naiv sein können? Sie hatte sich von einfachen Erklärungen, was die Telefone, die SMS und den ganzen Rest anging, einlullen lassen. Aber jetzt stand die Antwort klar vor ihr.

»Jordan ...«

»Nein!« Sie richtete sich auf, während sie versuchte, die Fassung zu wahren. »Die ganze Zeit über wolltest du mir etwas sagen, aber du hast geschwiegen. Jetzt hat er es geschafft. Die Mine geht pleite. *Ich bin pleite!* Schroeder will sein Geld, und er wird nicht zögern, mich vollkommen zu ruinieren, wenn ich ihn nicht bezahle. Und du wusstest, dass es Caleb ist!«

Tesla räusperte sich.

»Was? Das hier geht nur Lock und mich etwas an!«

»Tja, entschuldige, Mädchen, wenn ich dazwischengehe, aber wir alle wussten es.«

Zum zweiten Mal an diesem Tag wurde Jordan der Boden unter den Füßen weggerissen. Fassungslos sah sie ihr Team an.

Die Männer nickten.

Ulf hob die Schultern. »Na ja, ich hab es kapiert, als wir das letzte Mal pokerten. Caleb hat eindeutig ein Spielproblem.«

Jordans Augen wurden groß, als die Puzzleteile an ihren Platz fielen. Wenn Caleb ein Spieler war, bedeutete es, er hatte das Gold an sich genommen, um ...« Heißt das, dass er gerade das Gold verprasst, während wir um die Existenz der Mine kämpfen? Warum habt ihr mich nicht gewarnt?« Was sie meinte, war, warum hatte Lock sie nicht gewarnt. Als sein bester Freund kannte er Calebs Problem von allen am besten.

»Wir dachten, du wüsstest es.« Darren nickte zu Lock.

Der stand auf und wartete, bis Jordan sich ebenfalls erhoben hatte. Dabei ließ er sie keine Sekunde aus den Augen.

Mit vor der Brust verschränkten Armen wartete sie ab. Egal, was er jetzt sagen würde, es änderte nichts an der Situation. Caleb hatte sie alle bestohlen und damit das endgültige Aus für *Ain't all Silver* eingeleitet. Jede Rechtfertigung darüber, warum Lock Calebs Sucht verschwiegen hatte, konnte nur noch als hilfloser Versuch, mit einem löchrigen Wassereimer einen Steppenbrand zu löschen, gewertet werden. Dabei wollte Jordan gerade jetzt nichts sehnlicher, als sich auf Lock verlassen zu können. In diesem Augenblick wollte sie nicht die Starke sein, die sich aufrecht hielt, weil sie es musste. Sie wollte, dass er ihr als Partner beistand – selbst wenn es bedeutete, sich gegen seinen Freund zu stellen.

»Lasst uns allein, Jungs«, bat Lock.

»Nein. Sie dürfen gern hören, was du zu sagen hast.«

Er schob das Kinn vor. Ein Muskel auf seiner Wange zuckte, dann nickte er knapp und stellte sich so, dass sein Blick alle umfassen konnte. »Also schön. Caleb hat ein Spielproblem, das stimmt. Ich hab es dir nicht gesagt, weil es etwas sehr Persönliches ist. Bevor das hier geschah, habe ich ihm viele Gelegenheiten gegeben, es dir zu erklären. Mag sein, dass ich es deutlicher hätte sagen sollen, aber es ist seine Sache, ich wollte nicht ...« Er fuhr sich durchs Haar und wirkte plötzlich verunsichert. »... dass du denkst, ich sage es nur, um dich ihm abspenstig zu machen. Glaub mir, ich habe ihn mehrfach aufgefordert, dir endlich reinen Wein einzuschenken. Jordan, ich hätte nie erwartet, dass er uns alle bestiehlt.«

Ob sie es wollte oder nicht, sie glaubte ihm tatsächlich. Da stand er fast wie ein geprügelter Hund und bekannte vor den anwesenden Männern, dass er etwas für sie empfand. Für einen stolzen Mann wie ihn musste das schwer sein. Bedachte man dann noch sein Verhältnis zu Caleb ...

Ein Pochen hinter ihrer Stirn setzte ein. Sie rieb sich die Schläfen und ging im Geiste noch einmal durch, was geschehen war. Lock hatte sie gewarnt, aber sie hatte nicht nachgehakt, also war diese Sache auch ihr Fehler. Wieder einmal. Sie hatte zu sehr darauf vertraut, dass er als ihr Vorarbeiter jegliches Problem mit den Männern lösen würde. Dass seine Freundschaft zu Caleb sein Urteilsvermögen beeinträchtigt hatte, wollte sie ihm in diesem Moment nicht vorwerfen. Er hatte genauso viel verloren wie alle anderen.

Und nach dem, was er gerade gestanden hatte, musste er auch davon ausgehen, sogar Jordan verloren zu haben.

Sie fühlte einen Stich im Herzen. Als sie hergekommen war, war sie voller Zorn und Misstrauen gewesen, das Lock ihr genommen hatte. Er verdiente es nicht, von ihr mit Vorwürfen überschüttet zu werden.

Weil Jordan noch nie gut darin gewesen war, sich bei anderen zu entschuldigen, musste sie all ihre Kraft zusammennehmen. Sie ging zu Lock und fasste nach seiner Hand.

»Es tut mir leid. Ich hätte dir nicht die alleinige Schuld geben sollen. Ich war nur so ...« Sie zuckte hilflos mit den Schultern. »Eine Idiotin?«

Sein Schweigen schien endlos zu dauern, dann zog er sie an seine Brust und drückte sie so fest an sich, dass sie kaum noch Luft bekam. Sie beschwerte sich nicht, sondern war erleichtert, dass er sie immer noch mochte.

»Ich glaube, das sind wir beide. Es tut mir auch leid.«

Sie schniefte, weil sie nicht noch einmal in Tränen ausbrechen wollte. »Für die Zukunft sollten wir uns echt angewöhnen, miteinander zu reden, was?«

»Klingt nach einem guten Plan.« Er küsste sie sanft auf die Stirn, beinah züchtig, aber sie verstand seine Gründe. Sie waren nicht allein.

Nach einem Augenblick, den sie beide brauchten, um wieder sie selbst zu sein, zog sie sich zurück, hielt aber weiterhin seine Hand. »Ist Caleb derjenige, der mir die Schaufel in den Wohnwagen gelegt hat?«, fragte sie leise.

Falls es so war, wollte sie auf keinen Fall, dass Lock sich auch dafür die Schuld gab. Aber nach allem, was geschehen war, mussten sie diese Möglichkeit in Betracht ziehen.

»Ich wünschte, ich wüsste es.«

»Wovon redet ihr da eigentlich?« Darren hatte die Schrotflinte an sein Bein gelehnt und die Arme vor der Brust verschränkt, was ihn nicht minder gefährlich erscheinen ließ als mit voller Bewaffnung.

Jordan zögerte. Es war eine Sache, ihre Gefühle und Calebs Sucht vor allen zu besprechen, aber ihn als ihren Stalker zu beschuldigen eine andere. Schließlich siegte jedoch der Wunsch nach Gewissheit. »Vor einigen Nächten wurde in meinen Wohnwagen eingebrochen. Damals wurden die Papiere entwendet, die später wieder auftauchten.« Die grauenhafte Erinnerung an das, was in ihr hochgekommen war, als sie die SMS gelesen hatte, kam zurück, doch sie stemmte sich dagegen. »Zudem befand sich auf meinem Mobiltelefon eine SMS, die mir sagte, wie schön ich im Schlaf aussähe. Es war keine empfangene Nachricht«, fügte sie hinzu, als Ulf den Mund öffnete. »Derjenige, der das getan hat, hinterließ eine zerbrochene Schaufel. Er wollte mir drohen. Und jetzt – mit dem verschwundenen Gold ... bin ich mir nicht sicher, ob es nicht doch Caleb gewesen sein könnte.«

»Vergiss es, das würde unser Sonnyboy niemals tun!«, rief Ulf. Die anderen schwiegen.

»Ich wünschte, ich könnte das jetzt so einfach glauben, aber es passt irgendwie alles zusammen.« Jordans Schultern sackten nach unten.

»Bis auf eine Sache: Was hätte Caleb davon, wenn die Mine geschlossen wird?« Tesla tippte mit einem Finger auf seine Handfläche. »Er konnte nicht wissen, dass du heute nach dem Gold sehen würdest. Niemand hat ihn bisher vermisst, also hätte er spielen und im Gewinnfall alles zurückzahlen können, ohne dass wir es bemerkt hätten. Und wenn er verloren hätte, hätte er dir einfach seine Sucht gestanden, dich schief angelächelt und darauf gehofft, dass dein weiches Frauenherz ihm verzeiht.«

»Tesla hat recht, das klingt viel mehr nach Caleb«, stimmte Hank zu. Nervös trat er von einem Fuß auf den anderen, wie Jordan es bereits von ihm kannte, und rieb sich übers Gesicht.

»Niemand von uns hätte einen Grund, dir so etwas anzutun.«

»Schon, wäre da nicht der Anruf von Schroeder. Er wusste von Pick und dass wir Ärger haben. Wer sonst hätte ihn informieren können?«

»Pick selbst«, bemerkte Darren. Seine starre Haltung löste sich langsam. »Der Inspektor kennt doch die Minenbesitzer. Vielleicht bekommt er unter der Hand von Felix ein paar Dollar zugesteckt, damit der auf dem Laufenden bleibt.«

»Trau ich dem Alten durchaus zu.« Tesla nickte.

»Und wer hat dann die Sachen in meinen Trailer gelegt? Oder die Papiere versteckt und die SMS geschrieben? Einer von euch wohl kaum.«

»Niemals!«, rief Darren.

Ulf sah aus, als hätte sie ihn geschlagen.

»Das würden wir nie tun!« Tesla spuckte aus, und Hank verlor einmal mehr jegliche Gesichtsfarbe.

»Keiner von uns würde dir schaden wollen, Jordy-Babe!«, beteuerte Ulf.

Inzwischen war sie selbst darauf gekommen. Diese Männer hatten sie viel zu gern, um ihr so etwas anzutun.

»Seht ihr? Genau das dachte ich mir auch«, sagte sie müde und fuhr sich durch die Haare. »Lasst es gut sein. Wir werden es erst erfahren, wenn Caleb wieder auftaucht. Bis dahin ... Lock, sind die achtzehn Unzen des letzten Cleanouts wenigstens noch da?« Sie sah ihn fragend an.

»Ich müsste nachsehen, aber ich wette, nein. Caleb hat meinen Autoschlüssel vom Esstisch genommen. Dort stand auch das Glas mit dem Gold.«

Jordan nickte, weil sie nichts anderes erwartet hatte.

In ihren Ohren rauschte das Blut, und sie fühlte, wie ihr Blutdruck derart anstieg, dass ihr schwindelig wurde. Sie benötigte Ruhe. Spätestens, wenn Nicci kam, musste sie sich wieder zusammenreißen und gute Miene zum bösen Spiel machen.

»Dabei kann ich noch nicht einmal ihre Arbeit bezahlen«, murmelte sie zu sich selbst, ungeachtet dessen, dass die Männer sie hören konnten. Sie holte tief Luft und zwang sich, die Schultern zurückzunehmen. »Lassen wir es gut sein für heute. Tesla, falls noch Arbeiten am Dozer zu erledigen sind, musst du nicht weitermachen. Ohne Geld müssen wir den Betrieb sowieso einstellen. Macht euch einen schönen Tag, bis wir wissen, ob Caleb zurückkommt – und wenn, ob er verloren oder gewonnen hat.«

Sie ließ Locks Hand los und wollte zu ihrem Wohnwagen gehen, doch sie kam nicht weit. Ulf stellte sich ihr in den Weg. Er pflanzte ihr seine prankenartigen Hände auf die Schultern. »Jordy-Babe, glaubst du allen Ernstes, wir geben so schnell auf? Du bist zwar unser Boss, aber das ist auch unser Projekt.« Er deutete mit dem Daumen über seine Schulter. »Wir haben da hinten verdammt viel Erdreich, das geschürft werden kann, sobald die Waschanlage wieder läuft – und dann ist da auch noch das Flitter-Glitter-Areal.« Das Gebiet, von dem er sprach, hatten sie gestern entdeckt und nach den gelben Steinen in der obersten Schicht benannt. Es erschien am vielversprechendsten für die nächste Bearbeitung. Wenn man genug Geld besaß, um die Ausrüstung am Laufen zu halten.

»Spätestens also morgen Mittag«, stimmte Tesla zu.

Gerührt sah Jordan die Männer an. Sie schienen noch entschlossener als an jenem Nachmittag, als es darum ging, die verschollenen Papiere zu finden.

»Ich weiß nicht, was ich sagen soll.«

»Dann lass es«, murmelte Darren und schulterte die Flinte. Im Vorbeigehen tätschelte er Jordans Rücken. »Wir haben zu arbeiten. Der Dozer muss flottgemacht werden, und ich möchte heute bis zum Mutterboden auf Flitter-Glitter kommen. Hank hilft mir.«

Ergeben sah Jordan zu, wie die Jungs sich selbst ihre Aufgaben zuteilten und an die Arbeit machten. Schließlich blieben nur sie und Lock zurück.

Sie sah ihn nur an und im nächsten Moment hielt er sie wieder in den Armen.

»Komm schon, Kleines, lass es raus.«

Sie musste nicht fragen, was er meinte. Mit letzter Kraft krallte sie sich in sein Hemd und ließ ihren Tränen freien Lauf.

Er murmelte belanglose Worte, die keinen Sinn ergaben, aber Jordan trösteten. Als sie sich beruhigt hatte, hob Lock sanft ihr Kinn und strich die feuchten Perlen mit dem Daumen von ihrer Wange.

»Besser?«

»Ja. Etwas.« Sie hob die Schultern. »Ich weiß nicht. Das alles kommt mir wie ein schlechter Traum vor.«

»Wirklich alles?« Wieder blitzte der Schmerz in seinen Augen auf, den sie schon zuvor an ihm gesehen hatte. Doch dieses Mal wusste Jordan, was es bedeutete.

»Fast alles. Das mit uns ...«

»Geht immer noch sehr schnell. Ich hab dich gern, Jordan. Sehr sogar. Aber ich verstehe, wenn du mir jetzt nicht mehr vertrauen kannst und mich rauswerfen würdest nach allem, was passiert ist.«

Sie seufzte tief, fuhr sich durch das Haar und schüttelte den Kopf. »Das werde ich nicht. Und ich habe nie aufgehört, dir zu vertrauen. Caleb ist hier das Problem, nicht du.«

»Danke.«

»Mit dem Danken solltest du warten, bis er wieder da ist. Die Motivation der Jungs in Ehren, aber ohne das Gold sind wir aufgeschmissen.« Sie hakte sich bei ihm unter.

Gemeinsam liefen sie zu den Wohnwagen zurück. Lock passte seine Schritte den ihren an. Sie gingen schweigend, hingen jeder seinen eigenen Gedanken nach.

Vor der Hütte berührte er sacht Jordans Arm.

»Darf ich einen Vorschlag machen?«

Sie nickte.

»Ich könnte dir das Geld für Schroeder geben.«

Sie starrte ihn ungläubig an. »Wie bitte?«

»Ich bin zum Teil an alldem mitschuldig und will helfen. Ich spare seit Jahren auf eine eigene Mine. Bis dahin ist noch ein weiter Weg, aber ich habe immerhin genug, um Schroeder auszuzahlen. Die fällige Pacht, den Abschlag und auch einen geschätzten Gewinnanteil, damit er erst einmal Ruhe gibt. Wir wären ihn los, könnten in Ruhe schürfen und müssten uns keine Sorgen darum machen, ob und wann Caleb zurückkommt.«

Das klang fast zu schön, um wahr zu sein. Ein Hauch von Hoffnung stieg in Jordan auf, der gleich darauf in sich zusammenfiel. Selbst wenn Lock mehr als nur etwas Zuneigung für sie empfand, konnte er ihr ein solches Angebot niemals ohne Gegenwert unterbreiten. »Was verlangst du dafür?«

»Nicht viel.«

»Sag schon.«

»Ich will, dass wir gleichberechtigte Partner werden. Das heißt, alles, was wir nach Felix' Auszahlung aus dem Boden holen, fließt an mich zurück – abzüglich der fixen Kosten, die wir weiter bedienen – bis meine Einlage ausgeglichen ist. Danach teilen wir fünfzig zu fünfzig. Allerdings treffe ich in Zukunft alle Entscheidungen.«

Ihr erster Gedanke war, dass er sie ausbooten wollte. Dann wollte sie sich selbst dafür treten. Lock war nicht so. Ohne seine Hilfe standen nicht nur die Jobs des gesamten Teams auf dem Spiel – da waren immer noch die Wette mit Boyd und ihr eigener verflixter Stolz, der nicht zulassen wollte, dass sie so schnell aufgab.

»Das ist schon eine ganze Menge«, sagte sie leise.

Er hob eine Hand und legte sie an ihre Wange. Zärtlich streichelte er sie mit dem Daumen. »Wir sind ein gutes Team und ich glaube, dass die Mine mehr als das, was ich investiere, hergeben wird. Wenn wir alle am Ball bleiben, gehen wir mit zwei oder drei Millionen Gewinn am Ende von hier weg.«

Das klang zu verführerisch. »Die Wette ...«

Er hob einen Mundwinkel. »Hast du doch längst gewonnen, Jordan. Du hast Gold gefunden, das Team für dich eingenommen und ohne den Diebstahl würdest du meine Hilfe gar nicht benötigen. Wir können gemeinsam viel erreichen, wenn du es zulässt.«

*

Jordans Gedanken rasten. Lock schien die Antwort auf all ihre Gebete zu sein. Selbst wenn sie sich durch solch eine Vereinbarung in eine Abhängigkeit zu ihm begab, störte sie das nicht so sehr, wie es vielleicht sollte. Sie hatte sich von Anfang an zu ihm hingezogen gefühlt und jetzt, da sie wusste, dass er auch etwas für sie empfand, kam ihr alles plötzlich so simpel vor. Mit seiner Hilfe konnte sie ihre Würde wahren. Außerdem bekäme sie einen Partner in mehr als nur einer Hinsicht.

Worüber denkst du eigentlich noch nach, Jordan? Greif zu!

Lock sah sie nur abwartend an, als kenne er ihre Entscheidung bereits. Ein feines, aber amüsiertes Lächeln flüsterte um seine Lippen, das sie herzlich erwiderte.

»Einverstanden.« Sie sollte ihm die Hand geben, um ihre Abmachung zu besiegeln, doch zwischen sie ging kein Blatt mehr.

Lock nickte zufrieden. »Sollen wir einen Vertrag aufsetzen, oder reicht dir ein Handschlag?«

»Ich habe eine bessere Idee.«

Sie ging auf die Zehenspitzen, umfasste seine Wangen mit gespreizten Fingern und beugte sich vor. Als ihre Lippen sich trafen, seufzten sie beide auf. Jordans Herz donnerte wild in ihrem Brustkorb, als sie Locks Zungenspiel erwiderte und ihr Verstand drohte in weite Ferne abzudriften. Dann zog sich Lock zurück. Seine Lippen glänzten und eine feine Röte lag auf seinen Wangen. Das Braun seiner Augen hatte sich um einige Nuancen verdunkelt. Ein Muskel in seiner Wange zuckte und die kleinen Fältchen um seine Augen hatten sich tiefer eingegraben.

»Hast du überhaupt eine Ahnung, wie gern ich dich jetzt in meinen Wohnwagen tragen und lieben würde?«

»Vermutlich so gern, wie ich es zulassen würde.« Sie hob bedauernd die Schultern.

»Aber die Mine ...«, sagten Lock und sie gleichzeitig.

Jordan musste lachen. »Wie wäre es mit später?«

»Klingt gut. Hilfst du den Jungs, während ich mich um die Finanzierung kümmere?«

»Klar, *Boss*.«

Er umfasste ihr Gesicht und sah sie eindringlich an. »Nicht Boss. *Partner*.« Damit gab er ihr einen weiteren festen Kuss, ehe er sich abwandte und zu ihrem Wagen stiefelte. Er schwang sich hinters Steuer, winkte noch einmal kurz und fuhr davon.

Jordan hob ihre Hand an den Mund und starrte ihm hinterher.

»Du steckst in echten Schwierigkeiten, Jordan«, murmelte sie zu sich selbst und setzte ihren Weg fort ohne den leisesten Hauch des Bedauerns.

19. Kapitel

Jordan verschanzte sich nach einigen Stunden harter Arbeit in ihrem Wohnwagen. Selbst als Lock von der Nachbarmine zurückkam, bekam sie es erst mit, als er an ihrer Tür klopfte, trotzdem reagierte sie nicht.

Sie brauchte ein bisschen Zeit für sich, um nachzudenken, und seine Anwesenheit lenkte sie nur ab. Und im Augenblick musste sie einen klaren Verstand behalten.

»Jordan? Ich bin zurück. Jim hat das Geld an Felix überwiesen. Es ist alles wieder in Ordnung. Jordan?« Er pochte noch einmal gegen die Tür.

Sie lag auf ihrem Bett, starrte den vergammelten Deckenhimmel an und kaute auf ihrer Wange. Während sie heute Dreck geschaufelt und Tesla beim Reparieren des Dozers geholfen hatte, war ihr klar geworden, dass sie sich längst rettungslos in Lock verliebt hatte.

Vermutlich sogar schon vom ersten Moment an, spätestens jedoch, als er sich ihr beim Essen des Frostings angeschlossen hatte. Es gab nur einen Grund, warum sie ihn dennoch auf Abstand gehalten hatte.

»Weil du nach Boyd erst mal keine Affäre haben wolltest«, sagte sie leise in die Stille des Wohnwagens hinein und sprach damit ihre geheimsten Gedanken laut aus. »Und weil du in Wahrheit ein Feigling bist ...«

Es tat gut, endlich auch ehrlich zu sich selbst zu sein. Und wenn das mit Lock funktionieren sollte, sollte sie ihm sagen, was sie empfand.

Sie sprang auf und schlug sich fast die Stirn am Rahmen des Bettes an.

Auf dem Tisch lag das Satellitentelefon, das sie achtlos dorthin geworfen hatte. Sie nahm es und wählte automatisch die Nummer ihrer Eltern. Als ihr Daumen über der Sendetaste schwebte, hielt sie inne. Was tat sie da? Wenn sie ihre Eltern anrief wie ein kleines Mädchen, würde ihr Vater nicht lang zögern und sich auf den Weg hierher machen. Er war ohnehin dagegen, dass sie hier war. Nur zu gut erinnerte sich Jordan an das Telefonat am gestrigen Tag, in dem er sie erneut aufgefordert hatte, diese Arbeit sein zu lassen und lieber heimzukommen.

Sie löschte die Zahlen und legte das Telefon weg. Es gab keinen Grund für dieses Telefonat. Die meisten Probleme waren gelöst und mit Locks Hilfe würde sich auch der Rest ergeben.

Ein Wagen hielt unweit des Hauses und riss sie aus ihren Grübeleien. Jordan spähte durch den zerschlissenen Vorhang und fand ihre Vermutung, dass es sich dabei nur um Nicci handeln konnte, bestätigt. Ein kurzer Blick auf die Uhr zeigte ihr, dass sie sich mehrere Stunden vergraben hatte. Jetzt war es Viertel vor neun abends.

Es wurde Zeit, sich wieder sehen zu lassen. Locks Schwester musste nicht unbedingt mitbekommen, was heute hier geschehen war. Jordan wuschelte sich durchs Haar, bis die Strähnen wieder einigermaßen da lagen, wo sie hingehörten, dann trat sie ins Freie – zeitgleich mit Lock.

Als er sie sah, hob er eine Braue, sagte aber nichts dazu, dass sie ihm nicht geöffnet hatte. Sie schenkte ihm ein schiefes Grinsen und ein Schulterzucken. Später gab es bestimmt Zeit für eine Erklärung.

Er stieg die drei Stufen hinunter und wartete, bis Jordan es ihm gleichtat. Gemeinsam gingen sie zu seiner Schwester.

Nicci lehnte an der Kühlerhaube ihres Pick-ups und leerte gerade eine Flasche Wasser. Ulf stand in unmittelbarer Nähe und sagte etwas zu ihr, das Jordan nicht verstehen konnte. Sie sah allerdings deutlich, wie Nicci sich versteifte und Ulf den Mittelfinger zeigte.

Lock neben Jordan spannte die Schultern an.

»Ruhig. Du weißt nicht, was da vor sich geht.«

»Werde ich aber gleich erfahren«, stieß er durch zusammengebissene Zähne hervor.

»Das lässt du bleiben. Erinnere dich an unser Gespräch: Sie ist erwachsen und kann sich selbst helfen.«

Lock atmete sichtlich ein und ließ dann mit einem Zischen

die Luft aus seinen Lungen entweichen. »Also schön, du hast gewonnen. Ich hoffe, du weißt, was du tust.«

Jordan nickte und ging weiter. »Nicci! Toll, dass du es geschafft hast!« Sie begrüßte Locks Schwester wie eine alte, lang verschollene Freundin. Falls es die junge Frau irritierte, zeigte sie es nicht. Sie erwiderte Jordans Umarmung heftig.

»Hey, Jordan!« Etwas leiser fügte sie hinzu: »Was geht da zwischen dir und meinem Bruder vor?«

Jordan wich zurück und bemühte sich um einen neutralen Gesichtsausdruck. Ehe sie etwas erwidern konnte, winkte Nicci ab. »Ach lass, ihr seid beide schon groß.« Und völlig zusammenhanglos fügte sie hinzu: »Ich hab das Ersatzteil dabei. Wo ist mein Geld?«

»Nicci!«, sagte Lock warnend.

»Was? Wir hatten eine Vereinbarung!«

Jordan ging dazwischen. »Richtig. Du bekommst es auch. Allerdings gab es einen kleinen Zwischenfall, ich kann dir gerade kein Gold geben ...«

»... dafür haben wir dir deine zehn Unzen überwiesen«, fiel Lock ihr ins Wort. Sein warnender Blick wäre gar nicht nötig gewesen, Jordan begriff auch so, dass er seine Schwester aus dem von Caleb verursachten Ärger raushalten wollte. Sie verstand sogar, weshalb. Nicci war von den beiden Männern großgezogen worden. Vielleicht kannte sie Calebs Schwäche nicht einmal. Deshalb würde Jordan auch nicht diejenige sein, die ihre Illusionen zerstörte.

»Richtig. Ich hoffe, das war okay? Lock kannte deine Kontodaten.«

»Klar, kein Problem. Wollt ihr den Kram abladen? Ich könnte in der Zwischenzeit einen Happen vertragen.« Sie lief auf die Hütte zu. »Lock, ist ja klar, dass ich heute Nacht bei Jordan penne.« Im nächsten Moment war sie in der Hütte verschwunden.

Ulf lachte dröhnend. »Echt, Lock, deine Schwester ist eine Naturgewalt.«

Mehr als das, dachte Jordan und räusperte sich. »Sei so gut und trommel die Jungs zusammen, Ulf. Wir sollten das restliche Tageslicht nutzen, um das Ersatzteil mit der Waschanlage zu verbinden. Je eher wir fertig sind, desto schneller können wir wieder schürfen.«
Er sah von ihr zu Lock. »Dann machen wir wirklich weiter? Keine Zweifel mehr?«
»Jordan und ich haben eine Lösung gefunden«, gab Lock die Antwort. »Und jetzt sollten wir wirklich an die Arbeit gehen.«
Ulf verstand den Wink. Er schnappte sich sein Funkgerät und vermeldete den anderen Niccis Ankunft.

*

Sie arbeiteten, bis Jordan ihre Finger nicht mehr spürte. Ständig musste die Wasserpumpe angestellt werden und die Anlage probehalber anlaufen, ehe Tesla zufrieden brummte. Außer Jordan waren nur noch er und Hank auf den Beinen. Die anderen hatten sich längst zurückgezogen, um zu essen oder zu schlafen.
Als die Sonne ihre letzten Strahlen zu Boden schickte, seufzte Jordan erleichtert auf. »Schluss für heute. Ihr habt großartige Arbeit geleistet, Jungs. Morgen früh noch die restlichen Teile zusammenschrauben, dann können wir loslegen.«
Tesla schlug Hank auf den Rücken. »Ruh dich aus, Junge, du hast heute wirklich gut mitgemacht.«
»Er hat recht, du hast eine Doppelschicht geschoben, obwohl du das nicht gemusst hättest, Hank. Danke.«
Er wartete, bis Tesla außer Hörweite war, ehe er antwortete. »Ich hatte etwas gutzumachen.«
Jordan erwiderte nichts darauf. Sie hatte bereits alles zu diesem Thema gesagt. Jedes weitere Wort war unnötig. Sie wollte jetzt auch nur noch eine kurze Dusche nehmen, ehe sie völlig übermüdet ins Bett fiel. Das sie sich mit Nicci teilen musste, wie sie sich seufzend in Erinnerung rief.
Hank und Tesla zogen sich schnell zurück. Nicci lag schon

im Wohnwagen und schlief, deshalb schlich Jordan nur hinein, holte ihren Kulturbeutel und beeilte sich sofort wieder, das Licht zu löschen. Nicci bekam davon nichts mit.

In der Hütte war es um diese Zeit besonders still. Jemand hatte eine Portion Sandwiches auf den Tisch gestellt und einen Zettel mit Jordans Namen darangelehnt. Sie erkannte Locks energische Handschrift. Weil Jordans Magen verdächtig knurrte, schnappte sie sich im Vorbeigehen ein Brot und biss hinein. Es schmeckte so köstlich, dass sie ihre Meinung änderte und sich doch erst einmal setzte, um den Teller zu leeren.

Hinter ihr öffnete sich die Tür. Jordan erstarrte und sprang auf. Sie wusste, dass die anderen bereits schliefen. In Hörweite befand sich niemand, und falls der Neuankömmling ihr Stalker war, steckte sie in Schwierigkeiten.

Als sie Lock erkannte, atmete sie erleichtert auf. »Du.«

Er legte den Kopf schräg. »Hast du jemand anderen erwartet?«

»Eigentlich hatte ich niemanden erwartet.« Sie hob die Schultern. »Ich wollte duschen und dann ins Bett.«

Lock kam näher.

»Hast du mich verstanden?« Jordan runzelte die Stirn und überlegte, ob sie ihre Worte vielleicht gar nicht ausgesprochen hatte, doch Lock belehrte sie eines Besseren.

»Habe ich.« Trotzdem hielt er nicht an.

»Warum kommst du dann her?«

»Weil du viel zu müde bist, um dich allein aus diesen Stiefeln zu schälen.« Er ging vor ihr in die Knie und hob ihr Bein. Seine schlanken Finger umfassten ihre Wade. Dadurch gab er ihr gleichzeitig Halt und brachte sie zum Beben. Unwillkürlich musste sie sich auf seinen Schultern abstützen, um nicht das Gleichgewicht zu verlieren.

»Lock ...«

»Ruhig. Ich ziehe dir nur die Stiefel aus.« Er arbeitete schnell, löste die Schnürung, zog an der Ferse und den Schuh von Jordans Fuß. Dann wiederholte er das Gleiche auf der anderen Seite. Doch als er fertig war, kam er nicht wieder hoch. Er streichelte ihren Knöchel, den er immer noch festhielt, bis Jordans Zittern heftiger wurde.

Schließlich streifte er ihr auch die Socken ab. Ihr Herz schlug so schnell und laut, dass sie sich sicher war, dass er es hören musste.

Endlich kam er nach oben. Dabei strich er mit beiden Händen ihre Beine entlang, die plötzlich aus Gummi bestanden. Jordans Klammergriff wurde fester.

»Was wird das?«

»Ich helfe dir beim Ausziehen.« Seine unverblümte Antwort raubte ihr den Atem. Er wirkte ausgeruht und selbstsicher. Nicht verdreckt und erschöpft wie sie.

»Lock, ich habe bis eben gearbeitet, ich ...«

»Du bist müde, ich weiß. Und dein Partner, kann nicht zulassen, dass du unter der Dusche ausrutschst, weil du zu erledigt bist. Wir können es uns nicht leisten, dass du dich verletzt.«

Jetzt knöpfte er langsam sein Hemd auf. Dabei ließ er sie keine Sekunde aus den Augen. Sein Atem ging ruhig, während Jordan um jeden einzelnen Zug kämpfen musste. Sie fühlte sich, als sei sie gerade einen Marathon gelaufen – den Mount Everest hinauf. Jeder einzelne Zentimeter Haut, den Lock entblößte, sorgte mehr dafür, dass ihr Hirn nicht länger richtig arbeitete.

»Du ziehst dich aus.«

Er lächelte. »Wie immer hast du eine ausgezeichnete Beobachtungsgabe. Ich werde wohl kaum voll bekleidet unter die Dusche gehen.«

Dusche. Ausziehen. Stimmt, da war etwas gewesen. »*Ich* wollte duschen«, krächzte sie.

»Richtig. Aber wie ich schon sagte, nicht allein.« Sein Hemd war endlich offen. Die Seiten hingen locker an ihm herab und verhüllten nicht mehr den flachen Bauch mit den Muskelsträngen und den Kuhlen, dort, wo seine Jeans auf den Hüften saß.

Lock drehte Jordan um und schob sie in das Badezimmer.

Unterwegs musste er sein Hemd weggeworfen haben, denn als sie sich ihm schließlich wieder zuwandte, trug er nur noch seine Jeans.

Unfähig, etwas zu sagen oder zu tun, ließ sie ihn gewähren, als er ihr Hemd aufknöpfte, es abstreifte und dann das T-Shirt über ihren Kopf zog, ehe er schließlich ihren BH öffnete.

»Wunderschön«, murmelte er. Seine Hände lagen ruhig auf ihren Rippen, nur seine Daumen berührten die untere Wölbung ihrer Brüste.

Trotzdem brannte es wie Feuer in Jordans Innerem. Ihre Brustwarzen zogen sich vor Erwartung zusammen, was Lock veranlasste, einen Mundwinkel zu heben.

»Jetzt die Hose.« Ohne ihr die Gelegenheit zu geben, doch noch einmal zu protestieren, öffnete er die vier Knöpfe an der Vorderseite und zog sie ihr mitsamt dem Slip nach unten.

Jordan konnte nicht mehr viel tun, außer aus den Hosenbeinen zu treten und zuzusehen, wie er die Kleidung hinter sich warf. Hilflos klammerte sie sich an dem Waschbecken fest, das ihr abgesehen von Lock den einzigen Halt bot. Der war jedoch gerade damit beschäftigt, seine eigene Jeans auszuziehen.

In Jordans Kopf gab es einen Kurzschluss, als Lock zu ihr kam. Seine Erregung wippte deutlich sichtbar, trotzdem machte er keinerlei Anstalten, mehr zu tun als bisher. Er ging in die offene Nasszelle und stellte das Wasser an. Dabei richtete er den Strahl auf die Rückwand, ehe er Jordan zu sich heranzog.

»Lehn dich dagegen. Keine Angst, es ist warm.«

Er bestritt die gesamte Konversation allein, was Jordan in diesem Augenblick vollkommen recht war. Ihre Zunge klebte am Gaumen, ihr Herz trommelte wild und ihre Finger suchten wie von selbst seine Schultern.

Wann er die Flasche mit dem Duschgel aus ihrem Kulturbeutel genommen hatte, wusste sie nicht, sie sah nur gebannt dabei zu, wie er die Flüssigkeit in seinen Händen aufschäumte und dann in aller Seelenruhe begann, Jordan zu waschen.

Jede seiner Berührungen schickte tausend Funken über ihre Haut. Jordan konnte nur noch stoßweise atmen, und jedes Mal, wenn Lock sich kurz von ihr löste, fürchtete sie, er käme nicht zurück. Trotz des warmen Wassers brannte ihre Haut, fühlte sich viel zu eng an. Nur, wo er sie berührte, linderte es den süßen Schmerz, bis er weiterglitt und eine neue Stelle für seine Folter auserkor.

Jordan wimmerte leise, als er sie umdrehte und auch ihre Rückseite wusch. Ebenso sorgsam, ebenso langsam. An den Narben strich er nur sachte entlang, ohne sich daran zu stören. Als sie schon glaubte, es nicht mehr aushalten zu können, nahm er den Duschkopf aus der Halterung und wusch die Seifenreste fort. Als Nächstes folgten ihre Haare und Jordan schwor tausend Eide, dass sie niemals etwas Erotischeres als diese Kopfmassage erlebt hatte. Doch auch dieser Moment ging viel zu schnell vorbei.

Ihre letzten vernünftigen Gedanken flogen davon, als Lock sie umdrehte, sich nach vorn beugte und sanft mit den Lippen an einem Nippel zupfte. Seine Zunge leckte die Tropfen des Wassers ab und sorgte für eine weitere Welle süßer Qual. Er wechselte die Brust, knabberte und neckte, bis Jordan beide Hände gegen seinen Brustkorb drückte. Seine Muskeln unter ihren Handflächen arbeiteten und unter ihren Fingerspitzen fühlte sie, dass auch sein Herz wild klopfte.

Seine dunklen Augen suchten ihren Blick. Was sie darin las, erschütterte Jordan bis ins Tiefste ihrer Seele.

»Ich werde nichts tun, außer dich ein bisschen entspannen.«

Das war aber keine Entspannung! Selten zuvor hatte Jordan mehr geglaubt, ihr Rückgrat entspräche einer Bogensehne, die zum Zerreißen gespannt war. Selbst nach ihrem Unfall hatte sie sich nicht so gefühlt. Jede Faser ihres Körpers war in Aufruhr, weil dieser Mann nicht die Finger von ihr lassen konnte.

Ohne ihr die Chance auf eine Antwort zu geben, ging er in die Knie. Dass das Wasser dadurch hart auf seinen Rücken prasselte, schien er nicht zu bemerken. Er küsste sich seinen Weg von ihrem Knöchel den Schenkel hinauf, ehe er ihr Bein über seine Schulter legte.

»Entspann dich«, raunte er noch, dann spürte sie seine Lippen auf ihrer Scham. Mit zwei Fingern teilte er ihr Fleisch und fand zielsicher mit der Zungenspitze ihren Kitzler.

Jordan schrie auf. »Lock!«

Er brummte nur, was als Vibration durch ihren Körper lief. Dann fiel er über sie her, als habe er sein Lebtag nichts Köstlicheres geschmeckt.

Jordans Lider wurden schwer. Ihr Becken rollte, sie suchte Halt an der Wand, fand aber nichts, woran sie sich hätte abstützen können. Daher lehnte sie sich gegen die Fliesen, die trotz des wärmenden Wassers einen kühlen Kontrast boten. Derweil tauchte Lock mit seiner Zunge tief in sie hinein, bis sie fühlen konnte, wie sich die innere Anspannung immer weiter aufbaute. Lock schien ein Meister der Zungenfertigkeit zu sein, denn er schaffte es innerhalb weniger Schläge, sie an den Rand des Wahnsinns zu treiben.

Sie warf den Kopf wild hin und her und krallte schließlich die Hände in sein Haar, um ihn daran zu hindern, aufzuhören.

Erneut tat er nicht das, was sie von ihm erwartete, sondern richtete sich auf, ehe er sie zur endgültigen Erfüllung gebracht hatte, und ließ ihr Bein zurück auf den Boden gleiten. Er drückte sich an sie, sodass sie seinen stramm aufgerichteten Penis an ihrem Bauch spüren konnte. Nur wenige Zentimeter trennten sie voneinander.

Lock umfasste ihr Gesicht und küsste sie. Sie kostete ihren eigenen Geschmack und stöhnte in seinen Mund, während seine Hand langsam nach unten wanderte. Mit dem Daumen streichelte Lock ihre geschwollene Perle. Erst nach einer gefühlten Ewigkeit schob er zwei Finger in Jordan hinein, was sie vor Lust aufschreien ließ.

Er nahm den Kopf zurück und sah sie fest an, während er immer wieder tief in sie hineinstieß, ohne ihr das zu geben, wonach sie sich wirklich sehnte. Ihre Lider waren so weit nach unten gesunken, dass sie ihn nur noch undeutlich wahrnahm.

Seine Wangen waren gerötet, sein Atem mischte sich mit ihrem und die Konzentration sorgte dafür, dass sein Gesicht noch kantiger wirkte als sonst schon. Lock mochte kein schöner Mann im klassischen Sinne sein, aber in diesem Augenblick verdrängte er jeden anderen aus Jordans Gedächtnis.

Sie bewegte die Hüften im gleichen Takt mit seiner Hand, ritt seine Finger, bis sie den Gipfel erklomm und den Mund zum erlösenden Schrei öffnete.

Lock verschluckte ihn mit einem Kuss. Immer weiter trieb er sie, bis Jordan schließlich erschöpft zusammensank und den Kopf schüttelte.

»Ich denke, jetzt bist du entspannt genug, um gut zu schlafen«, murmelte Lock an ihrem Hals, die Stimme rau vor unterdrückter Leidenschaft.

Dann nahm er den Duschkopf und brauste sie sanft ab, was weitere Schauer über ihren Körper trieb, sie allerdings nicht mehr in diese verzehrende Erregung versetzte wie seine Berührungen.

Jordan zwang sich die Augen zu öffnen. »Was ist mit dir?«

Er lächelte zärtlich und strich ihr eine feuchte Strähne aus dem Gesicht. »Ich warte. Du hast das gerade gebraucht, aber du warst zu müde, um dir selbst zu helfen – und«, er wackelte frech mit den Brauen, »du hättest es bestimmt nicht getan, wenn Nicci neben dir schläft. Außerdem ist der Druck zwischen uns jetzt nicht mehr so groß.« Er küsste sie auf die Nasenspitze.

Er hangelte nach dem Handtuch und wickelte Jordan darin ein, bevor er sich selbst abtrocknete. Anschließend reichte er ihr sein Hemd. »Zieh es an. Mir macht das bisschen Nachtluft nichts aus. Vielleicht kühlt sie mich ja sogar ab, wer weiß?«

Jordan lachte leise. Sie wusste es zu schätzen, dass er nicht weiter gegangen war. Sie hatte diese Grenze nicht jetzt schon überschreiten wollen. Dass er das respektierte, tat ihr gut, wenngleich sie nicht wusste, womit sie das verdient hatte.

Sie fragte nicht. Sie sagte auch nichts, als er sie wieder auf die Arme nahm, weil sie sich weigerte, in ihre feuchten Arbeitssocken zu schlüpfen, um die Stiefel anzuziehen. Stattdessen schmiegte sie ihren Kopf an seine Brust und lauschte auf seinen Herzschlag.

Vor ihrem Wohnwagen stellte Lock sie auf die Stufen. Das Lochgitter tat ihr unter den Sohlen weh, trotzdem ließ sie es sich nicht anmerken. Der Moment war perfekt, wie er war, das wollte sie nicht verderben.

»Ich könnte dich immer noch mit zu mir nehmen. Nicci merkt das nicht einmal«, murmelte er und lehnte seine Stirn an ihre. »Aber das wäre im Moment nicht richtig. Wir hätten beide das Gefühl, dass meine Beteiligung an der Mine mit reinspielt. Das möchte ich nicht. Wir haben Zeit und müssen nichts überstürzen.« Er seufzte, hauchte ihr einen letzten Kuss auf die Lippen und zog sich zurück. »Schlaf gut und träum süß.«

Es gelang ihr gerade noch ein *Gute Nacht* zu sagen, da war er bereits verschwunden.

Jordan schob seinem Seufzen ein eigenes hinterher und ging in den Wohnwagen. Sorgsam verschloss sie die Tür, darauf bedacht, Nicci nicht zu wecken.

Sie beschloss, Locks Hemd über Nacht anzubehalten. Es würde ihr die Erinnerungen an das eben Erlebte bewahren.

Im Vorbeigehen fiel ihr Blick auf den Tisch. Darauf lag ihr Mobiltelefon. Das Display leuchtete, obwohl es das nicht hätte tun dürfen.

Und als Jordan das Gerät in die Hand nahm, ahnte sie, noch bevor sie die Worte *Elende Schlampe!* las, dass ihr Stalker wieder zugeschlagen hatte.

20. Kapitel

Vielleicht hatte Jordan geschrien, vielleicht nur genug Lärm gemacht, jedenfalls erwachte Nicci und rieb sich verschlafen die Augen.

»Was ist denn los?«

Jordan schluckte. Sie hatte sich eine Freundin zum Reden gewünscht, aber jetzt fehlten ihr die Worte, zu erklären, warum sie wie Espenlaub zitterte.

»Jordan?« Nicci schwang die Füße über die Bettkante und tappte auf sie zu. »Ist das etwa Locks Hemd?«

Das brachte sie wieder zur Besinnung. Sie drückte den Knopf an der Seite des Mobiltelefons, sodass die Nachricht verschwand, und zwang sich zu einem Lächeln. »Äh, ja, ich wollte dich nicht wecken, als ich zum Duschen ging, und musste mir eines von ihm leihen.« Eine dumme Ausrede, aber etwas Besseres fiel ihr partout nicht ein.

Nicci legte den Kopf schräg, eine Spiegelung der Bewegung, die Lock immer machte, und hob eine Braue. »Tatsächlich. Und dein Teint wirkt so rosig, weil es draußen so kalt ist, stimmt's?«

Bei einer Lüge ertappt zu werden war nie schön, aber in diesem Fall immer noch besser, als das Thema auf das tatsächliche Problem zu lenken. Jordan wusste selbst nicht, warum sie Nicci nichts erzählte, ihr war nur eine Sache allzu bewusst: Der Stalker musste sie und Lock gesehen haben. Da ihnen draußen niemand aufgefallen war, hatte der Mistkerl entweder eine Kamera im Bad versteckt, was Jordan für unwahrscheinlich hielt, oder eine andere Möglichkeit gefunden, sie zu beobachten. Seine Beleidigung enthielt nichts, was darauf schließen ließ, dass er genau wusste, was dort vorgefallen war.

»Ich ...«, begann sie, doch Nicci winkte ab.

»Lass es. Ich freu mich für euch. Caleb hätte nicht zu dir gepasst. Ich fand schon die ganze Zeit, dass du mehr den Ich-hab-einen-Stock-im-Hintern-Typen brauchst wie meinen Bruder. Caleb ist zu forsch, zu verrückt.«

Was sollte Jordan darauf antworten? Selbst das, was sie gerade mit Lock teilte, musste ja nicht für die Ewigkeit sein. Auch wenn sie es sehr hoffte.

Nicci kletterte wieder ins Bett. »Also mir ist das hier draußen zu kühl, aber falls du unter der Bettdecke noch etwas schwatzen willst ...«

Jordan beschloss, den Stalker zu ignorieren. Das riet man Frauen doch, die einer solchen Situation ausgesetzt waren, warum also nicht tun, was empfohlen wurde? Morgen konnte sie sich weitere Gedanken machen. Für heute fehlte ihr die Kraft dazu. Sie war zudem nicht allein. Nicci würde neben ihr liegen, das genügte Jordan als Schutz.

Sie krabbelte neben sie unter die Decke und freute sich darüber, dass sie bereits angewärmt war. Jordan seufzte wohlig. Der Tag hatte sie körperlich und emotional sehr erschöpft, aber trotzdem war sie nicht müde.

»Magst du ihn?«, fragte Nicci da leise. Weit weniger lässig, als es zuvor den Anschein gehabt hatte.

»Lock?«

»Wen sonst?«

»Ja. Schon. Irgendwie.«

»Hmm«, machte Nicci. Trotz des schwachen Lichts, das von draußen hereindrang, konnte Jordan ihren Gesichtsausdruck nicht erkennen.

»Was ist los?«

Nicci stieß einen schweren Seufzer aus, der gut und gern zu jemandem gepasst hätte, der deutlich älter als sie war. »Er braucht jemanden, der auf ihn aufpasst.«

Lock? Jemanden brauchen? Das war lachhaft. Er war der standhafteste und bodenständigste Kerl, den Jordan kannte.

»Doch, es ist so. Er beschützt mich schon so lang und später dann seine Männer. Jetzt dich. Aber wer kümmert sich um ihn? Ich hab ihn in deiner Nähe beobachtet. Er wirkt bei dir nicht, als wolle er sofort alle ringsum anbrüllen, nur weil sie dir Widerworte geben. Es scheint fast, als lauere er darauf, wie du dich behauptest.« Sie gähnte. »Als ob du ihm ebenbürtig bist. Zu schade, dass nach der Saison alles vorbei ist.« Die letzten

Worte kamen nur noch gemurmelt, weil Nicci bereits wieder einschlief.

Jordan dagegen lag wach. Sie ließ zu, dass die Wärme in ihren Körper sickerte, und dachte nach. Konnte sie die Frau sein, die Lock brauchte?

Der Gedanke gefiel ihr.

Trotzdem blieben zuvor noch einige Dinge zu klären.

Während sie sich ausmalte, wie sie Caleb in den Hintern treten würde, schlief sie ein. In dieser Nacht träumte sie von Lock, der sie einseifte und dabei schief anlächelte.

*

Caleb blieb verschwunden und mit ihm das Gold. Dennoch gab das Team nicht auf. Dank Locks Finanzspritze konnten sie weiterarbeiten. Die vorbereiteten Schürfabschnitte gaben gutes Material her, sodass sie beschlossen, die Abstände zwischen den Cleanouts zu verlängern, um möglichst viel zu schürfen bei hoher Ausbeute. Sogar von Doppelschichten war die Rede, doch dagegen verwahrte sich Jordan.

»Das ist viel zu gefährlich. Wenn ihr übermüdet die Maschinen bedient, kann euch etwas zustoßen. Das Risiko möchte ich nicht eingehen«, beschied sie.

»Das kann auch passieren, wenn wir hellwach sind.« Ulf nickte Richtung Fenster, von dem aus der Trichter der Waschanlage deutlich zu sehen war, um Jordan an ihren eigenen Fehler zu erinnern.

»Wie du genau weißt, hatte ich da gerade ganz andere Sorgen«, brummelte Jordan.

Lock beugte sich zu ihr. »Denk an unsere Abmachung.«

Das passte ihr gar nicht. Lock war mit den Doppelschichten einverstanden, und wenn sie ihm jetzt das Feld überließ, würden die Jungs Verdacht schöpfen. »Nein. Ich bin strikt dagegen. Wir werden unser Soll auch so erreichen.«

Sie duellierten sich mit Blicken, doch wenn er stur sein konnte, sie war es ebenfalls.

Schließlich lockerte Nicci, die noch immer auf dem Claim weilte, die angespannte Situation auf. »Fehlen nur noch die Boxhandschuhe. Kinder, warum einigt ihr euch nicht irgendwo in der Mitte? Keine Doppelschichten, aber dafür anderthalb? Ihr könntet das längere Tageslicht ausnutzen, mehr schürfen und trotzdem das Risiko von Unfällen vermeiden.«

»Die kleine Maus hat recht«, grunzte Ulf und spielte mit seinen Rastalocken.

Sein Kommentar brachte ihm Niccis Mittelfinger ein, an dessen Anblick er sich aber nach drei Tagen gewöhnt haben durfte. So lang stritten die beiden inzwischen und jeden Disput beendete Locks Schwester mit dieser Geste. Nicht sehr einfallsreich, aber wirkungsvoll.

»Warum fährst du nicht einfach zurück in die Stadt, Nicci, und lässt uns das allein klären«, versuchte Lock ein weiteres Mal, sie loszuwerden. Nicht ganz ohne Hintergedanken, wie Jordan wusste. Jedes Mal, wenn die anderen nicht hinsahen, bedachte er sie mit einem glühenden Blick der die Erinnerung an die gemeinsame Dusche zurückbrachte.

Insgeheim überlegte Jordan schon, ob sie ihm nicht verraten sollte, dass Nicci ohnehin Bescheid wusste. Denn dann könnte sie auch bei ihm übernachten, ohne dass sich jemand daran störte.

Denn Nicci dachte nicht im Traum daran abzureisen. Sie hatte beschlossen, dass ein Urlaub in der Nähe ihres Bruders genau das Richtige war, was sie jetzt benötigte. Solang sie die Küche übernahm, hatte Jordan nichts dagegen, aber auch sie mochte die Einmischung nicht. Noch weniger geheuer war ihr, dass der Stalker jetzt zwei Frauen hatte, die auf dem Claim lebten und die er beobachten konnte.

Sie hatte Lock von ihrem Verdacht erzählt und der hatte tatsächlich ein Loch in der Rückwand des Badezimmers entdeckt. Er hatte es von außen zugenagelt und überprüfte jeden Tag, ob das Holz noch fest saß.

Es gab keine weiteren Zwischenfälle, aber durch Niccis Anwesenheit bekam der Stalker auch keine Gelegenheit mehr.

Die Frauen betraten den Wohnwagen nur noch gemeinsam und schlossen ihn ab – nachdem Jordan Nicci doch noch ins Vertrauen gezogen hatte. Was werden sollte, nachdem Locks Schwester das Camp wieder verlassen hatte, darüber wollte Jordan vorerst nicht nachdenken.

Im Augenblick stand der Streit um die Doppelschichten noch im Raum. Sie saßen beim Essen. Zur Abwechslung mal wieder alle zusammen und jeder schien eine eigene Meinung zum Thema zu haben: Tesla war es schlichtweg egal. Als Mechaniker reichte es, wenn sie ihn weckten, sobald ein Defekt auftrat. Ulf wollte unbedingt so viel Gold wie möglich schürfen. Darren sah es pragmatisch; je mehr Gold sie fanden, desto eher würde er seine keifende Exfrau los, und Hank schien Doppelschichten ohnehin zu mögen.

Jordan seufzte. »Okay. Anderthalb Tagesschichten. Alle zwei Tage, darauf lasse ich mich ein.« Sie wartete, ob Lock ihr erneut widersprechen würde, doch er schwieg.

In seinen braunen Augen schimmerte Anerkennung, und Jordan erkannte jäh, dass er sie einmal mehr auf die Probe gestellt hatte. Und inzwischen glaubte sie zu wissen, warum: Er hatte zwar behauptet, die Entscheidungen der Mine allein treffen zu wollen, aber er setzte darauf, dass Jordan dahingehend nicht allzu leicht nachgab. Dazu passte auch, dass er sie nicht länger als Boss, sondern als Partnerin betrachtete. Trotzdem versetzte sie ihm unter dem Tisch einen halbherzigen Tritt.

»Au! Wofür war das denn?«

»Das weißt du genau!«, zischte sie und widerstand nur schwer dem Drang, ihn mit ihren Pommes zu bewerfen wie ein Kleinkind.

»Die Kinder streiten«, brummte Darren und stand auf. »Ich geh dann mal wieder an die Arbeit.«

Dass sich alle trollten, kam nicht von ungefähr. Sie schienen zu spüren, dass ihre beiden Bosse etwas zu klären hatten. Nur Nicci erwies sich als äußerst begriffsstutzig.

Auf Locks genervten Blick hin fragte sie: »Was?« Sie stopfte sich eine Fritte in den Mund. »Ich esse noch! Du sagst doch immer, ich sei zu dürr.«

»Raus, Nicci.« Samtig und leise, ohne die befehlsgewohnte Schärfe, und doch genügte Locks Tonfall, dass seine Schwester hörbar schluckte.

Jordan tarnte ihr Grinsen hinter vorgehaltener Hand. Endlich schien Lock begriffen zu haben, dass er mit sanfter Hand bei seiner Schwester weiter kam als mit Brüllen.

Nicci wischte sich die Hände an einer Serviette ab und zögerte nur kurz, unschlüssig darüber, ob sie ihren Teller noch abwaschen sollte, dann stürzte sie hinaus.

Über die Tischplatte hinweg maßen sich Lock und Jordan mit Blicken. Sie verschränkte die Arme vor der Brust und lehnte sich zurück. Sie freute sich bereits auf das Kommende.

»Wir hatten eine Vereinbarung«, erinnerte er sie nach einer gefühlten Ewigkeit des Starrens.

Jordan hob eine Schulter. »Und?«

»Ich übernehme die Entscheidungen.«

»Das hatten wir gesagt, ja. Aber ich werde nicht zulassen, dass du unser Team gefährdest.«

»*Unser* Team. Soso, gibst du es also zu, ja?«

Wieder einmal war sie ihm mit voller Wucht ins Messer gerannt. Doch es machte ihr nichts aus. Seit sie erkannt hatte, dass sein Test nichts weiter war, als ein Versuch, sie dazu zu bringen, sich eine Zukunft für die Mine an seiner Seite vorzustellen, konnte sie ihm nicht allzu lang böse sein.

»Ich gebe gar nichts zu«, bemerkte sie leichthin. »Ich sage nur meine Meinung. Abgesehen davon, sehe ich nicht ein, weshalb ich meinen Teil der Abmachung einhalten sollte, wenn für mich persönlich nichts dabei herausspringt.«

Das ließ ihn zurückzucken. »Wie bitte?«

Es machte wirklich Spaß, ihn zu ärgern. Langsam wusste Jordan, warum Nicci den Aufenthalt hier als Urlaub betrachtete.

»Nun, neben der Tatsache, dass du hier das Sagen hast, hatte ich schon gehofft, von dieser Partnerschaft noch mehr zu profitieren. Wenn du verstehst, was ich meine?« Ihr Blick huschte zur Badezimmertür und zurück.

Seine Augen weiteten sich. »Du hast eine Anzahlung darauf bekommen.«

»Und das soll genügen?«

Er überlegte kurz, dann schüttelte er entschieden den Kopf. »Tut es nicht.« Er sprang auf und war um den Tisch herum, ehe Jordan vor Überraschung überhaupt Luft holen konnte.

Im nächsten Augenblick fand sie sich hochgezogen und in eine knochenbrechende Umarmung gezogen.

Locks Kuss hatte nichts von der Zärtlichkeit oder der Leidenschaft, die er ihr zuvor hatte zukommen lassen. Dafür brannte er sich in Jordans Seele. Als sie sich schließlich schwer atmend voneinander lösten, fehlten ihr die Worte.

Lock dagegen nicht. »Du kleines Biest. Du weißt genau, was du mit mir anstellst, oder? Wenn ich es könnte, würde ich dich wie ein Höhlenmensch über meine Schulter werfen und dich in meinem Bett die nächsten drei Tage zum Schreien bringen. Aber dafür ist jetzt nicht die richtige Zeit.«

Das wusste sie, was mit einer der Gründe dafür war, dass sie ihn ein bisschen hatte reizen wollen. Nur seine Reaktion hatte sie nicht vorhergesehen. Wenn sie ehrlich zu sich selbst war, wünschte sie sich ebenfalls, dass sie endlich zu Ende brachten, was da zwischen ihnen stand und wie feine Glut vor sich hin glomm, bis ein neuer Windstoß die Flammen entfachte.

»Ich ... könnte heute Nacht zu dir kommen«, sagte sie leise und malte mit dem Finger Muster auf seine Brust.

»Das wäre wirklich schön, aber Nicci ist jetzt schon neugierig genug. Ich will nicht mit dir schlafen mit dem Hintergedanken, was meine Schwester wohl davon hält.«

»Sie weiß es längst.«

Das schien ihn für einen Moment zu überraschen. Dann verzog er das Gesicht. »Sie hat schon immer mehr gesehen, als gut für sie ist. Trotzdem, da ist noch die Sache mit Caleb ...«

Jordan runzelte die Stirn. »Was hat er damit zu tun?«

»Er denkt immer noch, dass er bei dir landen kann.« Er zögerte, dann legte er eine Hand in ihren Nacken und hauchte ihr einen zarten Kuss auf den Mund. »Ich will dich so sehr, dass es wehtut, aber Caleb und ich sind wie Brüder. Er verdient es, vorher Bescheid zu wissen, trotz allem, was er getan hat. Ich könnte ihm nicht mehr in die Augen sehen.«

»Wir sind nicht zusammen Lock. Das weiß er.«

»Bitte, kannst du mich nicht verstehen?«

Er sah so unglücklich aus, dass Jordans Kehle eng wurde. Nach allem, was Caleb ihnen angetan hatte, verstand sie nicht wirklich, warum Lock diesen Weg gehen wollte. Aber sie liebte ihn – und deshalb würde sie ihm auch in dieser Hinsicht vertrauen. Selbst wenn sie dafür auf Sex verzichten musste.

»Und wenn er nicht wieder zurückkommt?« Die Saison dauerte nicht ewig.

»Das wird er.«

Auch wenn sie nicht so überzeugt davon war wie Lock, nickte sie. »Du wirst mich später fürs Warten entschädigen müssen, das ist dir klar, oder?«

Er lachte leise und zupfte an einer ihrer Strähnen. »Ich habe nichts anderes erwartet, Boss.«

Gemeinsam gingen sie nach draußen, um die Arbeit wieder aufzunehmen. Sie wollten sich gerade trennen, um zu ihren jeweiligen Arbeitsstätten zu gehen, als Hank angerannt kam.

»Lock! Jordan! Es ist Tesla!«

Wie vom Donner gerührt blieben sie kurz stehen, dann rannten sie gleichzeitig los. Sie folgten Hank, der sie zur Wasserpumpe führte.

Tesla lag auf dem Boden und krümmte sich. Ulf kauerte neben ihm, selbst totenblass und hielt seine Hand.

Jordan ließ sich neben ihm auf die Knie fallen und befühlte die Stirn des Mechanikers. »Kaltschweißig. Tesla, kannst du mich hören?« Sie suchte gleichzeitig seinen Puls am Hals und fand ihn schwach und unregelmäßig, aber zumindest vorhanden.

Tesla grunzte und hielt sich den linken Arm. Entsetzt sah Jordan auf. »Verdammt, ich glaube, er hat eine Herzattacke!«

»Dann muss er sofort in ein Krankenhaus.« Eine Feststellung, auf die Jordan gern verzichtet hätte, aber Lock hatte leider recht.

Nicci, die mittlerweile auch eingetroffen war, erfasste die Situation sofort. »Jim hat einen Notfallhelikopter. Ich fahr mit Tesla rüber und fliege ihn nach Haines.«

»Ich helfe dir.« Ulf bückte sich bereits, um gemeinsam mit Lock und Hank Tesla hochzuheben. Während Nicci und Jordan zu deren Pick-up rannten, um die Ladefläche freizuräumen, kam Darren heran. Er half nach Jordans knapper Erklärung und sorgte dafür, dass die Ladefläche eine bequeme Unterlage für Tesla bot.

Sobald der Mechaniker mit Gurten verschnürt auf mehreren Lagen Decken und Kleidungsstücken lag, sprang Nicci hinters Steuer.

Ulf kletterte neben Tesla, hielt dessen Hand und versprach dem Älteren, dass alles gut werden würde. »Hey, keine Sorge, Mann. Nicci bringt dich rechtzeitig ins Krankenhaus.« Er riss sich gerade so lang von Teslas Anblick los, um dann an Jordan gewandt zu raunen: »Ich bleibe bei ihm.«

»Danke, Ulf.« Sie drückte kurz seinen Arm, dann trat sie vom Fahrzeug zurück. Besorgt sah sie zu, wie Nicci den Wagen aus dem Claim manövrierte. Das Areal ihres Nachbarn lag nur etwa fünfzehn Minuten entfernt. Der Flug nach Haines würde deutlich länger dauern.

»Ich rufe Jim an«, sagte Lock und zog bereits sein Satellitentelefon hervor. In aller Kürze schilderte er das Problem. Als er aufgelegt hatte, spannte sich die Haut über seinen Wangenknochen. »Jim tankt den Heli auf und erwartet sie auf seinem Claim. Er wird gemeinsam mit Nicci fliegen und Tesla im Auge behalten. Er war früher mal Notarzt und hat alles vor Ort, um Erste Hilfe zu leisten.«

»Gott sei Dank.«

»Der hat nicht viel damit zu tun.« Darren spuckte aus. Auch ihm war anzusehen, dass er sich große Sorgen machte. Nur Hank stand seltsam unbeteiligt daneben.

An Arbeit war jedenfalls nicht mehr zu denken. Sie sicherten die Waschanlage und zogen sich dann zurück. Allein in ihrem

Wohnwagen fühlte Jordan sich aber nicht wohl, weswegen sie sich eins von Locks Büchern schnappte und in die Hütte setzte. Kurz darauf schlossen sich die Männer an. Darren, der sonst eher große Töne von sich gab, hielt sich bedeckt. Lock las ebenfalls, und Hank kippelte auf einem Stuhl.

Die Worte zerflossen vor Jordans Augen. Immer wieder huschte ihr Blick zu den Funkgeräten und dem Satellitentelefon. Ulf würde anrufen, sobald Tesla sicher im Helikopter und auf dem Weg zum Krankenhaus war.

»Wenn er ...«, begann Darren, doch Lock fiel ihm ins Wort. »Er wird es schaffen. Die alte Lederhaut bekommt man nicht so schnell klein.«

Jordan hoffte es. Der Ältere war ihr inzwischen fest ans Herz gewachsen. Wie das gesamte Team. Falls Tesla starb, brachte es nicht nur das natürliche Gleichgewicht der Mine in Unordnung, ein wertvoller Mensch wäre gegangen. Auch wenn es niemand laut aussprach: Er war das Herz dieses Teams.

Die Anspannung wuchs immer weiter, bis endlich das Funkgerät knackte. Eine weibliche Stimme quäkte. »*Ain't all Silver?* Hört ihr mich?«

Jordan und Lock griffen gleichzeitig danach. Sie überließ ihm den Vortritt. »Ja, wir hören.«

»Hier ist Bonny von *Miners' Best*. Der Heli ist in der Luft. Tesla geht es den Umständen entsprechend. Jim hat ihn vorerst stabilisiert.«

»Danke, Bonny.«

»Kein Problem. Ich hoffe, der alte Zausel schafft es.«

Das hofften sie alle.

Lock legte das Funkgerät beiseite. »Jetzt müssen wir abwarten.«

Noch länger.

Die Minuten verstrichen quälend langsam. Es fühlte sich fast anstrengender an als ein Tag schweren Schuftens. Niemand von ihnen sprach. Darren sorgte dafür, dass sie alle genug heißen Kaffee hatten, ansonsten saßen sie nur da, während die Angst an ihnen nagte.

Jordan hätte schreien mögen. Sie musste doch etwas tun können. An den jeweiligen Sets hatte sie mittels Erster Hilfe viele Verletzungen versorgt, aber Herzinfarkte waren etwas, das vollkommen unberechenbar kam und für das es Spezialisten benötigte.

Über die Tischplatte hinweg griff Lock nach ihrer Hand. Er sagte nichts, doch der stete Druck seiner Finger genügte, damit Jordan Hoffnung schöpfte.

21. Kapitel

Goldys Bellen weckte Jordan. Ruckartig richtete sie sich auf und sah sich verstört um. Sie benötigte einen Augenblick, um zu begreifen, wo sie sich befand und wie sie hierhergelangt war.

Am Vorabend war sie am Tisch in der Hütte eingeschlafen und Darren hatte sie in seinen Wohnwagen getragen. Anders als ihr Trailer waren hier Wohn- und Schlafbereich so getrennt, dass es eine abschließbare Tür gab, die jetzt geschlossen war.

Dunkel erinnerte sich Jordan, dass Darren ihr gesagt hatte, sie solle abschließen, sobald er draußen war, und dass er Wache halten würde, während Lock auf Nachricht aus Haines wartete.

Sie strampelte sich von einer äußerst bequemen Daunendecke frei und stellte beschämt fest, dass sie in voller Montur geschlafen hatte. Nicht einmal die Zeit, ihre Stiefel auszuziehen, hatte sie sich genommen.

Sie fuhr sich mit beiden Händen durchs Haar, dann öffnete sie die Tür und ging in den Hauptbereich des Wohnwagens. Es gab eine moderne Küche mit diversen Küchengeräten, einer chromblitzenden Spüle und einer einklappbaren Sitzgelegenheit. Die Tür nach draußen stand offen. Darren saß auf den Stufen, sein Gewehr über den Beinen.

Er schien sie gehört zu haben. »Guten Morgen, Schlafmütze.«

»Morgen«, murmelte Jordan und wartete, bis er ihr Platz gemacht hatte, damit sie ins Freie konnte. »Netter Wohnwagen.«

Darren zuckte mit den Schultern. »Meine Frau bekommt so viel Kohle von mir, aber sie kann mir nicht meine Wohnung pfänden. Mein Anwalt meinte, alles, was ich in meinen Lebensraum investiere, gehört mir, also rüste ich das Baby immer weiter auf.«

Ein kluger Schachzug, wenngleich Jordan nicht verstand, wieso es Darrens Ex gelungen war, so viel Geld aus ihm herauszuschlagen. Sie hatten keine Kinder, nicht einmal einen Hund.

Jordan streckte sich und bemerkte dabei Hank, der in unmittelbarer Entfernung stand und sie anstarrte. Sie winkte ihm kurz, doch er wandte sich bereits ab. Jordan wurde einfach nicht schlau aus dem Burschen. Er verhielt sich manchmal so seltsam, dass sie ihn am liebsten schütteln wollte.

Goldy bellte erneut und lenkte Jordans Aufmerksamkeit auf sich. Sie schien sich gut erholt zu haben, denn sie tänzelte um Caleb herum, der mit breitem Grinsen auf Jordan zukam.

»Liebling, ich bin wieder da!«

Vielleicht war es sein süffisantes Grinsen, vielleicht der selbstgefällige Tonfall oder was er sagte, sie wusste es nicht, aber es brachte sie dazu, aufzuspringen und ihm entgegenzutreten. Ehe sie sich zurückhalten konnte, verpasste sie Caleb einen Kinnhaken. »Du Arschloch!«

Der Schlag richtete nicht viel aus, außer dass Jordans Fingerknöchel brannten, als habe sie auf einen Felsen eingeschlagen. Die Hündin sprang an ihr hoch, weil sie vermutlich glaubte, das sei ein besonderes Spiel.

Caleb fasste sich als Erster wieder und rieb sich das Gesicht. »Goldy, aus!«

Das Tier winselte kurz, kniff den Schwanz ein und trollte sich. Jordan achtete nicht darauf, wohin sie ging. Ihre gesamte Konzentration wurde benötigt, um Caleb nicht noch eine reinzuhauen.

»Was ist denn los, Schatz? Ich bin doch wieder da!«

»Ich bin nicht dein Schatz! Du hast mich bestohlen!«, rief sie so laut, dass es auch der Letzte im Camp noch hören konnte. Es war ihr egal.

Selbst als Lock angerannt kam, und Hank vor seinem Trailer erschien, wollte sie nur, dass Caleb für das, was er getan hatte, büßte. »Wo ist mein Gold?«

Er hob beide Hände als Zeichen der Kapitulation. »Im Wagen. Mensch, Jordan, es ist doch alles gut. Ich bin wieder da und ich hab das Gold verdreifacht. Ich dachte, du würdest dich freuen.«

Ungläubig kniff sie die Lider zusammen. »Spinnst du? Wir standen so kurz«, sie zeigte mit Daumen und Zeigefinger der unverletzten Hand einen winzigen Spalt an, »davor, die Mine dichtzumachen! Felix wollte seine Anteile sofort und wäre Lock nicht gewesen ...«

Caleb hob eine Braue. »Ach, hat unser Held wieder mal den Tag gerettet?« Sarkasmus schwang in seinem Tonfall mit. »Wie schön für ihn. Er hat das nur getan, um dich rumzukriegen.«

»Das reicht, Caleb«, befahl Lock und wollte zwischen ihn und Jordan treten, doch das ließ sie nicht zu.

Das war ihre Sache. Sie musste das klären. Und zwar ein für alle Mal.

»Weißt du was, Caleb? Lock war wenigstens da! Er und die anderen haben mich beschützt, als der Stalker wieder auftauchte. Wo warst du? Deine Sucht befriedigen?« Sie sah, wie er bleich wurde, doch sie war zu sehr in Fahrt, um jetzt aufzuhören. »Ich hoffe, du hattest viel Vergnügen daran, denn mir ging es beschissen! Ich hätte dich hier gebraucht. Und als ich dann noch erfahren musste, dass du mich ... uns bestohlen hast, hätte ich beinah angenommen, du steckst hinter alledem!«

»Jordan, ich würde niemals ...«

»Keine Sorge, so weit sind wir auch gekommen«, sagte sie jetzt deutlich ruhiger. »Du bist nur ein Spielsüchtiger, der mich eingelullt hat, um zu bekommen, was er will. Wenigstens war ich nicht so dumm, mehr darin zu sehen.«

Er verzog den Mund und schenkte ihr sein scheinbar unwiderstehliches Grinsen, von dem er vermutlich annahm, dass es jede Situation klärte.

Dieses Mal nicht.

»Wisch dir dieses Grinsen aus dem Gesicht, Caleb. Es wirkt nicht mehr. Ich bin mit dir fertig. Wenigstens hast du beim Spielen nicht verloren. Hast du auch nur eine Sekunde überlegt, was dann gewesen wäre?« Sie wartete seine Antwort nicht ab. »Ach, vergiss es einfach. Da Lock jetzt hier das Sagen hat«, sie spielte diese Karte bewusst, auch wenn es feige – und vor allem falsch – war, »soll er entscheiden, was aus dir wird. Ginge es nach mir, verlässt du die Mine auf der Stelle.«

Darren räusperte sich, doch sie sah ihn nur ruhig an, bis er die Schultern hob.

Es war schließlich Locks Idee gewesen, alle minenrelevanten Entscheidungen nach seiner Einlage treffen zu dürfen. Sollte er es jetzt auch tun. Wenn er klug war, würde er ihrer Einschätzung folgen und Caleb abservieren.

Entschlossen ging sie zu dessen Wagen, um das Gold zu holen.

»Jordan, Baby ...«, begann Caleb.

»Ich bin kein Baby!«

»Lass sie in Ruhe.« Lock hatte sich offenbar aus seiner Starre gelöst. »Du hast schon genug Schaden angerichtet.«

»Warum mischst du dich ein, Lock? Jordan ist meine Freundin!«

»Nein. Das war sie auch nie.«

Es folgte ein Fluch, und als Jordan über die Schulter zurückblickte, sah sie, wie Caleb auf Lock losging. In einem Knäuel aus Armen und Beinen gingen die Männer zu Boden und wälzten sich im Dreck.

»Männer«, murmelte sie und wollte schon Darren zurufen, dass er die beiden trennen sollte, als sie sah, dass er sich bereits dazwischen warf.

Ohne weiter darauf zu achten, was die Kerle taten, riss sie die Wagentür auf. Sie fand eine kleine Holzkiste, in der sich mehrere Gläser befanden. Alle waren sie randvoll mit Goldkörnchen. Der Anblick weckte kurzzeitig Jordans schlechtes Gewissen. Caleb hatte diesbezüglich nicht gelogen, doch es half nicht dabei, dass sie sich besser fühlte. Er hatte sie verraten, um seiner Sucht nachzugehen. Schön, es mochte eine Krankheit sein, aber im Augenblick war Jordan nicht bereit, darauf einzugehen. Obwohl eine kleine Stimme ihr vorwarf, dass sie Caleb unrecht tat. Alle Spieler, Trinker oder Drogensüchtige versuchten ihre Verfehlungen vor jenen zu verbergen, die sie mochten. Er bildete da keine Ausnahme. Trotzdem musste ihr das nicht gefallen.

Mit Boyd hatte sie genug durchgemacht, um Lügen allzu leicht zu verzeihen. Diesen Fehler würde sie kein zweites Mal begehen.

Sie beugte sich in das Fahrzeug und versuchte, die Kiste zu sich heranzuziehen. Dabei unterschätzte sie das Gewicht des Goldes und die Verletzung ihrer Hand.

»Au!« Sie wedelte mit dem Arm, um den Schmerz zu vertreiben, doch das Handgelenk pochte weiter.

Eine Bewegung zu ihrer Linken ließ sie aufblicken. Es war Hank, der dem Spektakel keine Aufmerksamkeit schenkte, sondern sich einzig und allein auf Jordan konzentrierte.

»Ah, gut, dass du da bist. Kannst du mir helfen?«

»Das habe ich vor.«

In der Annahme, dass er das Gold holen würde, trat Jordan einen Schritt zur Seite.

Im nächsten Moment packte Hank sie am Arm und riss sie grob an sich.

»He!« Erschrocken sah sie seinen verzerrten Gesichtsausdruck. Wahnsinn glomm in seinen Augen, während er ihr mit der anderen Hand ein spitz zulaufendes, an einer Seite gezacktes Jagdmesser an den Hals hielt.

»Halt bloß deinen Mund, sonst schlitz ich dir hier und jetzt die Kehle auf.«

Jordan wurde schlecht vor Angst. Sie begann zu zittern. Ihr Gehirn konnte nicht schnell genug verarbeiten, dass Hank sie in unmittelbarer Nähe zu den anderen entführte. Sie nahm alles wie durch Watte wahr, bis er erneut an ihr zerrte und sie damit in die Realität zurückholte.

Sie spähte an ihm vorbei, doch die Männer merkten nicht einmal, was hier vor sich ging. Jordan leckte sich über die Lippen, die viel zu trocken waren. Sie öffnete den Mund, wollte schreien, doch Hank packte sie fester.

»Denk nicht einmal dran.« Schweiß stand auf seiner Stirn, lief über seine Schläfe und verfing sich an der kleinen Narbe.

Jordan schluckte und nickte. Jetzt, da der erste Schock überwunden war, rasten ihre Gedanken. Hank musste den Verstand verloren haben, dennoch versuchte sie es mit Vernunft.

»Hank ...«

»Still! Ich bin nicht *Hank*, du dummes Miststück. Glaubst du, so ein elender Wicht könnte eine Frau wie dich beeindrucken? Niemals. Und jetzt mitkommen.«

Er zerrte sie von dem Pick-up fort zu den Wohnwagen. Sie ließ es geschehen. Hoffte auf einen Augenblick der Unachtsamkeit, in dem sie ihn überwältigen konnte, obwohl sich alles in ihr sträubte.

Während sie im Stillen ihre Optionen durchging, versuchte sie gleichzeitig ihren galoppierenden Herzschlag unter Kontrolle zu bekommen. Vor Angst rauschte ihr das Blut in den Ohren und verhinderte so, dass sie allzu viel um sich herum wahrnahm. Zwar hörte sie noch, wie die Männer stritten, aber darüber hinaus gab es nichts außer dem Donnern ihres Herzens. Nicht einmal die Vögel machten sich bemerkbar.

Sie warf einen weiteren Blick über die Schulter, dabei erhaschte sie das Innere ihres Wohnwagens, dessen Tür offen stand. Sie kniff die Augen zusammen.

»Mein Gott, ist das …?«

Eben noch hatte sie geglaubt, Hank sei schizophren und spräche von sich in einer anderen Person. Dabei lag der junge Schürfer auf dem Boden ihres Campers. Er hatte eine Platzwunde am Kopf, aus der Blut sickerte, und rührte sich nicht.

Neben ihr kicherte es. »Mein dummer Bruder, ja.«

Jordan versuchte, im Gesicht ihres Entführers einen Anhaltspunkt zu finden. Hank hatte nichts von einem Zwilling gesagt. Er hatte immer nur von einem kranken Bruder gesprochen.

Sie erreichten das Waldstück. Im Laufe der letzten Wochen hatten die Männer einen provisorischen Zaun an einigen Stellen errichtet, der zwar Bären nicht abhalten, aber dessen Zerstörung zumindest Alarm schlagen würde. Jetzt drängte Hanks Bruder Jordan dazu, hinüberzuklettern.

Während sie ihre Beine über das Holz schwang, überlegte sie, wie weit sie käme, wenn sie einfach davonrannte, da hörte sie ein Klicken. »Mein lieber Bruder war so freundlich und hat mir seinen Revolver geschenkt. Ist er nicht nett?«

Jordan biss die Zähne zusammen, um den Fluch zu unterdrücken, der ihr auf der Zunge lag. Gegen ein Messer hätte sie sich im Zweifel verteidigen können, aber gegen eine Schusswaffe?

»Wer zum Teufel sind Sie?«, schaffte sie es, hervorzuwürgen. Ihr Gaumen fühlte sich ausgedörrt an, ihre Finger feucht und steif.

Er drängte sie gegen einen Baum, einen Unterarm an ihrer Kehle, die Waffe auf ihren Bauch gerichtet. »Ich bin der verrückte Bruder. Der, den Hank wegsperren wollte. Aber er war pleite und musste mich zu sich holen. Das weißt du doch. Hank hat dir von mir erzählt. Und jetzt vergiss ihn, du gehörst mir! Immerhin haben wir uns geküsst.«

Jäh fiel es Jordan wie Schuppen von den Augen. Deshalb war ihr Hank die ganze Zeit über viel zu normal erschienen. Nur bei den wenigen Gelegenheiten, in denen er ihr zu nahe getreten war, nicht. Die ganze Zeit hatten die Männer sie getäuscht. Sie musterte den Bruder genauer, um herauszufinden, worin sie sich unterschieden. Sie entdeckte nichts. Größe, Statur, Aussehen – alles passte.

Er tippte sich gegen die Nase, und da wusste Jordan es plötzlich. *Er* hatte die winzige Narbe im Gesicht, während Hank stets verdreckt herumgelaufen war, um diese Tatsache zu verschleiern. Jetzt ergab es auch Sinn, weswegen er neulich direkt nach dem Frühstück so ausgesehen hatte, als habe er sich in der Erde gesuhlt. Und nun erklärte sich auch seine Vorliebe für Doppelschichten.

»Sie haben sich die Arbeit geteilt.«

»Richtig, Süße. Nur wollte mein kleiner Bruder nicht, dass ich mich mit dir amüsiere. Er fand, du bist zu nett.« Sein Blick wurde hart. »Dabei wusste er nicht, was für eine Schlampe du bist!«

Er zerrte sie weiter und sprach vor sich hin. Speichel troff ihm dabei aus dem Mund, und Jordan fürchtete, der Irrsinn war nur ein winziger Teil seiner Probleme.

»Du hast mit ihnen allen geschlafen: Caleb, Lock und sogar Darren. Ich habe gesehen, wie du heute aus seinem Trailer gekommen bist. Nur mich wolltest du nicht an dich ranlassen. Dabei hab ich dir gesagt, dass du schön bist, sogar wenn du schläfst!«

Er stieß sie weiter, bis sich ihr Fuß in einer Wurzel verfing. Mit einem leisen Schrei ging Jordan zu Boden. Sie versuchte, sich mit den Händen abzufangen. Es knackte, als sie gegen einen Stein schlug. Der Schmerz schoss durch ihren rechten Arm und raubte ihr fast die Sinne. Ihre Hand war endgültig hinüber.

»Aufstehen!«

Der Fremde kannte keine Gnade. Er riss sie nach oben und schob Jordan immer weiter, bis sie vollkommen die Orientierung verloren hatte. Die Geräusche und Gerüche des Waldes dominierten nun all ihre Sinne. Angst schnürte ihre Kehle zu. Alles ringsum kam ihr plötzlich dunkel und bedrohlich vor.

Wenn Hanks Bruder sie weit genug vom Lager fortgeführt hatte, würde er sich dann nehmen, was er wollte? Sie betete zum Himmel, dass sie sich irrte. Sie musste Zeit gewinnen.

»Warum haben Sie Hank umgebracht? Er hat doch alles für Sie getan.«

»Er ist nicht tot. Aber er wird sich wünschen, es zu sein, wenn ich mit dir fertig bin. Er wird das hier auslöffeln. Es ist alles nur seine Schuld.«

»Warum?«

»Er hat versucht, dich von hier wegzubekommen!«

»Ich verstehe ni...« Doch das tat sie. Hank hatte versucht, sie zu sabotieren, wo er nur konnte, damit sie die Mine verließ und dadurch das Umfeld seines Bruders. Der Anruf bei Felix musste der letzte Strohhalm gewesen sein, an den er sich geklammert hatte, nachdem er herausgefunden hatte, was sein Bruder trieb. Jordan erinnerte sich an sein unbehagliches Auftreten, als sie den leeren Goldtopf fand.

»Ah, jetzt kapierst du es, nicht wahr, du dumme Schlampe?«

»Hören Sie auf, mich so zu nennen, ich sage zu Ihnen ja auch nicht Arschloch!« Dumm. So unendlich dumm, aber die Worte waren heraus, ehe sie sie zurückhalten konnte.

»Du hast Feuer«, lachte der Mann. »Das gefällt mir. Aber wenn du meinen Namen wissen willst, musst du ein artiges Mädchen sein und mich darum bitten.«
»Lieber küsste sie eine Kröte. »Wie heißen Sie?«
Er schlug ihr ins Gesicht. »Das nennst du *bitten*?«
Bevor er noch einmal zuschlagen konnte, zog sie den Kopf ein. Weit demütiger, als sie sich fühlte, fragte sie: »Wie heißen Sie ... *bitte*?«
»Gelehriger, als ich dachte. Du kannst mich Mason nennen.«
»Danke«, würgte sie hervor, während sie gleichzeitig die Umgebung nach einer Waffe absuchte.
Mason ließ sich leicht provozieren und damit ebenso einfach ablenken. Wenn es ihr gelang, einen Ast auf seinem Schädel zu zertrümmern ...
Mason gab ihr keine Gelegenheit dazu. Offenbar waren sie an der Stelle angekommen, die er sich für seine nächsten Schritte ausgesucht hatte. Jordan erkannte, warum.
Es handelte sich um eine kleine Lichtung inmitten des Waldstücks. Mit Moos durchsetztes Gras spross ringsum und bot damit ein weiches Bett. Die Bäume säumten das kleine Landstück und ließen genug Licht hindurch, dass man ausreichend sehen konnte. Keine umgeknickten Stämme oder zerrissenen Büsche deuteten darauf hin, dass hier oft Bären durchkamen.
»Hinlegen.«
Jordan zögerte. Vielleicht war es besser, sich umbringen zu lassen, als das, was kommen sollte, bei vollem Bewusstsein zu ertragen.
Sie sammelte all ihren Mut, drehte sich um und hob das Kinn. »Nein.«
»Was war das?« Er schlug sie erneut.
Die Trommel der Waffe schrammte über Jordans Haut. Es brannte, doch es half ihr auch gleichzeitig, ihre Entschlossenheit zu wahren. »Ich sagte: Nein! Wenn du schwanzloses Stück Dreck mich vergewaltigen willst, wirst du mich vorher töten müssen.« Große Töne für jemanden, der sich vor Angst fast in die Hose machte.

»Das wirst du bereuen.« Er hob die Pistole und legte die Mündung an ihre Stirn.

Das Metall fühlte sich kalt an. Jordans Magen war ein einziger dicker Klumpen. Sie wollte weglaufen, aber ihre Füße versagten ihr den Dienst. Sie dachte an Lock, an Caleb. An die Dinge, die ungesagt bleiben würden. An die Dinge, die sie gesagt hatte und nun nicht mehr zurücknehmen konnte. An ihre Eltern, die von Anfang an dagegen gewesen waren, dass sie in die Wildnis ging. Dabei war dieser Flecken Land zu so etwas wie einer neuen Heimat geworden, wie Hollywood es mit seiner Falschheit nie sein konnte.

Jordan schloss die Lider. Eine Träne stahl sich aus ihren Augenwinkeln. Sie wischte sie nicht fort. Stolz endete nicht, nur weil man weinte. Er kam von innen, und sie würde diesem Schwein nicht die Genugtuung bieten, sie gebrochen zu haben.

»Tu es endlich, oder bist du doch zu feige?«, sagte sie mit festerer Stimme, als ihr zumute war.

Er knurrte. Sie fühlte das Zittern seiner Hände, als er den Hahn spannte, um die Kugel in ihren Schädel zu treiben.

»Ich werde dich nicht erschießen, du Miststück. Noch nicht jedenfalls. Erst sorge ich dafür, dass du nicht mehr wegrennen kannst, dann werde ich mir nehmen, was du allen anderen gegeben hast, aber mir vorenthältst. Und du wirst schreien.« Er lachte boshaft und brachte seine Lippen an ihr Ohr. »Und wie du schreien wirst. Du wirst mich anflehen aufzuhören, aber das werde ich nicht.«

Schauer des Ekels und der Angst rannen über Jordans Körper. Dies war ein Albtraum, aus dem es kein Erwachen gab. Selbstverteidigung hin oder her, ein Schuss genügte, um sie gefügig zu machen.

Sie dachte an Lock und schmeckte im nächsten Moment Blut, als Hank sie erneut schlug. Diesmal ging sie zu Boden. Sie warf sich herum, wollte von ihm fortkrabbeln, doch er trat ihr aufs Bein, sodass sie vor Schmerzen aufschrie.

»Genug gespielt.« Er legte an und zielte auf ihre Kniescheibe.

Da hörten sie das Knacken im Unterholz, Rascheln und

Stimmen, die sich näherten.

»Verdammt, nicht jetzt!«, zischte Mason.

»Da ist sie! Jordan!« Locks Ruf in unmittelbarer Nähe. »Lass sie in Ruhe, Hank!«

Jordan sah, wie er und die anderen auf sie zurannten. Er musste Steinen und Wurzeln ausweichen, dadurch kam er nur langsam voran. Trotzdem beschleunigte sich ihr Herzschlag. Die Männer kamen, um sie vor diesem Scheusal zu retten. Und es war ihr vollkommen egal, welche Klischees sie gerade bediente.

Mason, der ebenfalls in die Richtung der Männer sah, grinste wild. Er drehte sich um und zielte ruhig auf Lock. Er ließ sich Zeit damit, sein Opfer anzuvisieren, das immer näher kam.

»Nein!« Jordan warf sich gegen seine Beine. Wie Hank war Mason schmal und besaß nicht genug Masse, um ihrer Attacke etwas entgegenzusetzen. Es genügte nicht, um ihn umzuwerfen, aber als sich der Schuss löste, lag der Fokus längst nicht mehr auf Lock.

»Miststück!« Er schlug Jordan mit der Rückhand. Sie sah Sterne und fiel wieder zu Boden. Ihr Schädel dröhnte, weil er sie direkt an der Schläfe erwischt hatte.

Keuchend rappelte sie sich auf. Ihr einziger Gedanke galt Lock. Sie musste Mason nur lang genug aufhalten, damit die Männer ihn überwältigen konnten. Sie erinnerte sich ihrer Ausbildung. Mit einem Schrei fegte sie ihm die Beine unter dem Körper weg.

Zu überrascht von ihrer Attacke, ruderte er mit den Armen. Gleichzeitig löste sich ein Schuss.

Jordan sah, wie Lock vornüberfiel. Sie hörte einen Schrei. Laut. Schrill, voller Angst. Erst später merkte sie, dass er von ihr gekommen war.

Sie krabbelte über das weiche Moos, unfähig, auf die Beine zu kommen. Den Schmerz in ihrer Hand nahm sie fast kaum wahr. Sie musste zu Lock. Sie musste ihm helfen. Sie musste ... musste ...

Noch ein Schuss.

Jordan kämpfte sich weiter. Wieso war der Weg nur so weit? Egal, sie durfte nicht aufgeben. Lock brauchte sie.

Als sie ihn erreichte, waren seine Augen geschlossen. Sein Atem ging flach. Schweiß glänzte auf seiner Stirn, die Haut schimmerte wächsern blass.

»Nein«, wisperte Jordan und robbte die letzten Zentimeter heran. Er durfte nicht tot sein. Nicht ihretwegen! Tränen verschleierten ihr die Sicht, und der Kloß in ihrer Kehle hinderte sie fast am Atmen.

»Jordan.« Lock hob blinzelnd die Lider, um seine Lippen standen weiße Linien. Er wirkte angestrengt und atmete keuchend. Überall war Blut. Es tränkte sein Hemd, klebte an seinen Händen.

»Oh Gott, Lock!« Völlig kopflos warf sich Jordan auf ihn.

Ungeachtet möglicher Beobachter umfasste Jordan Locks Gesicht. Sie hauchte Küsse auf jede erreichbare Stelle, bis sie fühlte, wie sich etwas Schweres um sie legte.

Sie wand sich, kreischte auf, weil sie fürchtete, Mason griffe sie erneut an, bis Lock stöhnte.

»Verdammt, Jordan, du bringst mich noch um. Halt still!«

Erst jetzt realisierte sie, dass er es war, der sie festhielt, das Gesicht schmerzverzerrt. Sein Arm lag um ihre Hüfte, drückte sie an sich.

»Du bist angeschossen!«

Er grunzte angestrengt. »Nur ein Streifschuss. Aber wenn die Belohnung dafür ist, dass du mich abküsst, lass ich mich gern richtig anschießen.«

Jetzt grinste er sogar!

»Du ...!«

Sie wollte ihn anbrüllen, weil er ihr einen solchen Schrecken eingejagt hatte, doch sie konnte es nicht. Zu groß war die Erleichterung darüber, dass es ihm gut ging.

Vorsichtig beugte sie sich dichter über ihn und küsste ihn auf die Lippen. »Tu mir das nie wieder an!«

Sein Blick wurde glasig, und der Schmerz stand ihm deutlich ins Gesicht geschrieben, trotzdem nickte er heftig. »Versprochen.«

Sie half ihm auf, und erst, als er sicher stand, sah sie sich nach den anderen um. Erleichtert atmete sie auf.

Darren kniete neben Mason. Der Stalker lag bäuchlings auf dem Boden, den Kopf zur Seite gedreht. Blut sickerte aus seinem Mundwinkel. Die Augen starrten glasig ins Leere. Jordan wandte sich ab, weil sie den Anblick des Toten nicht ertragen konnte. Ihr Blick traf auf Darren. Er hielt seine Flinte in der Hand, seine Miene ein Ausdruck von Abscheu und Kummer.

»Ich hätte nicht gedacht, dass der Kleine zu so etwas fähig ist«, gestand er leise.

Jordan schüttelte den Kopf. »Das ist nicht Hank. Das ist sein Bruder. Mason. Er hat Hank k. o. geschlagen. Er liegt in meinem Wohnwagen.« Rasch schilderte sie, was geschehen war.

»Scheiße.« Darren rieb sich über den Bart. »Wir müssen den Sheriff anrufen.«

Daran gab es keinen Zweifel. Auch wenn es genug Zeugen gab, die bestätigen würden, dass Darren Mason in Notwehr erschossen hatte, würde es Fragen geben.

»Und einen Arzt.« Jordan nickte zu Locks Schulter. »Seine Wunde und Hank müssen versorgt werden.«

22. Kapitel

Jordan und Lock saßen auf der Ladefläche eines Pick-ups und kamen nur langsam wieder zu Atem. Obwohl der Albtraum vorbei war, hielt die Angst Jordan noch immer im Klammergriff. Bei jedem lauten Geräusch zuckte sie zusammen, trotzdem weigerte sie sich, von Locks Seite zu weichen.

Nachdem Darren und Caleb den toten Mason zur Hütte getragen hatten, auf deren schmaler Veranda er jetzt unter einem Tuch lag, hatten sie die Polizei gerufen.

Dort teilte man ihnen mit, dass der Sheriff sowieso auf dem Weg zur *Ain't all Silver*-Mine war und in den nächsten Minuten eintreffen würde. Warum, verriet man ihnen nicht.

Caleb kümmerte sich derweil um Hank, der zwar eine große Platzwunde am Kopf davongetragen hatte, aber ansonsten wohlauf war. Der junge Schürfer murmelte immer wieder eine Entschuldigung und wirkte den Tränen nah.

Darren verarztete Lock notdürftig, nachdem er Jordans Hand verbunden hatte.

Als der Wagen des Sheriffs schließlich auf das Gelände fuhr, zitterte Jordan immer noch am ganzen Körper.

»Er ist da«, bemerkte sie unnötigerweise und zog die Decke, in die Lock sie eingewickelt hatte, ehe er überhaupt zuließ, dass sich Darren um ihn kümmerte, enger um sich.

»Da werden viele Fragen zu beantworten sein«, murmelte der Ex-Marine und machte einen letzten Knoten in den Verband an Locks Schulter.

»Au!«

»Stell dich nicht so an. Jordan sieht aus, als habe sie neun Runden mit Klitschko hinter sich, nicht du. Hörst du sie jammern? Ich nicht.«

Ein gut gemeiner Scherz, der jedoch sein Ziel verfehlte. Jordan tat alles weh. Jeder Knochen in ihrem Leib protestierte, sobald sie auch nur blinzelte. Und das tat sie oft, weil sie ständig zu Masons Leiche starrte.

»Hör auf damit«, bat Lock und kämpfte sich auf die Beine.

Er legte den gesunden Arm um sie und drückte ihren Kopf an seine Brust. So gut es ging, streichelte er sie, um sie zu beruhigen. »Es ist vorbei. Du musst keine Angst mehr haben.«

»Ich denke die ganze Zeit, dass er mich beinah ...« Sie erschauerte und krallte sich an Lock fest. Sie fühlte die Muskeln unter seiner warmen Haut arbeiten, da er kein Hemd mehr trug. Darren hatte damit kurzen Prozess gemacht, ehe er Lock verarztete.

»Hat er aber nicht. Und ich hätte niemals zugelassen, dass er es tut.« Er hauchte ihre einen Kuss auf den Scheitel und streichelte sie weiterhin.

Langsam zeigte seine Umarmung Wirkung, und Jordan entspannte sich ein wenig. Es half zudem, dass Darren sich zwischen sie und Mason stellte, damit sie den Toten nicht mehr sehen konnte.

Sie hörte, wie der Sheriff die Tür seines Wagens öffnete und ausstieg. »Also Leute, was ist hier los?«

»Das kann ich Ihnen erklären, Sir.« Caleb schilderte knapp, was in den letzten Stunden vorgefallen war.

Jordan, die sich inzwischen zu ihnen umgedreht hatte, sah, wie sich der Sheriff mehrfach am Kopf kratzte. Sein Gesichtsausdruck wechselte von Skepsis, über Unglauben zu absoluter Fassungslosigkeit, als Hank dazukam.

»Alles, was Caleb Ihnen gerade erklärt hat, stimmt«, gestand er kleinlaut. »Mein Bruder war geisteskrank. Er hat Jordan gestalkt und ließ sich nicht davon abbringen. Heute ... heute ist die Situation eskaliert.«

Der Sheriff sah von einem zum anderen. »Weiß man wenigstens, warum?«

Die Männer schüttelten den Kopf und wirkten ebenso ratlos wie der Sheriff.

»Er glaubte, weil ich die Nacht in Darrens Trailer verbracht habe, dass ich ihn ihm vorgezogen hätte. Er ... wollte mich für sich und mit niemandem teilen.« Lock streichelte ihren Nacken, während sie Masons widerwärtige Behauptungen wiederholte.

Obwohl es vorbei war, nahm die Erinnerung Jordan weiterhin mit. Sie fühlte, wie ihre Zähne klappernd aufeinanderschlugen.

»Ich seh schon, junge Dame, das alles ist noch zu frisch. Wir können Ihre Aussage auch später aufnehmen.«

Jordan lächelte dankbar und hangelte nach Locks Hand, um sich daran festzuhalten.

Der Sheriff ging zum Streifenwagen, beugte sich hinein und holte sein Funkgerät hervor. Jordan verstand nicht, was er sagte, doch als er sich wieder aufgerichtet hatte, wirkte er ziemlich entschlossen.

»Ich hab meine Jungs zusammengerufen, sie dürften in ein paar Stunden hier sein. Wir werden den Tatort abfotografieren und die Spuren sichern müssen. Ihre Wunde«, er nickte zu Lock, »sollte in Haines behandelt werden. Die Zentrale schickt einen Rettungshubschrauber. Halten Sie es so lang aus?«

Lock nickte. »Darren hat die Blutung gestoppt, mir geht es so weit gut.«

»Hervorragend. Leider werden Sie beide sich den Flug mit dem Toten und seinem Bruder teilen müssen, Mr Hudson, Ma'am, es wäre zu teuer, zwei Helis zu rufen. Das County hat dafür kein Geld.«

Er presste die Lippen aufeinander. »Dann bleibt uns wohl nichts anderes übrig, oder?«

»Sieht so aus.«

»Dann solltet ihr euch ausruhen, bis der Helikopter kommt«, schlug Darren vor. »Geh mit Jordan in meinen Camper. Ich hole euch, falls ihr den Heli nicht kommen hört.«

Gerührt umarmte Jordan Darren. Er hatte viel für sie getan. Sogar einen Menschen erschossen. »Danke. Für alles.«

»Schon gut. Ich zeige dem Sheriff, wo alles passiert ist, während ihr schlaft. Caleb, kommst du mit?«

Caleb, der mit verschränkten Armen danebenstand, schüttelte den Kopf. »Ich bleib bei Hank, die Beule sieht nach Gehirnerschütterung aus, sicher ist sicher.«

Nachdem das geklärt war, schleppten sich Jordan und Lock zu Darrens Wohnwagen. Sie ließ ihm den Vortritt, als er hineinkletterte. Von Weitem hörte sie noch, wie der Sheriff mit Caleb sprach, doch alles was sie verstand war: »Sie sagten, Ihr Name ist Caleb Strauss?«

*

Es klopfte leise, doch Jordan ignorierte es. Ihre ganze Aufmerksamkeit war auf Lock gerichtet, dessen gebräunte Haut sich dunkel von der weißen Bettdecke abhob.

Er atmete gleichmäßig, was Jordan als gutes Zeichen wertete, hatte die Sorge um ihn sie doch fast verrückt gemacht. Nachdem der Helikopter aus der Stadt eingetroffen war und sie und die Männer ins Krankenhaus gebracht hatte, hatte sich herausgestellt, dass der Muskel in Locks Arm verletzt worden war. Eine Operation war nötig, sonst hätte er irreparable Schäden davontragen können.

Während Lock im OP war, wurde auch Jordan untersucht. Ihr Handgelenk war nur verstaucht. Ein Stützverband und ein paar Tage lang kalte Umschläge würden dem bald abhelfen.

»Ist er schon aufgewacht?« Nicci kam lautlos näher. Sie stellte sich neben das Bett und sah ihren Bruder besorgt an.

Jordan, die Locks Hand hielt und seine Finger streichelte, schüttelte den Kopf. »Nur einmal kurz. Das Schmerzmittel ist sehr stark.« Sie blickte auf. »Es ist Zeit, oder?«

»Ja, wir wollen gleich los. Teslas Tochter wartet am Flughafen auf uns. Sie wird sich um ihn kümmern, bis er wieder vollständig hergestellt ist. Zum Glück war es ja nur ein leichter Infarkt ...«

Das zu erfahren hatte sie alle erleichtert.

»Ja.«

»Hat Tesla es dir erzählt?«

Jordan nickte. Der Herzinfarkt war kein Zufall gewesen. Tesla hatte Mason und Hank zusammen gesehen. Als er den Stalker zur Rede stellte, gab es ein kleines Handgemenge, im Zuge dessen Tesla den Infarkt erlitt. Bevor Mason als Hank um Hilfe gerufen hatte, hatte er abgewartet, um möglichst viel

Schaden anzurichten. Er wollte, dass Tesla starb – und fast wäre es ihm gelungen.

»Ich verstehe nicht, wie ein Mensch so etwas tun kann.« Nicci erschauerte und rieb sich über die Oberarme. Jordan wusste, was sie meinte. Dank ihres Bruders war sie bisher sehr behütet aufgewachsen – trotz des rauen Umfelds. Das Schlimmste, das sie je mitbekommen hatte, war eine Messerstecherei unter Betrunkenen gewesen. Vorsätzlichen Mord gab es in Clarksville nicht.

»Er war krank, Nicci.«

Nach ihrer Behandlung hatte der Sheriff Jordan noch einmal vernommen. Sie musste unendlich viele Papiere ausfüllen und etliche Fragen beantworten. Erst danach erfuhr sie, dass Mason aus einer Heilanstalt geflohen war. Seine Bemerkung, Hank habe die Krankhausrechnungen nicht mehr zahlen können, war schlichtweg falsch. Nur Hanks Gutmütigkeit hatte Mason es zu verdanken, dass der junge Mann seinen Bruder bei sich aufgenommen und durchgefüttert hatte. Solang sie auf anderen Claims arbeiteten, war das auch gut gegangen. Bis Jordan auftauchte, und Mason sie unbedingt haben wollte. Als Hank seinen Fehler bemerkte, war es längst zu spät gewesen. Alles gute Zureden brachte nichts, der dominante Mason hatte ihn vollkommen unter Kontrolle gehabt.

Trotzdem wollte Jordan Hank dafür nicht verurteilen. Sie wusste nicht, wie sie in einer solchen Situation gehandelt hätte.

»Ich weiß, aber ...« Nicci ballte die Fäuste. In den Augen, die Locks so ähnlich waren, schimmerten Tränen. »Er hätte euch alle umbringen können.«

Jordan griff über Lock hinweg nach ihrer Hand. »Hat er aber nicht. Wir sind am Leben, es geht uns gut, und nur darauf kommt es an. Weißt du, als ich nach meinem Unfall damals im Krankenhaus lag, dachte ich, alles sei vorbei. Dann habe ich begriffen, dass das nicht stimmt. Ich lebte – und nur das zählte. So solltest du das auch sehen.«

Nicci verzog das Gesicht. »Ist verdammt schwer, weißt du?«

»Oh ja«, lachte Jordan. »Und es wird irgendwie nie einfacher.«

Ulf steckte den Kopf durch die Tür. »Mädels, ich störe ja nur ungern, aber die sexy Schwester mit den Strapsen fährt gerade Tesla zum Ausgang.«

Bei seinen Worten rollte Nicci mit den Augen und hob wortlos ihre Hand. Dass sie den Mittelfinger zeigte, erschien schon fast obligatorisch.

»So hab ich dich nicht erzogen, Eunice«, grummelte es vom Bett.

»Sieh an, der Schläfer ist erwacht«, konstatierte Nicci trocken. Im nächsten Augenblick warf sie sich mit einem Aufschrei nach vorn und schmiegte sich an ihren Bruder. Dass sie dabei fast Jordans gesunde Hand zerquetschte, bemerkte sie nicht einmal.

»Ist ja gut, Nicci. Mir geht es gut.«

»Idiot«, schniefte sie, richtete sich aber auf. Sie legte eine Hand zärtlich an Locks Wange, streichelte sie kurz und trat dann vom Bett weg. »Jordan, wir müssen ...«

»Geht schon mal runter, ja? Ich komme gleich nach.« Unter keinen Umständen würde sie einfach gehen, ohne vorher mit Lock gesprochen zu haben.

Ulf und Nicci schienen das zu verstehen, denn sie schlossen die Tür hinter sich.

Sobald das Klicken des Schnappers durchs Zimmer klang, beugte sich Jordan vor und küsste Lock auf den Mund. Sie fühlte, wie die Erleichterung mit einem Zittern aus ihr wich, doch es änderte nichts daran, dass sie große Angst gehabt hatte, die Ärzte könnten sich vielleicht getäuscht haben.

»Hey, alles gut, Kleines.«

»Nein, ist es nicht. Du wurdest meinetwegen angeschossen.«

Er grinste. »Na ja, wenn du ihm die Beine in die andere Richtung weggetreten hättest ...«

Sie schlug ihm auf die Brust.

»Hey, ich bin verletzt!«

»Du bist vor allem ein Idiot, da muss ich Nicci recht geben! Ich versuche, dir etwas zu sagen, und du reißt Witze!«

Sein Lächeln verschwand. »Du gehst.«

»Ich muss. Wenn Nicci und Ulf ohne mich fahren, hänge ich

hier fest, und es gibt noch so viel zu tun.« Immerhin gab es da eine Mine, die trotz der Vorkommnisse noch bewirtschaftet werden musste. Auch wenn Jordan lieber hier bei Lock bleiben würde. Aber so, wie sie ihn kannte, würde er es verstehen.

»Dann war es das also?« In seinen Augen lag ein trauriger Ausdruck, der Jordan ins Herz stach.

»Du bist wirklich ein Idiot. Ich muss zur Mine zurück. Ich verlasse Alaska nicht vor dem Ende der Saison. Und du kommst nach, sobald die Ärzte dich entlassen.«

Er schob die Brauen zusammen. »Aber ...«

»Was aber? Denkst du allen Ernstes, nach allem, was ich für dieses Scheißgold durchgemacht habe, gebe ich jetzt klein bei? Darren hat ein paar seiner Marine-Kumpel aufgetrieben, die dich und Caleb ersetzen werden.«

Lock verzog das Gesicht und versuchte sich aufzurichten. Sie half ihm dabei, obwohl es ihr nicht geheuer war, dass er sich so anstrengte.

»Wieso Caleb?«

Das war die Frage, vor der sich Jordan am meisten gefürchtet hatte. Trotzdem gab es keinen schonenden Weg, es Lock beizubringen.

»Er wurde verhaftet. Es lag ein Haftbefehl gegen ihn vor. Er hat uns belogen. Er hat das Gold nicht gewonnen, sondern nur unseren Anteil nicht verloren. Die Verdreifachung kam daher, dass er einem anderen Spieler aufgelauert und dessen Gold gestohlen hat. Der Kerl hat ihn angezeigt. Caleb muss ins Gefängnis.«

»Verdammt!«

»Du sagst es. Aber er sieht es locker. Wir haben uns ausgesprochen. Er hat mir erklärt, dass er seine Inhaftierung als Chance nutzen will, von seiner Sucht loszukommen.«

Lock wirkte skeptisch.

»Ich weiß, ich weiß.« Jordan hob die Schultern. »Er redet viel, wenn der Tag lang ist, aber diesmal glaube ich ihm. Ich schätze, die Sache mit Mason hat ihm die Augen geöffnet. Er hat begriffen, dass Extreme, egal in welcher Form, gefährlich werden können. Vielleicht kapiert er ja jetzt diese Lektion.«

»Möglich. Aber sein Leben hier ist dennoch vorbei. Niemand wird einen verurteilten Dieb auf einer Goldmine arbeiten lassen.«

Nervös streichelte Jordan über seine Hand. »Na ja, fast niemand.« Sie schluckte, dann brach es aus ihr heraus. »Ich würde ihn wieder einstellen, wenn er seine Strafe abgesessen hat.«

Die Worte hingen zwischen ihnen. Jordan hielt den Atem an. Was, wenn Lock es sich anders überlegt hatte?

»Heißt das ... du willst wiederkommen? Zur Mine? Weiterschürfen?«, fragte er schließlich fast zaghaft. Er drehte die Hand, um ihre Finger mit seinen zu verschränken. Jordan ließ es geschehen.

»Und zu dir ... wenn du noch willst?«

Seine Augen leuchteten auf. Er streckte den gesunden Arm aus und zog Jordan an sich. Sein Kuss war warm und enthielt ein Versprechen. So süß, dass Jordans Kehle eng wurde.

»Ich hab mich in dich verliebt, Lock Hudson«, wisperte sie mit rauer Stimme. »Und wenn du mir das Herz brichst, wirst du es bereuen.«

Er lachte leise und verzog das Gesicht, als seine Wunde schmerzte. »Daran habe ich keinen Zweifel.«

Da war er wieder, sein trockener Sinn für Humor, den sie von Anfang an gemocht hatte. Wäre sie nicht so dumm gewesen, hätte sie es gleich gesehen. Nicci war da um vieles schneller gewesen.

»Ist das alles, was du mir zu sagen hast?«

Er tat so, als überlege er, bis sie ihm mit dem Finger drohte. Er küsste dessen Spitze, dann sah er Jordan tief in die Augen.

»Ich glaube, ich habe mich in dem Moment in dich verliebt, als ich dich von oben bis unten mit Wasser bespritzt an der Pumpe gesehen habe. Du wirktest so stolz und zufrieden, richtig glücklich. Da wusste ich, dass ich dich für immer bei mir haben wollte.«

Statt ihm zu sagen, dass er sich für dieses Geständnis ziemlich lang Zeit gelassen hatte, küsste Jordan ihn lieber. Wenn alles gut ging, konnte sie ihn damit für den Rest ihres gemeinsamen Lebens aufziehen.

Draußen ertönte ein ungeduldiges Hupen. Nur widerstrebend beendeten sie den Kuss.

»Sieht so aus, als müsse ich jetzt wirklich gehen«, seufzte Jordan. Sie richtete sich auf. Langsam, weil sie den Körperkontakt zu Lock noch nicht aufgeben wollte.

»Ich komme bald nach. Versprochen.« Lock drückte ihre Hand. »Ich liebe dich, vergiss das bis dahin nicht.«

Sie schüttelte den Kopf und lächelte glücklich. »Werde ich nicht, wenn du es auch nicht tust.«

Er sah noch immer mehr aus wie der Tod auf zwei Beinen, aber ihr Geständnis schien seine Lebensgeister geweckt zu haben. Eine zarte Röte verlieh seinem kantigen Gesicht einen weicheren Ausdruck, den Jordan mitnahm, als sie das Krankenzimmer verließ.

*

Die Saison war zu Ende. Es war Mitte Oktober. Draußen setzte bereits der erste Schneefall ein und überzuckerte den Claim mit einer dünnen weißen Puderschicht. Nicht unüblich für diesen Teil der Welt.

In der Hütte verschraubte Jordan gerade das letzte Glas, als Lock von hinten die Arme um sie legte. Sein Kinn ruhte in ihrer Halsbeuge, während sich Jordan an ihn schmiegte.

»Gute Saison.«

»Sehr gute«, schnurrte sie. »Die Jungs werden sich freuen.«

»Nicht so sehr wie ich.«

Sie sah ihn von der Seite her an, ohne sich aus seiner Umarmung zu lösen. »Weil wir mehr als tausend Unzen gefunden haben?«

Er brummte. »Nein, weil ich dich gefunden habe, du störrische Frau.«

Sie lachte auf. »Die Frage ist ja wohl, wer hier wen gefunden hat, aber ich bin nicht in der Stimmung zu streiten. Gehen wir raus und sagen es den anderen.«

Lock ließ sie nur widerwillig los, damit sie ihren Parka anziehen konnte. Sie teilten die kleinen Gläser auf und packten sie in ihre Jackentaschen, ehe sie nach draußen gingen.

Das Satellitentelefon klingelte, kaum dass ihre Füße die schmale Veranda betreten hatten. Dieses Mal erkannte Jordan die Nummer von Boyd und drückte sie weg. Sie hatte keine Lust, sich sein Jammern anzuhören, weil er die Wette verloren hatte. Darum würde sie sich irgendwann später kümmern.

Vor ihr lag eine viel zu erfreuliche Aufgabe, der sie sich widmen musste.

Das Team saß um ein breites Lagerfeuer. Wie am ersten Abend grillten sie, tranken Bier und scherzten, obwohl es schon eiskalt ringsum war. Dieses Mal jedoch gehörte Jordan vollständig dazu.

Als sie zum Feuer trat, verstummten die Gespräche. Die Männer sahen sie erwartungsvoll an. Jordan hatte es vermieden, ihnen frühzeitig zu verraten, wie viel Gold sie in dieser Saison tatsächlich gefunden hatten.

Sie ließ sich Zeit, jeden Einzelnen zu mustern. Hank wirkte noch schüchterner als zuvor. Um sich endgültig von seinem Bruder abzugrenzen, ließ er sich das Haar wachsen und einen Bart stehen. Es stand ihm, machte ihn aber gleichzeitig auch jünger.

Darren blieb lässig wie immer. Er redete nach wie vor nicht viel, doch Jordan wusste, wie es in ihm aussah. Sie hatten lang und oft über den Tag von Masons Übergriff gesprochen. Es nahm Darren mit, dass er jemanden hatte töten müssen. Da half es auch nichts, dass sie ihm dafür bis in alle Ewigkeit dankbar sein würde.

Tesla hockte auf einem Stamm, dick in eine Daunendecke eingepackt, von der Jordan schwor, dass sie aus Darrens Trailer stammte. Der Mechaniker war noch nicht wieder einsatzfähig, aber Nicci hatte ihn am Vorabend gebracht, damit er diesen letzten Tag gemeinsam mit dem Team begehen konnte. Sie selbst saß zwischen ihm und Ulf, der ihr immer wieder verstohlene Blicke zuwarf. Nicci mochte es vielleicht nicht bemerkt haben, aber der Schürfer war eindeutig verknallt in sie.

Zu guter Letzt blieb Jordan an den beiden Marines hängen, die neu zum Team gestoßen waren. Die Männer hatten sich als wahrer Glücksgriff erwiesen. Sie arbeiten hart, waren fleißig und gewohnt in karger Umgebung zurechtzukommen. Jordan hatte bereits mit Lock geklärt, dass sie die beiden gern in der nächsten Saison wieder im Team haben wollte.

Es wurde Zeit die Jungs von der Anspannung zu erlösen. Jordan räusperte sich. »Also.«

»Also? Mädchen, spuck es aus, ich bin ein alter herzkranker Mann und hier draußen ist es arschkalt.« Teslas Worte brachten alle zum Lachen.

»Schon gut.« Jordan hob eine Hand. »Also, wir haben das Gold abgewogen. Alles in allem haben wir eintausendzweihundertfünf Komma drei Unzen geschürft.«

Die Männer brachen in Jubel aus. Sie lachten, klopften sich gegenseitig auf die Schulter.

»Deshalb gibt es für jeden auch den versprochenen Bonus.« Jordan zog das erste Glas hervor.

Es war das mit der größten Füllung. »Darren.« Sie ging um das Feuer herum und wartete, bis er aufgestanden war. »Das hier ist mehr, als wir vereinbart hatten.«

»Jordan ...«

Als er protestieren wollte, schüttelte sie den Kopf. »Lock und ich haben einen Teil unseres Anteils zusammengelegt und dazugegeben. Du hast mir das Leben gerettet und in Kauf genommen, dass dich der Dämon von Masons Tod für immer verfolgt. Das kann man nicht mit Gold gutmachen.« Sie schluckte gegen den Kloß in ihrer Kehle an. »Aber das hier wird dir helfen, deine Exfrau für immer in die Wüste zu schicken. Ich für meinen Teil finde, das hast du dir absolut verdient.«

Sein Adamsapfel hüpfte, während er um Worte rang. Seine Augen schimmerten verdächtig feucht. »Ich weiß nicht, was ich sagen soll.«

»Danke, du dämlicher Hund! *Danke* ist das Wort, nach dem

du suchst. Beeil dich gefälligst, mir ist immer noch kalt!«
»Tesla!« Nicci stieß ihn in die Seite, grinste aber dabei ebenso breit wie alle anderen.

Im nächsten Augenblick fühlte sich Jordan umarmt. Darren drückte sie so fest an sich, dass sie kaum Luft bekam. »Danke, Kleine.«

Nachdem der eintretende peinliche Moment vorüber war, drückte Lock Ulf ein Glas in die Hand. Der Hüne musterte den Inhalt nachdenklich, bis sein Blick wieder zu Nicci flog, die ihm die Zunge herausstreckte.

Danach folgte Tesla. Jordan reichte ihm das Glas und zwinkerte ihm zu. »Obwohl du den Großteil der Saison die Arbeit mir überlassen hast.«

Der Mechaniker schnaubte bloß. Als Jordan sich abwandte, bemerkte sie aber doch, wie er sich über den Augenwinkel rieb.

Vor Hank blieb sie stehen, der abwehrend die Hände hob. »Nein, ich will keinen Bonus. Das verdiene ich nicht.«

»Unsinn. Du hast mitgearbeitet wie alle anderen auch. Du kannst nichts für deinen Bruder, Hank. Du hast sogar versucht, mir zu helfen, bevor es eskalierte. Es wäre zwar einfacher gewesen, mir die Wahrheit zu sagen, aber ... der gute Wille zählt.« Sie hob das Gläschen. Es war bei Weitem nicht so voll wie das der anderen, enthielt jedoch mehr, als ursprünglich vereinbart.

»Danke, Jordan.« Er nahm es und steckte es ein. Er würde nicht viel Aufhebens darum machen.

»Bleiben nur noch zwei.« Unisono wandten sich Lock und Jordan den beiden Marines zu. Die Männer bekamen anteilig das, was ihnen für Calebs und Locks Arbeitsausfall zustand, doch auch hier hatte Jordan sich durchgesetzt.

»Jungs, wir danken euch, dass ihr so großartige Arbeit geleistet habt.« Lock reichte ihnen die Gläser. »Falls ihr es möchtet, würden wir uns freuen, wenn ihr nächste Saison wieder an Bord seid.«

Pike, der ältere der beiden, schüttelte Lock die Hand. »Auf jeden Fall gern.«

Dennis sagte ebenfalls zu.

»Heißt das, ihr habt *Ain't all Silver* auch für nächstes Jahr gepachtet?«, fragte Ulf und zupfte an seinen Rastalocken.

Jordan grinste Lock an. Mit den Augen fragte sie ihn, ob er die gute Nachricht verkünden wollte. Er tat ihr den Gefallen.

»Haben wir. Mehr noch. Wir haben die Mine für zwei Jahre im Voraus gepachtet. Felix ist bereits bezahlt worden, sodass er uns künftig in Ruhe lassen wird. Flitter-Glitter hat so viel hergegeben, dass wir die ganze nächste Saison damit beschäftigt sein und für die anderen Areale keine Zeit haben werden. Da liegt noch verdammt viel Gold im Boden, das wollen wir haben.«

»Hört, hört!«, brummte Tesla.

Nicci richtete sich auf, sie strahlte übers ganze Gesicht. »Und mit *wir* meint ihr ...?«

Jordan schlang einen Arm um Locks Hüfte und gab ihm einen Kuss aufs Kinn. »Wir finden, dass *Hudson & Rigby* einen ziemlich coolen Firmennamen abgeben würde.«

Lock räusperte sich. »Also was das angeht ...«, begann er, und Jordan sah ihn überrascht an.

Es gab nicht viel, womit er sie noch überrumpeln konnte, aber diese Andeutung gefiel ihr nicht.

Misstrauisch runzelte sie die Stirn. »Hast du vor, unsere Abmachung zu brechen?«

Er hob die Schultern, grinste aber dabei. »Na ja, irgendwie schon.«

»Lock Hudson, du ...«

Er brachte sie mit einem Kuss zum Schweigen, der das Team johlen ließ.

»Ich finde, dass *Hudson & Family* einfach besser klingt. Du nicht?«, fragte er gerade laut genug, dass es alle hören konnten.

Jordan blieb der Fluch im Hals stecken. Für einen Augenblick herrschte gnadenlose Stille, dann stieß sie einen Schrei aus und warf sich in Locks Arme.

Er küsste sie erneut, während um sie herum Beifall aufbrandete. Als sie sich dann voneinander lösten, musste Jordan einfach fragen: »Gar keine Zweifel?«

Er legte seine Stirn an ihre. »Überhaupt keine. Wir Schürfer suchen immer nach dem größten Schatz, und den habe ich in dir gefunden. Ich habe nicht vor, dich durch meine Finger gleiten zu lassen.«

»Die romantischen Worte eines Goldgräbers«, lachte Jordan. »Wie könnte ich da Nein sagen?«

Im nächsten Moment wurden sie vom ganzen Team umringt. Die Männer gratulierten ihnen. An ihren leuchtenden Gesichtern erkannte Jordan, dass sie schon lang darauf gewartet haben mussten.

Als Ulf an der Reihe war, wurde sie von ihm hochgehoben und im Kreis gewirbelt. »Endlich, Jordy-Babe, zeigst du, dass du echt Mumm hast. Einen Kerl wie den da heiraten? Du bist verdammt mutig.«

Sie lachte gutmütig, und als er sie endlich losließ, ging sie wieder zu Lock. Er fasste mit beiden Händen in ihren Nacken und küsste sie, bis ihr schwindelig wurde.

Anschließend setzten sie sich alle ums Feuer und hingen ihren Gedanken nach. Jordan lehnte dabei an Lock, der sie mit Essen fütterte. Sie seufzte wohlig.

»Zufrieden?«, fragte er leise und streichelte ihr Jochbein mit dem Daumen.

»Sehr. Ich liebe dich, Lock Hudson.«

»Und ich dich, Jordan Rigby.«

»Dann ist ja gut, denn ich lasse dich nicht mehr gehen. Du weißt ja, was mit Männern passiert, die sich mit mir anlegen.«

Er lachte und zog sie dichter an sich.

Insgeheim grinste Jordan. Sie gehörte hierher. Zu den Bären, dem Gold, den verrückten Schürfern mit ihrer schroffen Art.

Und zu Lock.

Dieser wunderbare Mann mit der ernsten Mine und dem versteckten trockenen Humor hatte sich in ihr Herz gegraben. Und er behandelte sie wie das Kostbarste auf der Welt. Er hatte verdient, sich einen besonderen Traum zu erfüllen. Dabei wollte Jordan ihm helfen. Am nächsten Tag würden sie alle abreisen, um im kommenden Jahr eine neue Schürfsaison einzuleiten. Für die Jordan bereits große Pläne hatte. In dem absolut wasserdichten Pachtvertrag mit Felix Schroeder, der diesmal keine Fallstricke enthielt, gab es ein Vorkaufsrecht für *Ain't all Silver* mit ihr und Lock als Begünstigte. Aber das wusste ihr frischgebackener Verlobter noch nicht. Sie würde ihn damit überraschen, sofern sie in der kommenden Saison ebenso viel Gold aus dem Boden holten wie bisher. Dann würde er endlich ein echter Minenbesitzer sein.

Mit Jordan an seiner Seite.

Für immer.

Danksagung

Es gibt Momente im Leben, in denen ist ein Autor auf die Hilfe anderer angewiesen, sonst kommt er oder sie einfach nicht weiter.

Es ist zu einem Großteil meinem Mann zu verdanken, der sich regelmäßig eine bestimmte Goldschürfer-Sendung im Fernsehen ansah, dass ich beschloss, von gut aussehenden und schwitzenden Goldgräbern zu schreiben, die nicht wie in der Serie Rauschebärte tragen und Bierbäuche haben. Während der Entstehung des Manuskriptes musste er sich ein ums andere Mal meine Ideen anhören und hat nie mehr als ein oder zwei Mal pro Tag die Augen verdreht. Ohne seine großartige Unterstützung, auch was technische Fragen anging, hätte ich den Roman nie geschrieben.

Als ich Eva Leitold die Idee meiner *Schwitzenden Goldjungs*, wie der Arbeitstitel ursprünglich lautete, unterbreitete, bekam sie leuchtende Augen, nickte heftig, und der Rest ist, wie man so schön sagt, Geschichte.

Dank der aufmunternden Worte von Lena Carl und Lisa Kopp, die regelmäßig nach mehr Seiten zum Testlesen schrien, habe ich kontinuierlich an diesem Projekt gearbeitet. Es freut mich daher besonders, weil gerade Lena eigentlich in diesem Genre nicht zu Hause ist, und ich die Erste war, die sie davon überzeugen konnte, dass sich das Lesen vielleicht doch lohnen könnte.

Auch dem Team von *Romance Edition* möchte ich für seine großartige Arbeit danken, die Geduld und Energie, die sie in das Buch gesteckt haben; ebenso wie Rebecca von den *Sturmmöwen*, die Jordan und Lock mit ihrem Cover ein Gesicht gegeben hat.

Zu guter Letzt bleibt mir nur noch, euch Lesern zu danken, dass ihr das Buch gekauft habt. Falls ihr irgendwelche Ungereimtheiten oder Fehler finden solltet, nun, dann sind diese nur da, um zu testen, wie aufmerksam ihr seid :-) ... und vollkommen auf meinem Mist gewachsen.

KEEPIN´ ALIVE: Zurück ins Leben
von Sonya Devlin

ISBN-Taschenbuch: 978-3-902972-99-6
ISBN-EPUB: 978-3-903130-00-5

Kilian, Sänger einer aufstrebenden Rockband und attraktiver Frauenschwarm, ist dem Ruhm nicht gewachsen und flüchtet sich in Alkohol und Drogen. Als er mit einer Überdosis im Krankenhaus landet, stellen ihn seine Bandkollegen vor die Wahl: Entzug oder er muss die Band verlassen.
Kilian entscheidet sich dafür, sein Leben wieder auf die Reihe zu bekommen. Einen Lichtblick sieht er in der verschlossenen Felicia, die in der Klinik mit ihren eignen Dämonen kämpft. Er will ihr helfen, ihre Vergangenheit hinter sich zu lassen. Doch reicht Liebe, um alles Leid zu vergessen?

ROMANCE ♡ EDITION
Weil es kein schöneres Thema gibt als die Liebe

Entdeckt weitere sinnlich-romantische Romane und durchstöbert unser Programm für das Jahr 2016 auf unserer Homepage unter
www.romance-edition.com

Oder besucht uns auf Facebook unter
www.facebook.com/RomanceEdition
wo spannende Diskussionen rund um den Liebesroman sowie tolle Gewinnspiele auf Euch warten!

Das Romance Edition Team freut sich auf Euren Besuch!

RIVERSIDE: Ein Teil von dir
von Maddie Holmes

ISBN-TASCHENBUCH: 978-3-902972-94-1
ISBN-EPUB: 978-3-902972-95-8

Wenn dir dein Bruder einst alles nahm, was dein Leben bedeutet hat – würdest du ihm sein Leben lassen, wenn du die Macht darüber hättest?

Vor dieser Entscheidung steht River, seit er die Nachricht erhalten hat, dass sein Bruder mit einer schweren Schädelverletzung im Krankenhaus liegt. Rivers Unterschrift wird benötigt, um Evan zu retten. Doch das ist nicht der einzige Albtraum, der ihn in der Kleinstadt Crestwood erwartet. River muss sich mit seiner Vergangenheit auseinandersetzen. Mit seiner Kindheit. Mit seinen Eltern. Mit der Frau, die er einst über alle geliebt und an seinen Bruder verloren hat. Das Schicksal hat noch nie ein Happy End für ihn vorgesehen und auch dies scheint er nur verlieren zu können ...